SOBO SWOBODNIK

Erben des Todes

SPÄTE RACHE Am Morgen des 16. August 1943 starben 317 Menschen in dem idyllischen Dorf Kommeno in der Nähe der südepirotischen Provinzhauptstadt Arta. Auf Befehl des verantwortlichen Regimentskommandeurs überfielen Angehörige der Wehrmacht die Dorfbewohner, töteten jeden, der sich bewegte, und brannten das Dorf nieder.

Viele Jahre später kommen kurz nacheinander auffällig viele Insassen eines oberpfälzischen Seniorenheims ums Leben. Ein Ende der Serie ist nicht in Sicht. Der Zivildienstleistende Franz Benedikt Zacher glaubt nicht an eine natürliche Todesursache und sucht nach Verbindungen der Ermordeten untereinander. Dabei merkt er, dass seine Vergangenheit und die seiner Familie mit der der verstorbenen Heimbewohner verbunden zu sein scheint. Kurz darauf ist ein Zusammenhang mit den ermordeten Menschen aus Kommeno nicht mehr zu leugnen.

Sobo Swobodnik ist aufgewachsen auf der Schwäbischen Alb und absolvierte sein Abitur in Aalen, studierte anschließend Schauspiel in München und arbeitete als Regisseur an mehreren deutschen Theatern sowie als Rundfunk-Redakteur bei verschiedenen Hörfunkanstalten. Er hat mittlerweile über 25 Bücher veröffentlicht, darunter eine mehrteilige Krimireihe. Dafür erhielt er zahlreiche Preise und Auszeichnungen u.a. den Mimi-Krimi Publikumspreis des deutschen Buchhandels. Als Filmemacher hat er verschiedene Dokumentarfilme fürs Kino gedreht und erhielt hierfür u.a. den Max-Ophüls-Preis für den besten Dokumentarfilm sowie den BR-Publikumspreis beim Filmfest München.

Bisherige Veröffentlichungen im Gmeiner-Verlag:
Die Nacht schweigt (2016)
Fallers Held (2015)

SOBO SWOBODNIK

Erben des Todes

Kriminalroman

GMEINER SPANNUNG

Besuchen Sie uns im Internet:
www.gmeiner-verlag.de

Im Ehnried 5, 88605 Meßkirch
Telefon 07575/2095-0
info@gmeiner-verlag.de

1. Auflage 2017

Lektorat: Sven Lang
Herstellung: Mirjam Hecht
Umschlaggestaltung: U.O.R.G. Lutz Eberle, Stuttgart
unter Verwendung eines Fotos von: © Ana Gram / Fotolia.com
und © ullstein bild und © Zhax / shutterstock.com
Druck: CPI books GmbH, Leck
Printed in Germany
ISBN 978-3-8392-2075-7

Personen und Handlung sind frei erfunden.
Ähnlichkeiten mit lebenden oder toten Personen
sind rein zufällig und nicht beabsichtigt.

eins

Ich war's nicht. Ich schwör's. Ich bin unschuldig. Das müssen Sie mir glauben. Ich weiß, auf den ersten Blick sieht es so aus, als ob nur ich es gewesen sein kann. Aber wissen Sie nicht besser als ich, dass der erste Blick allzu oft trügt? Der erste Blick zeigt nur die Oberfläche, bebildert vordergründige Logik. Das Leben ist komplizierter, viel komplizierter. Der Tod hingegen ganz einfach. Ihn nachzuweisen auch. Auf den ersten Blick scheint alles klar – wenn Sie genauer hinschauen, dann bleibt Ihnen aber gar nichts anderes übrig, als zu erkennen, dass es meistens auch anders hätte sein können. In meinem Fall ganz anders. Ich kann alles erklären. Ich werde alles erklären. Alles, was ich jetzt sage, trug sich genau so zu. Auch wenn andere anderes behaupten. Ich weiß, der Staatsanwalt, die Kläger und Zeugen, womöglich der Richter, die Schöffen und Beisitzer, die Zuschauer werden mir nicht glauben. Aber Sie, Sie müssen mir glauben. Wer, wenn nicht Sie?

zwei

Das Seniorenheim Marienstift kenne ich seit meiner Kindheit. Im Alter von sieben muss ich jeden Tag auf dem Weg zur Schule daran vorbei. Die ersten Jahre besteht das Marienstift für mich nur aus einem hohen Bretterzaun, der mir die Sicht auf etwas nimmt, was offenbar nur im Verborgenen, im Geheimen einen Platz hat. Später bleibe ich oft vor dem Zaun stehen und blicke zwischen den Holzlatten hindurch. Ich sehe ein altes, um die Jahrhundertwende gebautes, riesiges Haus mit einem großen Garten davor. Der Rasen ist gepflegt. Schatten spendende Bäume, die ähnlich alt wie das Haus sein müssen, ragen hoch in den Himmel. Pappeln, Kastanien, Birken. Nahe am Bretterzaun wachsen hoch aufgeschossene Tannen. Auf der aus quadratischen Steinplatten bestehenden Terrasse stehen weiße Liegestühle aus Plastik, dazu passend vereinzelte Tische. Dazwischen Rollstühle. Darin Menschen. Anfänglich, als vielleicht Zehnjähriger, denke ich, es wären Puppen, so unbeweglich sitzen sie in ihren Stühlen. Ich erschrecke geradezu, als ich nach Tagen der Beobachtung eine erste Bewegung wahrnehme. Der Kopf einer Frau fällt zur Seite. Gleichzeitig rutscht das Bein einer anderen Person von der Fußstütze des Rollstuhls. Eine junge Frau in einem weißen Kittel kommt angerannt und richtet den zur Seite gefallenen Kopf wieder auf. Stellt den Fuß zurück auf die Stütze. Von da an weiß ich, es sind keine Puppen. Es sind Menschen. Alte Menschen, die meist völlig apathisch, in dicke Wolldecken eingehüllt vor sich hinstarren. Ab und an brabbelt eine Alte oder schreit laut auf, um sofort wieder zu verstummen. Manchmal lacht eine oder weint scheinbar grundlos vor sich hin. Ich stehe vor dem Bretterzaun und starre durch den Spalt, gleichzeitig angezogen und abgestoßen von so viel Leid, Krankheit und siechendem Verfall. Einmal ertappt mich eine der Schwestern am Zaun und wirft mit Steinen nach mir.

Als ich dann älter werde, meine Stimme plötzlich brüchig ist und ein weicher Flaum auf meiner Oberlippe sprießt, interessiere ich mich immer weniger für die dahinvegetierenden Alten in ihren Rollstühlen. Meine Neugierde gehört von nun an den jungen, geschäftig agierenden Schwestern. Ich stehe nach wie vor am Bretterzaun, mit dem Gesicht nah am Holz, und beobachte durch den Spalt, wie sie in ihren weißen Kitteln, mit anmutigen Bewegungen durch den Garten tanzen. Ja, es ist eine Art Tanz, den sie vor meinen Augen vollführen: mein Schwanentanz. Sie schieben die Rollstühle vom Schatten in die Sonne, dann wieder in den Schatten, bringen Schnabeltassen, Kuchenteller, schwingen Wolldecken in der Luft, wischen Speichelfäden aus den Gesichtern, heben Beine hoch und richten zur Seite gefallene Köpfe wieder auf. Ich tanze mit. Ich schließe die Augen und lege meine Hände um ihre Hüften, schmiege meinen Kopf auf ihre weißen Kittel, drücke mein Gesicht zwischen ihre Brüste und höre ihr Herz schlagen. Ich umkreise sie, glaube ihren Geruch zu riechen – ein Duft aus Schweiß, Haarspray und billigem Parfüm – und werde ganz betört davon. Ich tauche ein in diese, mir bis dahin völlig fremde Welt, aus schüchterner Pennäler-Leidenschaft und naivem Begehren und der Gewissheit, dass noch Wunder geschehen. Meine Fantasie trägt mich auf den flatternden Kittelschürzen fort und katapultiert mich hoch über die Tannenwipfel hinaus und geradewegs in das Land der unbegrenzten Möglichkeiten, das nur in meinen Vorstellungen so real wie der Bretterzaun ist. Dennoch bin ich nicht erregt, sexuell erregt, meine ich, so wie Jahre später vielleicht: Ich bin glücklich. Mit jedem Schlag der Schwester-Herzen werde ich weiter fortgetragen. Weg von mir, hin zu ihnen.

Später, als der Flaum auf meiner Oberlippe harten Stoppeln weichen muss und auch die Stimme wie die eines Mannes klingt, ist es nur noch *eine* Schwester, die meine Blicke anzieht. Sie heißt Annemarie, ist sicher 15 oder 20 Jahre älter als ich, nicht sonderlich hübsch und etwas dicklich. Sie trägt schwarze lange Haare, die zu einem Dutt geflochten sind. Ich weiß nicht, warum gerade *sie* meine Aufmerksamkeit erregt. Andere Schwestern sind durchaus hübscher, attraktiver, auch jünger als sie. Vielleicht ist es ihr voluminöser Brustumfang, der mir keine Wahl lässt. Ich weiß es nicht. Ein 17-jähriger Junge denkt in anderen Kategorien. Dem Hirn eines 17-Jährigen ist sechs Jahre später nicht mehr beizukommen. Was ich heute noch weiß, ist, dass ich damals in Annemarie verliebt war.

*

Ein Student verlässt, noch ehe die Leiche aufgedeckt ist, den Seziersaal und muss sich übergeben. Allein der Geruch verursacht bei ihm Übelkeit.

»Das ist normal«, sagt Professor Dr. Homberg, der die Irritation seiner Studenten sichtlich genießt.

»Gleich kommen noch welche dazu.«

Er grinst in die bleichen Antlitze der Umherstehenden.

»Beim zweiten Mal werden es dann weniger. Und beim dritten Mal essen Sie nebenbei eine Wurstsemmel. Wetten?!«

Niemand kann sich das in diesem Moment auch nur vorstellen.

»Wenn nicht, haben Sie hier nichts verloren.«

Homberg grinst wieder und blickt jedem Einzelnen von

uns für einen kurzen Moment in die Augen. Seine Drohung wird dadurch noch bedeutungsvoller, auch unheimlicher.

»Wer hat von Ihnen schon einmal eine Leiche gesehen?«

Ich bin der Einzige, der schüchtern den Arm hebt.

»Dann ist das für Sie jetzt die zweite.«

Professor Homberg zieht mit einem Ruck das weiße Laken vom Seziertisch. Ich erschrecke. Nein, *erschrecken* ist nicht der richtige Ausdruck. Ich bin vielmehr überrascht. Es ist Silvia. Oder Marita. Oder Susan. Es ist auf jeden Fall eine von Ralfs Eroberungen, mit der er mich – ich auf meiner Luftmatratze im Flur, er in seinem Zimmer – um den Schlaf brachte. Mit dem Anblick der jungen, hübschen Frau ist sofort wieder ihre anschwellende, rhythmische Atmung, die den Flur entlang hallte, in meinem Kopf zurück. Ihre spitzen Schreie fallen mir ein. Ihr leidenschaftliches »Jaaaa!«. Ich merke, wie sich eine Erektion unter meinem weißen Kittel bemerkbar macht. Aber nicht nur ich betrachte mit wehmütigem Blick diese schöne Leiche.

So ein Mädchen hätte jeder männliche Student, der jetzt um den Seziertisch steht, gern – und nicht nur zum Essen – eingeladen. Auf ihrem Innenschenkel prangt eine geldscheingroße Tätowierung. Es ist ein Edelweiß. Ich denke an das Wettersteingebirge. An Mittenwald. An Opa. An Pfingsten. Ich muss grinsen.

»Das ist nicht zum Lachen«, schreit Professor Homberg. Der Tod ist nicht zum Lachen. Im Angesicht des Todes wird vielmehr alles lächerlich.«

Das ist nicht von ihm, denke ich, der Satz ist nicht von Homberg, und überlege, wer das gesagt haben könnte. Ich komme nicht drauf.

»Ich wollte Ihnen, zumindest beim ersten Mal und wenigstens zu Beginn der Sektion, den angenehmsten Anblick präsentieren, der möglich scheint.«

Das ist ihm gelungen. Die Brüste der Leiche schimmern marmorn. Ihr Bauch wölbt sich wie ein Kuchenteller nach oben. Ihre Haut ist weiß-grünlich. Ihre Schambehaarung zu einem dünnen Strich rasiert. Wie aus Wachs gegossen wölbt sich ihre Vulva unseren Blicken entgegen. Bei manchen Studentinnen füllen sich die Augen mit Wasser. Bei manchen Studenten der Mund. Es ist eine schöne Leiche, eine begehrenswerte Tote. Nekrophilie ist plötzlich eine Option, eine normale Spielart der Sexualität. Homberg ist in meinen Augen sofort verdächtig. Die Blicke meiner Kommilitonen bestätigen meinen Verdacht. Ich schließe kurz die Augen und sehe ihn, bei heruntergelassener Hose, sich an der Leiche vergehen. Ich reiße die Augen wieder auf und denke: Ist Homberg ein Schwein oder bin ich es?

»Schade um dieses Geschöpf könnte man denken«, sagt der Professor und streicht zärtlich mit den Gummihandschuhen über die Haut der Toten. »Oder aber auch: selber schuld. Hier sehen Sie, was passiert, wenn Sie mehr wollen, als Sie vertragen können: Amphetamine, Derivate, Ecstasy, Atemnot, Herzstillstand, tot.«

Wieder sieht er jedem Einzelnen für einen kurzen Moment in die Augen. Homberg ist nicht nur Mediziner; offenbar fühlt er sich auch in der Rolle des Moralapostels sehr wohl. Der Professor wird mir immer unsympathischer. Die anfängliche Überlegung, dass Homberg uns bei unserer ersten Sektion mit dieser schönen Leiche schonen möchte, verwerfe ich sofort wieder. Ich weiß jetzt, das Gegenteil ist der Fall. Er will uns sogar über das übliche Maß hinaus quälen. Gerade deswegen weil diese Leiche so schön ist, so begehrenswert, wird jeder Schnitt in ihr Fleisch umso schmerzhafter für den Betrachter. Homberg ist ein Sadist. Homberg ist Zyniker. Homberg ist das Schwein! Vielleicht will er aber auch nur von Anfang an die Unfähigen, die Zu-zart-Besaiteten, die

Sensiblen unter den Studenten herausfiltern. Dafür scheint ihm jede Methode, jedes Mittel recht zu sein. Als Professor Homberg ein unscheinbares Skalpell an der Kopfhaut der jungen Frau ansetzt und der erste Tropfen Blut über die Stirn der Leiche rinnt, merke ich, wie einige meiner Kommilitonen neben mir die Hände vor den Mund halten und mit unterdrückten Brech-Lauten den Seziersaal verlassen.

Ich kneife die Augen zu und denke an Opa.

*

Die Schulferien verbringe ich immer bei meinen Großeltern im Allgäu. Ich kann es nie erwarten, bis die Schule zu Ende ist und die Ferien endlich beginnen. Noch am selben Tag bringt mich Vater zum Bahnhof, setzt mich in den Zug, der mich zu Opa und Oma schafft. Ich fahre – es ist zu dieser Zeit nichts Ungewöhnliches – allein mit dem Zug von meiner Heimatstadt nach Mittenwald, wo meine Großeltern einen Bauernhof und eine Pension betreiben. Über drei Stunden dauert die Fahrt, während derer ich wie festgeklebt an meinem Fensterplatz sitze und der vorbeifahrenden Landschaft hinterhersehe. Dabei kommen mir die abwegigsten Gedanken in den Sinn, entstehen die absonderlichsten Vorstellungen. Wenn ich ein verlassenes Auto am Waldrand stehen sehe, stelle ich mir vor, es ist der Ort eines Verbrechens. Wenn ich die Augen schließe, höre ich Schreie, sehe Beine laufen und Blut spritzen. Ein abscheuliches Blutbad entsteht in meinem Kopf: 48 Messerstiche, eine zerstückelte Frauenleiche und ein flüchtiger Täter. Vor Angst reiße ich die Augen wieder auf. Das Auto ist verschwunden. Meine Hände sind schweißnass. Mein Blick flackert, die Augen suchen unruhig den Horizont ab. Sehe ich einen verlassenen Koffer auf einem Bahnsteig stehen, erwarte ich in der nächsten Sekunde eine Detonation. Mit jedem Wimpernschlag erahne ich in die Luft fliegende Körperteile. Hände, Arme, Beine, Köpfe verfolgen mich, bis der Zug längst wieder abgefahren und der Bahnhof nicht mehr zu sehen ist. Mein Großvater sagt: »Der Junge hat Fantasie.«

Meine Großmutter wischt mit der Hand vor ihrem Gesicht, was nur »Der spinnt!« bedeuten kann. Ob sie den Großvater oder mich meint, ist unklar. Heute weiß ich, es war nicht Fantasie, es war *Aktenzeichen XY*. Die Sendung ist dafür verantwortlich, dass ein Auto am Waldrand zum Ort des Verbrechens wird, dass ein Koffer zum terroristischen Anschlag mutiert, dass ein Blick eine Waffe ist, ein Wort töten kann. Damals sehen meine Eltern die Sendung regelmäßig und vergewissern sich am Bösen der Welt. Oft stehe ich im Schlafanzug zitternd hinter der angelehnten Wohnzimmertür und sehe durch den Spalt auf den Bildschirm, wo Eduard Zimmermann um Mithilfe bittet. Ich sehe die nachgestellten Kriminalfälle und höre die Stimme des Sprechers, wie er als Voice-over den Tathergang schildert. Allein der Klang dieser Stimme bereitet mir Albträume. Ich schwöre mir, später im Bett liegend, nie wieder dieser Stimme zu lauschen. Die ganze Nacht liege ich wach, starre zum Fenster und erwarte splitterndes Glas. Und doch ist die Neugierde und Faszination für das unaufgeklärte Verbrechen größer als die Angst, selbst Opfer zu werden; am nächsten Freitag stehe ich wieder am Türspalt.

Überall begegnen mir Gesichter, die auf großen Fahndungsplakaten hinter Eduard Zimmermann hängen. Auf dem Weg zur Schule kommen sie mir entgegen. Im Freibad liegen sie auf der Wiese und blicken jungen Frauen hinterher. Am Kiosk kaufen sie Bier und Schnaps in kleinen Fläschchen. Im Park sitzen sie auf Bänken, trinken das Bier, den Schnaps und rauchen filterlose Zigaretten.

Einmal sitzt mir im Zug eine Frau gegenüber, von der ich schwören kann, dass sie bei Eduard Zimmermann Dauergast ist. Ihr Gesicht kommt mir so bekannt und vertraut vor, als gehöre sie zu unserer Verwandtschaft. In Gedanken bringe ich sie in Zusammenhang mit allen unaufgeklärten Mordfällen der letzten fünf Sendungen. Sie sagt kein Wort, sieht mich nur an. Ich traue mich nicht zurückzuschauen. Es ist mir unheimlich. Ich werde rot. Schließe die Augen und wage mich nicht zu bewegen. Ich stelle mich schlafend und überlege, was zu tun ist. Mir fällt nichts ein. Ich könnte vielleicht aufstehen, das Abteil verlassen und den Schaffner um Hilfe bitten. Er würde mir über den Kopf streicheln, schmunzeln und sagen, ich bräuchte keine Angst zu haben, wir wären gleich da. Schweiß sammelt sich auf meiner Stirn. Ich merke, wie ich zittere. Bemerkt sie es auch? Weiß sie, dass ich weiß, wer sie ist? Wenn ja, was wird sie tun? Alle Tötungsdelikte und Tötungsmethoden der gesehenen Sendungen machen es sich in mir bequem. Messerstiche, Schusswunden und Axthiebe fallen über mich her. Ich möchte schreien. Traue mich aber nicht. Presse die Lippen aufeinander, bis es schmerzt. Ich zwinkere ein ganz klein wenig und sehe, wie die Frau böse grinst. Es ist aus, denke ich, jetzt erwürgt sie mich, erschießt oder ersticht mich. Vielleicht schlägt sie mir auch mit ihrem Stöckelschuh den Schädel ein. Aber ich bin doch noch ein Kind, ein unschuldiges Kind, will ich sagen – bringe aber kein Wort über meine zusammengepressten Lippen. Höre, anstelle meiner Worte, einen lauten, dumpfen Schlag. Ich öffne die Augen. Die Schiebetüre des Abteils ist zugefallen. Die Frau ist verschwunden.

*

Schon kurz nach dem Abitur beginne ich im Wintersemester Medizin in München zu studieren und entziehe mich so vorerst dem Zivildienst. Eigentlich will ich Schauspieler werden oder Dramaturg an einem Theater und hätte mich am liebsten am Studiengang Theaterwissenschaft eingeschrieben. Zwei Wochen bevor meine Eltern tödlich verunglückt sind, besteht mein Vater darauf, dass ich was *Anständiges* lernen solle. Meine Mutter schlägt Jura oder Medizin vor. Mein Vater Ingenieurwesen. Als beide tot sind, bringe ich es nicht übers Herz, ihren letzten Wunsch zu ignorieren. Die ersten vier Wochen im Wintersemester 1999 ziehe ich zu Ralf nach München-Schwabing. Ralf war mit mir an der Schule in der Theatergruppe. Er verlässt, gegen den Willen seiner Eltern und der Lehrer, die Schule vorzeitig und studiert seit einem Jahr Schauspielerei an der renommierten Otto Falckenberg Schule.

Ich liege auf einer Luftmatratze im Flur und muss fast jede Nacht mit anhören, wie Ralf mit einer anderen Frau vögelt. Am nächsten Morgen sitzen die Frauen – alle meist in meinem Alter, nur im T-Shirt und mit knappem Höschen – in der Küche, schlürfen, lässig ein Bein auf dem Stuhl aufgestützt, am heißen Milchkaffee und blicken mich stolz an, als wollten sie fragen: *Na, wie war's?* Gut, hätte ich antworten können, sehr gut, zumindest am Anfang. Anfänglich hole ich mir im Schlafsack liegend regelmäßig einen runter und ejakuliere in eine dreckige Socke, während nebenan das Bett quietscht und der Boden vibriert. Zuletzt kann ich das Gestöhne nicht mehr hören und stopfe mir feuchte Papiertaschentücher in die Ohren. Nach vier Wochen legt mir Ralf einen Zettel mit einer Adresse in Haidhausen auf den Küchentisch und sagt, das wäre vielleicht was für mich. Zwei Tage später ziehe ich nicht weit vom Rosenheimer Platz in eine Einzimmerwohnung um.

drei

Mein Name ist Franz Benedikt Zacher. Ich bin am 6. Juli 1979 geboren. Meine Eltern sind tot. Sie sterben bei einem Verkehrsunfall, als ich 20 bin. Ich studiere viereinhalb Semester lang Medizin in München und mache ein sechsmonatiges Praktikum im Rotkreuzklinikum, bevor ich das Studium vorzeitig abbreche. Danach beginne ich im Sommer 2002 in meiner Heimatstadt in der Oberpfalz den Zivildienst im Senioren- und Pflegeheim Marienstift. Ich beziehe im obersten Stock des Heims ein kleines, möbliertes Zimmer. Mit Fernseher, Dusche und WC auf dem Flur.

*

Opa ist im Fernsehen. Dieses Mal muss ich nicht heimlich im Türspalt stehen. Ich sitze ganz offiziell neben Papa und Mama auf der Couch und sehe Eduard Zimmermann auf dem Bildschirm zu. Ich bin fast 14 Jahre alt und ziemlich angespannt. Ich hänge dem *Aktenzeichen-XY*-Mann an den Lippen. Es ist ein seltsames Gefühl – eine Mischung aus Stolz und Unbehagen –, mit Erlaubnis der Eltern zu dieser, für mich so späten Stunde eine Sendung ansehen zu dürfen, die eigentlich nur für Erwachsene bestimmt ist. Von der Couch aus betrachtet sieht für mich Ede Zimmermann bildschirmfüllend noch unheimlicher aus. Irgendwie scheint er besorgt zu sein, nachdenklich und auch eine Spur ärgerlich, als wäre auch er böse. Fast so böse wie die Männer und Frauen auf den Fotos, die hin und wieder hinter ihm eingeblendet werden.

»Und nun kommen wir zu unserem zweiten Fall«, sagt Eduard Zimmermann.

Papa zeigt auf den Bildschirm.

»Das ist er.«

Mama seufzt. Opa ist eingeblendet. Ein Bild von ihm, mit Vor- und Nachname darunter und einem kleinen schwarzen Kreuz daneben.

»Ein unaufgeklärtes Verbrechen von Pfingsten vergangenen Jahres beschäftigt die Kriminalpolizei in Mittenwald. Der Mord an dem Mittenwalder Hotelier und Landwirt Franz Benedikt Zacher gibt nicht nur der Kriminalpolizei, sondern auch den Angehörigen und der ganzen Bevölkerung Mittenwalds Rätsel auf.«

Jetzt kommt wieder die Stimme, vor der ich mich so fürchte. Der Sprecher schildert den Tathergang. Dazu sieht man Bilder von Opa. Natürlich ist es nicht Opa selbst, der da auf dem Bildschirm zu sehen ist. Opa ist tot. Es ist ein Schauspieler, der so ähnlich aussieht wie er und der jetzt sein Gewehr putzt und die Patronen einlegt. Der anschließend seinen Janker anzieht, den Hut aufsetzt und sagt: »Ich bin fertig.«

Er steigt die Treppe hinunter und tritt vors Haus, das im Film auch nicht Opas Original-Haus ist. Alles ist nur so ähnlich. Vor dem Haus stehen mindestens ein Dutzend Männer, die genauso aussehen wie Opa. Alle haben sie ihre Jagdkleidung an und tragen ein Gewehr auf dem Rücken. Manche führen einen Hund an einer Leine.

»Auf geht's!«, sagt einer.

Komisch, denke ich, wo bin denn *ich*. Ich sehe den zur Hirschjagd aufbrechenden Jägern hinterher. Mich haben sie vergessen. Ich war doch auch dabei. Während ich dem Gedanken hinterherhänge, wieder mal nicht berücksichtigt worden zu sein, kommt ein Bild-Schnitt und man sieht

Opa allein auf einem Hochstand sitzen. Das Gewehr liegt abschussbereit über dem Geländer.

»Wo bleibt der verdammte Bock?!«, brummt Opa vor sich hin.

Ich muss schmunzeln.

Mama macht »Pscht!«.

Ich denke, ich hab doch gar nichts gesagt, als plötzlich ein Schuss im Fernseher fällt. Aber nicht der Hirsch wird getroffen. Opa greift sich an die Brust, schwankt und fällt vornüber. Er stürzt in Zeitlupe über das Geländer zum Hochstand hinunter. Mama legt ihre Hand vor den Mund und Papa ballt seine zur Faust im Schoß. Opa liegt im Gras. Er ist noch nicht tot. Seine Augen sehen zum Himmel. Er röchelt leise vor sich hin. Eine vermummte Person taucht auf. Sie nähert sich Opa und bleibt vor ihm stehen, richtet eine Waffe auf ihn und drückt ab. Jetzt röchelt Opa nicht mehr. Der Film ist zu Ende und die fürchterliche Sprecherstimme schweigt. Eduard Zimmermann ist wieder auf dem Bildschirm zurück.

»Ein normaler Jagdunfall war das nicht. Bei näherer Untersuchung der Leiche stellte sich heraus, dass der Hotelier zuerst mit einem Schuss aus größerer Entfernung getroffen und verletzt wurde. Erst mit einem weiteren Schuss aus nächster Nähe mitten ins Herz wurde er getötet. Es gibt keine Indizien, keine Zeugen, niemanden, der etwas gesehen oder gehört hatte. Der Mord wurde von niemandem bemerkt, der an der Jagd beteiligt war. Der Enkel des Ermordeten fand seinen bereits toten Großvater ein halbe Stunde später am Tatort.«

Spätestens jetzt müsste ich kommen, denke ich. Aber nichts. Kein Enkel, kein Ich. Und das mit der Zunge erzählen sie auch nicht. Warum sagen sie nichts über die Zunge?, denke ich, das ist doch wichtig.

»Jetzt werden sie das Schwein kriegen«, sagt Papa, nachdem Eduard Zimmermann die Telefonnummer für sachdienliche Hinweise einblendet und zum dritten Fall wechselt.

»Ab ins Bett«, sagt Mama.

Ich nicke, gebe Papa und Mama noch einen Kuss auf die Wange und verschwinde in mein Zimmer. Ich träume von Opas Zunge.

Am nächsten Tag bin ich in der Schule ein kleiner Held, als wäre ich selbst im Fernsehen gewesen. Ich muss allen ganz genau erzählen, wie das letzte Pfingsten in Mittenwald wirklich war.

»Du warst doch dabei«, sagt Ralf.

Ich nicke stolz und fange an, alles zu erzählen, was ich weiß. Manchmal schummle ich ein wenig und erfinde etwas dazu. Jetzt hängen die Kinder an meinen Lippen, als wäre ich Ede Zimmermann. Von der Zunge sage auch ich nichts.

*

»Kommeno! Kommeno!«

Als ich das Zimmer betrete, krächzt ein Vogel im Käfig.

»Das ist ein Beo«, sagt Schwester Johanna, die mich begleitet. »Eigentlich sind Tiere im Seniorenheim verboten, aber Frau Ada hat sich mal wieder durchgesetzt.«

Johanna zeigt auf das Bett, in dem eine Frau mit lustigen Augen und gekräuselten grauen Haaren liegt. Sie hat das Plumeau bis unter ihr Kinn hochgezogen.

»Frau Ada, ich habe Ihnen jemanden mitgebracht. Wir haben einen Neuen. Das ist Herr Zacher.«

Frau Ada blickt mich freundlich an. Sie lächelt.

»Frau Ada ist auch neu, erst seit ein paar Tagen bei uns.«

»Da haben wir ja was gemeinsam«, sage ich.

Frau Ada nickt.

»Herr Zacher ist Zivildienstleistender und bleibt zehn Monate bei uns.«

Sie streckt unter ihrem Plumeau eine Hand hervor. Die Hand ist übersät von braunen Flecken. Ich greife nach ihr, sie fühlt sich weich an.

»Endlich mal ein Mann im Haus, nicht wahr?«, sagt Johanna und zwinkert mir zu.

Frau Ada lächelt noch immer.

»Sie können auch einfach Franz zu mir sagen.«

»Frau Ada sagt nichts«, sagt Johanna.

Ich sehe sie verunsichert an.

»Frau Ada kann nicht sprechen, nicht wahr, Frau Ada?!«

Frau Ada schweigt.

»Sie ist stumm.«

»Aber verstehen tut sie?«

Sie nickt. Jetzt lächelt sie nicht mehr, dafür aber Johanna.

»Hast du das schon mal gesehen?«

Johanna zeigt mir eine DIN-A5-große Schreibschiebetafel, die auf dem Nachttisch liegt.

»Klar, aus der Kindheit. Man schreibt was drauf, fährt anschließend mit dem Schieber darüber und schon ist es wieder verschwunden.«

»Damit kann Frau Ada mit dir kommunizieren.«

Frau Adas Hand kommt erneut unter dem Plumeau hervor, nimmt den Stift, der an einer Schnur an der Tafel hängt, und schreibt *Herzlich willkommen* auf die Tafel.

Jetzt lächle ich. Der Beo krächzt wieder »Kommeno, Kommeno«.

»Ist das sein Name?«, frage ich Frau Ada.

Sie nickt.

»So, Schluss jetzt mit dem Gequatsche«, sagt Johanna, »Arbeit wartet. Sie waschen sich erst mal, Frau Ada. Und wir beide machen ihr Bett.« Sie zieht mit einem Ruck das Plumeau über Frau Ada hinweg.

*

Mit 15 gehe ich Schwester Annemarie das erste Mal hinterher. Ich warte, bis sie nach Dienstschluss das Seniorenheim verlässt. Dann folge ich ihr heimlich auf dem Nachhauseweg. Sie wohnt nicht weit vom Heim entfernt in einer Altbausiedlung im vierten Stock gegenüber einem Parkhaus. Die ersten Male stehe ich in der Nähe der Eingangstür und warte, bis das Licht im vierten Stock angeht. Ich blicke nach oben und stelle mir vor, ich könnte fliegen. Alle weiteren Male schleiche ich mich am Pförtner des Parkhauses und seinem gläsernen Kabuff vorbei und renne nach oben auf das Parkdeck. Stundenlang stehe ich auf dem zugigen Deck und starre in das hell erleuchtete Fenster gegenüber. Zuerst ohne, dann mit einem Fernglas, das ich Vater aus seinem Arbeitszimmer entwende. In dieser Zeit bin ich oft krank. Halsschmerzen, Erkältungen, Husten, Schnupfen, manchmal auch Fieber. Öfters wird der Arzt konsultiert. Aber auch er kann sich meine häufigen, immer wiederkehrenden Erkrankungen nicht erklären. Ich freue mich über die Ahnungslosigkeit meiner Umwelt. Auch Schwester Annemarie merkt nichts. Zuerst denke ich, sie wohnt allein. Dann entdecke ich sie zufällig mit einem Mann am Samstagvormittag bei Aldi. Es ist ihr Freund, wie sich später herausstellt. Er ist älter als sie, fett, hat eine Halbglatze und trägt einen lächerlichen Bart. Er fährt einen Mercedes und ist nur an den Wochenenden zu Hause. An diesen Tagen meide ich das Parkhaus. Mindestens zweimal die Woche stehe ich an den Werktagen auf dem Parkdeck in der Hoffnung, ein paar geheime Blicke von ihr zu erhaschen. Fast immer zieht sie kurz nach Betreten der Wohnung die Vorhänge zu. Nur einmal sehe ich sie fast nackt. Sie telefoniert. Dabei wirft sie nach und nach ihre Kleider von sich. Zuerst kickt sie die Schuhe weg. Dann lässt sie ihren Rock zu Boden gleiten. Ich sehe ihr weißes Höschen mit verblichenen rosa Blumen darauf. Vor dem Fernglas erscheint ein milchiger See mit schwimmenden Röschen. An den Rändern frech hervorlugende Härchen. Speichel sammelt sich in meinem Mund. Ich schlucke ständig. Sie öffnet die Bluse und zieht sie umständlich aus, den Hörer noch immer am Ohr. Ich sehe ihren Büstenhalter. Auch er ist weiß und hat die gleichen Blumen auf dem Stoff. Die großen Brüste sind in Körbchen gezwängt. Lieber Gott, lass sie den BH öffnen, flehe ich und biete ihm als Gegengeschäft, bis auf mein Leben, fast alles an. Annemarie steht nur noch in Unterwäsche vor mir, blickt, weiterhin emphatisch in den Hörer sprechend, aus dem Fenster, als ob sie sich nur für mich ausgezogen hätte. Der liebe Gott hat kein Einsehen. Der liebe Gott ist ein Spielverderber. Sie zieht den Vorhang zu. Bis auf dieses eine Mal bleibt Annemarie für mich nur ein Schatten hinter zugezogenen Vorhängen. Mit der Zeit erregt mich seltsamerweise der auf und ab gehende Schattenriss sogar mehr als die sich selbstgefällig darbietende nackte Haut. So sehr, dass ich mich gezwungen sehe, meine Hose zu öffnen. Ich hole meinen erigierten Schwanz heraus und masturbiere so lange, bis Sperma über das Geländer im freien Fall nach unten spritzt. Es geht jedes Mal sehr schnell.

*

Die Sachbearbeiterin beim Bundesamt für Zivildienst ist irritiert. Sie klingt am Telefon, als ob sie keine Ahnung hätte.

»Moment, ich hole die Akten.«

Ich höre Musik aus der perforierten Muschel. Klassik. Als der erste Satz vorbei ist, denke ich, entweder sie findet die Akten nicht oder das Bundesamt arbeitet mit der Telekom zusammen. Zeit ist Geld. Jede Sekunde kostet Gebühren. Die Minute 40 Cent. Oder 1 Euro. Oder 1,86. Das wird das teuerste Konzert meines Lebens. Ich will auflegen. Ein Knacken hindert mich daran und dann ein lang gezogenes »So!« der Sachbearbeiterin.

Blätter knistern. Ich höre, wie sie sucht. Sie kann meinen Einberufungsbescheid nicht finden.

»Aber ich halte ihn doch in den Händen«, sage ich. »Sie haben ihn mir vor ein paar Tagen zugeschickt.«

»Ich?«, sie klingt, als ob ich sie beleidigt hätte. »Ich bestimmt nicht, wenn dann die Behörde.«

Sie wird ein wenig pampig.

Ich auch. »Wer auch immer.«

»Moment!«

Sie ist wieder weg. Dafür höre ich erneut Musik. Das darf doch nicht wahr sein, die will mich verarschen.

»Hallo, Sie, das ist doch ...«

Ich rede auf die Muschel ein, schreie in den Hörer, beschimpfe die Musik.

Die Geigen fiedeln ungerührt weiter. Als ich mich wieder beruhigt habe, höre ich: »Sind Sie noch da?«

»Ja!«

»Ich habe hier die Musterungsunterlagen, Ihre Verweigerung und eine Kopie Ihrer Immatrikulationsbescheinigung. Voraussichtliches Ende des Studiums 2006.«

»Das hat sich geändert. Ich habe das Studium aufgegeben. Ich bin exmatrikuliert.«

»Aber wie sollen wir das denn wissen?«

Zuerst denke ich, sie macht einen Scherz.

»Was gibt es denn da zu lachen.«

Sie meint es ernst.

»Ich weiß nicht, wie Sie das wissen. Aber aus dem Schreiben, das hier vor mir liegt, geht hervor, dass Sie es nicht nur wissen, sondern Konsequenzen daraus ziehen.«

»Was für Konsequenzen denn?«

Offenbar steht sie auf dem Schlauch.

»Dass ich mir bis zum 1. September eine Zivildienststelle suchen soll. Anderenfalls werde mir eine zugeteilt.«

»Ja, wenn das da steht, dann machen Sie mal.«

»Sie meinen, das ist jetzt verbindlich.«

»Ich meine gar nichts. Wenn dann die Behörde.«

»Aber Sie sind doch die Behörde.«

»Junger Mann, werden Sie nur mal nicht frech.«

Ich entschuldige mich leidlich und versuche ihr noch einmal zu erklären, dass der Fehler nicht bei mir liege.

»Welcher Fehler denn?«

Die kapiert gar nichts, denke ich und dann an ihren Schreibtischstuhl, der diesen Arsch den ganzen Tag ertragen muss.

»Könnten Sie mir vielleicht eine Kopie des Schreibens zuschicken?«, fragt sie.

»Wenn's denn sein muss.«

Ich bin irritiert und knalle den Hörer auf den Apparat.

»Ahnungslose Tussi!«

Es ist das erste Mal, dass mir für Momente der Gedanke kommt, irgendetwas geht hier nicht mit rechten Dingen zu. Irgendetwas ist hier faul.

*

Großvater holt mich jedes Mal mit dem Pferdewagen vom Bahnhof ab. Er trägt bei jedem Wetter eine Lederhose, Kniebundstrümpfe, Haferlschuhe, Janker und einen Hut mit Gamsbart. Er steht mit ausgebreiteten Armen am Bahnsteig. Ich lasse meinen Koffer stehen und springe ihm um den Hals. Ich drücke meinen Kopf an seine Schulter und schnuppere an seinem langen Bart. Er riecht verwegen nach Rauch, Kuhstall und Bergschluchten. Nie zuvor habe ich so einen betörenden Geruch gerochen. Er kitzelt meine Nase auf angenehme Weise. Opa stellt mich wieder auf die Füße, beugt sich zu mir herunter, legt seine Hände auf meine Schultern und sieht mir augenzwinkernd ins Gesicht.

»Alles klar?«

Ich nicke. Ich bin einerseits eingeschüchtert ob dieser imposanten Erscheinung mit den stechend blauen Augen und dem schönen Bart. Andererseits aber auch froh und ein wenig stolz, bei ihm zu sein. Feine rote Äderchen überziehen seine Wangen. Auf der Oberlippe sind die Barthaare wie zu einem gekringelten Schweineschwänzchen gezwirbelt. Buschige Augenbrauen sprießen über dem bergseeblauen Blick. Aus seinem Mund dringt ein Hauch Eukalyptusduft. Er stammt von einem Bonbon, das Opa immer lutscht, wenn nicht gerade eine Pfeife zwischen seinen Lippen klemmt. Noch immer zu mir heruntergebeugt, greift er in seine Hosentasche und hält mir ebenfalls ein Eukalyptusbonbon vor die Nase. Ich greife danach, wickle es aus und stecke es mir in den Mund. Es schmeckt scharf. Ich glaube gleich verbrennen zu müssen und ziehe frische Luft zur Abkühlung mit geschürzten Lippen in mich hinein, während Opa meinen Koffer in die eine und mich an der anderen Hand nimmt. Ich gehe stolz, innerlich Flammen schlagend, an der Seite dieses großen, starken Mannes über den Mittenwalder Bahnhof. Ab und an bleiben Passanten stehen, blicken uns hinterher oder grüßen respektvoll, woraufhin Opa zurückgrüßt. Am Zeitungskiosk kauft er eine Packung Pfeifentabak und mir einen Lutscher, den ich, nachdem ich das Eukalyptusbonbon heimlich ausspucke, in den Mund stecke.

»Na, ist er wieder da?«, fragt der Kioskbesitzer jedes Mal und reckt seinen Kopf ein klein wenig aus der Luke.

»Siehste doch«, sagt Opa und legt seine Hand wieder auf meine Schulter.

Ich glaube, auch er ist ein wenig stolz. Wie einen vornehmen Hotelgast fährt er mich mit dem Pferdewagen durch Mittenwald, wobei ich immer vorn bei ihm auf dem Kutschbock sitzen darf.

Zu Hause wartet bereits Großmutter mit dem Essen. Es gibt jedes Mal Schupfnudeln mit Sauerkraut und Geselchtes als Begrüßungsessen. Großmutter lädt mir den Teller immerzu so voll, dass ich nach der Hälfte schon satt bin.

»Alles wird aufgegessen«, sagt sie mit ermahnender Stimme und achtet darauf, dass ich nicht vorher den Tisch verlasse. Wenn Oma für kurze Zeit in die Küche verschwindet, hilft mir Opa heimlich, indem er Schupfnudeln, Sauerkraut und Geselchtes von meinem auf seinen Teller schiebt. Dafür liebe ich ihn. Wenn Oma wieder zurück ist, sagt sie: »Der Junge hat aber heute einen großen Appetit.«

Opa nickt und ich grinse verschämt.

Während der ganzen Ferienzeit weiche ich nicht von Opas Seite. Alles, was er macht, mache ich auch. Nur wenn er sich nach dem Mittagessen für eine halbe Stunde auf das Kanapee legt, bleibe ich wach. Ich sitze dann daneben und sehe ihm beim Schlafen zu. Fasziniert starre ich auf sein Gesicht und den gekringelten Zwirbelbart, der sich bei jedem Atemzug bewegt. Beim Einatmen hebt er sich, beim Ausatmen zappelt er wie ein Schweineschwänzchen. Spätestens nach fünf Minuten schnarcht Opa zuerst leise, dann immer lauter. Zuletzt hört es sich an wie das Grunzen einer Sau. Oma sagt dann: »Da hörst du's, mir glaubt er es ja nie.«

Schlägt Opa nach seinem Mittagsschlaf die Augen auf, ist das Erste, was Großmutter sagt: »Du hast wieder geschnarcht.«

»Das kann nicht sein«, sagt Opa, noch immer verschlafen. »Ich schnarche nie!«

»Frag Franzi«, sagt Oma.

»Und?«, fragt Opa. »Habe ich?«

Ich schüttle zaghaft den Kopf.

»Na, siehst du.«

Beide lachen wir.

»Mannsbilder, vermaledeite!«, brummt Oma und verlässt das Wohnzimmer.

*

Als ich das Büro der stellvertretenden Heimleiterin betrete, bin ich ziemlich aufgeregt. Ich erkenne sie sofort wieder: Annemarie. Sechs Jahre sind vergangen, seit ich sie das letzte Mal gesehen habe. Schwester Annemarie ist jetzt Frau Brenner, stellvertretende Leiterin des Senioren- und Pflegeheims Marienstift und unter anderem zuständig für Personalfragen.

»Setzen Sie sich.«

Sie hat sich stark verändert. Sie ist noch dicker, ihre schwarzen Haare sind bereits angegraut und kurz geschnitten. Nur ihr Busen ist derselbe geblieben.

»Nehmen Sie Platz.«

Ich setze mich auf einen Sessel, der vor einem rustikalen Schreibtisch steht. Frau Brenner bleibt stehen. Jetzt wirkt sie noch größer. Und dicker. Sie trägt keinen weißen Kittel mehr. Dafür einen kurzen beigen Rock, der ihre stämmigen Beine nicht gerade vorteilhafter erscheinen lässt. Dazu eine weiße Bluse, unter der sich die Konturen ihres Büstenhalters abzeichnen.

»Eigentlich nehmen wir keine Zivildienstleistenden mehr. Früher schon. Bei 20 Monaten hat sich das noch rentiert. Jetzt, bei nur mehr der Hälfte der Zeit, reicht es gerade mal zur Einarbeitung. Und wenn sie's dann können, sind sie wieder weg.«

Ich schaue interessiert. Sie geht am Fenster auf und ab, dreht mir den Rücken zu und blickt hinaus. Ich denke an das Parkdeck. Ihr breiter weißer Rücken wird zur Projektionsfläche meiner Fantasie. Wie Dias schieben sich mir detailgenau meine damaligen Ansichten vom Parkdeck aus vor die Netzhaut. Es sind immer wieder dieselben Bilder, die mir noch Jahre später – als ich schon lange in München bin – in den Sinn kommen. Meine Unterwäsche-Göttin! Die Fettringe um den Bauch, die Härchen an den Schenkeln, das tiefe Dekolleté. Frau Brenner dreht sich um. Unter ihren Achseln sind große Schweißflecken. Ich erröte, schlage die Beine übereinander und blicke zu Boden.

»Außerdem hatten wir schlechte Erfahrungen. Denen fehlt meistens die Motivation. Für die Altenpflege hatten die nichts übrig. Ging es doch in erster Linie nur darum, nicht zum Bund zu müssen. Beschwerden der Bewohner und Patienten waren die Regel. Auch die Schwestern kamen meistens mit den Zivis nicht klar.«

Ich blicke wieder auf und signalisiere so, dass sie sich diesbezüglich keine Sorgen machen muss. Sie schiebt sich eine Lesebrille auf die Nase. Die Brille verleiht ihrem Gesicht einen gebildeten Ausdruck. Sie wirft einen Blick auf die Zettel, die in zwei Stößen akkurat auf dem Schreibtisch abgelegt sind.

»Sie haben Medizin studiert?«

Ich nicke etwas zu energisch, setze zu einem kurzen Vortrag über mein Studium an, den sie, noch bevor das erste Wort meinen Mund verlässt, mit »Gut, sehr gut!« verhindert.

»Sie haben auch schon in einem Krankenhaus gearbeitet?«

»Ja, während des Studiums.«

»Dann können Sie schon einiges?«

»Ich denke schon.«

»Gut, sehr gut.« Sie nimmt die Brille wieder ab und lässt sie zwischen zwei Fingern um die Hand kreisen. Dabei sieht sie mich eindringlich an. Ich merke, wie ich rot werde.

»Wie kommen Sie eigentlich auf uns?«

Jetzt könnte ich ihr vom Parkdeck erzählen, von meinen Träumen, von ihr und mir. Ich fürchte, sie würde es nicht verstehen, mich hinauswerfen lassen.

»Ich bin hier zur Schule gegangen. Mein Schulweg führte jeden Morgen am Marienstift vorbei. Mir ist das Altenheim von frühester Kindheit an ein Begriff.«

»Ach.«

Annemarie Brenner scheint verlegen zu werden. Ein Schimmer Rot legt sich auf ihre Wangen. Sie sieht aus, als würde sie sich erinnern. Etwas brüsk sagt sie: »Ein Altenheim sind wir schon lange nicht mehr.«

Jetzt werde ich ein wenig verlegen.

»Junger Mann, das ist eine Senioren- und Pflegeresidenz, wenn Sie verstehen, was ich meine. Ich hoffe, Sie kennen den Unterschied.«

Pekuniärer Art, denke ich, Altenheime kosten höchstens einen Bruchteil von diesem Laden hier. So wie es aussieht, wird hier ordentlich in die Geldbörsen der Alten gelangt.

Der Aufenthalt verschlingt bestimmt nicht nur die Rente, auch das Ersparte geht langsam, aber sicher drauf. Als ob sie meine Gedanken erraten könnte, sagt sie: »Man muss sich das hier leisten können!«

Jetzt nicke ich wieder eine Spur zu engagiert. »Ich habe gleich beim Betreten gemerkt, dass sich das Marienstift verändert hat. Jetzt ist alles viel …«

»Schöner!«

»Ja.«

Frau Brenner steht hastig auf, dreht mir wieder den Rücken zu und geht am Fenster auf und ab. »Sie sagten, Sie haben hier gewohnt?!«

»Ja.«

»Und Ihre Eltern …«

»Sind tot.«

Sie bleibt stehen, schaut mich erstaunt an, als ob ihr plötzlich ein Licht aufgehen würde. Sie blickt zum Fenster hinaus und schweigt. Wieder sehe ich ihren Rücken. Den Büstenhaltersteg. Noch bevor mir der weiße Rücken meine Bildershow liefern kann, fragt sie: »Bei einem Verkehrsunfall?«

»Ja.«

»Schreckliche Geschichte.«

»Ja.«

Sie bleibt noch immer stehen und schweigt. Ich traue mich nicht, etwas zu sagen. Eine lange Pause entsteht, in der sich auf ihrem weißen Rücken Bilder meiner Teenie-Zeit gegenseitig ablösen. Schließlich dreht sie sich erneut zu mir um.

»Wann können Sie anfangen?«

»Sofort.«

*

»So, nun legen Sie die Leiche auf den Rücken. Den Kopf stützen Sie auf dem kleinen Bock ab. Und jetzt schneiden Sie hier vom Schlüsselbein aus nach unten, so als wäre es ein großes umgekehrtes Y. Jetzt lassen sich die Haut und das Fettgewebe nach außen umklappen. Mit einer Knochenschere knacken Sie dann seitlich die Rippen durch. Der Brustkorb lässt sich wie ein Käfiggitter abheben. Den Darm binden sie an den Enden ab, dann abschneiden und herausheben. Ebenso machen Sie das mit Herz, Lunge und allen anderen Organen. Außerhalb des Körpers werden sie dann untersucht. Anschließend kommen wir zur Entnahme des Gehirns. Stellen Sie sich ein Stirnband vor. Ein Stirnband am Kopf des Toten. Genau entlang dieser Linie schneiden Sie langsam die Kopfhaut auf und greifen dann mit der Hand darunter und ziehen Sie sie dann nach vorn. Jetzt hängt die Kopfhaut wie umgestülpt vor den Augen und der Nase der Leiche. Danach öffnen Sie den Schädel rundherum. Am besten machen Sie das mit einer kleinen Kreissäge. Die Schädelkappe lässt sich einfach abnehmen. Anschließend schieben Sie eine Hand seitlich unter das Gehirn und schneiden es hinten am Gehirnstamm ab. Seien Sie vorsichtig beim Herausnehmen, sonst flutscht es weg.«

Professor Homberg beendet seinen Vortrag und schnalzt die Gummihandschuhe von den Händen.

»Das war Theorie, meine Damen und Herren. Jetzt kommt die Praxis. An die Skalpelle bitte.«

*

Am schönsten ist es bei meinen Großeltern in den Pfingstferien. Oft sind auch Papa und Mama mit dabei. An Pfingsten werden bei Opa jedes Jahr Feste gefeiert. Oben auf dem Berg finden Trachtenumzüge statt. Ein Bierzelt ist aufgebaut und eine Blaskapelle spielt. Für die Kinder gibt es eine Tombola. Leider gewinne ich nie etwas.

»Macht nichts«, sagt Papa, »Pech im Spiel, Glück in der Liebe.«

Mama lacht und küsst ihn auf den Hals. Papa gewinnt immer. Einmal ein Nudelsieb, dann ein Matchboxauto. Das Nudelsieb schenkt er Mama, das Matchboxauto mir. Opa trägt beim Umzug seinen besten Janker mit Abzeichen, auf denen Edelweiße und Kreuze abgebildet sind, und einen Hut mit langen Federn. Außerdem hält er an einem Stab eine große Fahne in den Händen.

»Da ist der Ministerpräsident«, flüstert Papa und zeigt in Richtung Opa. »An Opas Seite!«

Der Ministerpräsident sieht komisch aus. Sein Kopf ist knallrot und ganz groß. Es sieht aus, als ob er gar keinen Hals hätte. Ich muss ein wenig lächeln.

Alle anderen jubeln und klatschen. Ich klatsche schließlich auch in die Hände, bis sie rot sind. Der Ministerpräsident schlägt Opa auf die Schulter und schüttelt ihm die Hand. Beide lachen. Papa lacht auch und ist stolz auf Opa. Ich auch. Der Ministerpräsident winkt allen freundlich zu und tritt auf ein kleines Podest an ein Mikrofon. Er spricht laut zu den Menschen, die andächtig zu ihm aufschauen. Dabei fliegt Spucke aus seinem Mund. Ich bin froh, dass ich nicht neben Opa in der ersten Reihe stehe. Die Zuhörer klatschen immer wieder und jubeln. Manche rufen »Bravo!«. Was der Ministerpräsident sagt, kann ich nicht verstehen. Erstens spricht er sehr undeutlich und schnell und zweitens mit so vielen Worten, die ich gar nicht kenne. Papa und Mama klatschen auch. Opa schüttelt dem Ministerpräsidenten wieder die Hand. Später stößt er mit seinem Bierkrug an den des Ministerpräsidenten und sagt »Prost«. Der Ministerpräsident sagt auch »Prost« und beide nehmen einen großen Schluck Bier. Jetzt rülpst Opa bestimmt wieder, denke ich, während die Blaskapelle spielt und alle singen.

»An die Gewehre, an die Gewehre, Kamerad, da gibt es kein Zurück. Fern im Osten stehen dunkle Wolken. Komm mit und zage nicht, komm mit.«

*

Jeden Samstag werden Herr Maroni, Herr Wiedemann, Herr Kahlenbach, Herr Zacharias und Herr Wolfsohn gebadet. Von dem Tag an, an dem mein Dienst im Seniorenheim beginnt, bin ich für die Männer am Badetag zuständig. Herr Wiedemann, Herr Kahlenbach und Herr Zacharias sind noch sehr selbstständig. Ich muss ihnen nur ein wenig beim Entkleiden helfen. Die Schuhe, die Hose und die Unterhose ziehe ich ihnen aus. Das Hemd schaffen sie allein. Wenn sie dann in die Wanne steigen, stütze ich sie mit beiden Armen und hebe Herrn Wiedemanns Beine über den Wannenrand. Wenn alle sitzen, können sie sich selbst waschen. Bis auf den Rücken. Den wasche ich. Und die Haare ganz am Ende.

»Und? Ist alles sauber?«

»Alles. Auch der Pimmel, Mami!«, sagt Herr Wiedemann und freut sich diebisch dabei.

Herr Wiedemann sagt immer *Mami* zu mir. Oder *Lotte*. Lotte war seine Frau. Ich weiß nicht, ob er das ernst meint oder mich nur auf den Arm nehmen will. Vermutlich glaubt er aber wirklich, ich bin alternierend einmal seine Mutter, dann wieder seine Frau. Die Schwestern sagen: »Herr Wiedemann ist verkalkt.« Ich bin mir da nicht so sicher. Manchmal glaube ich, dass er ganz genau weiß, wer ich bin. Und vor allem, wer *er* ist. Es ist nur einfacher für ihn, es nicht wahrhaben zu wollen.

»Mami!«

»Ja, ich komm gleich, mein Baby. Ich muss nur noch vorher Herrn Wolfsohn waschen.«

Herr Wiedemann lacht wieder und planscht im Wasser. Herr Wolfsohn lacht nicht. Herr Wolfsohn sagt auch nichts. Herr Wolfsohn sagt selten etwas. Wenn dann nur: »Diese Drecksäcke! Diese Bolschewisten-Arschlöcher! Aber ohne mich!«

Meistens spuckt er danach aus und schweigt wieder. Manchmal weint er auch leise vor sich hin. Beim Haarewaschen schreit er jedes Mal: »Nicht so grob!« Immer. Auch wenn ich ganz zart mit meinen Fingerkuppen das Shampoo in seine nur noch wenigen Haare massiere. Als ich ihn abdusche, sagt er: »Scheiße! Alles Bolschewisten-Schweine! Aber irgendwann ist Schluss!«

Herr Wolfsohn und Herr Maroni sind beide halbseitig gelähmt. Herr Maroni rechts, Herr Wolfsohn links. Um die beiden in die Wanne zu heben, gibt es einen Kran. Beide weigern sich aber, sich vom Schwenkarm hoch- und in die Wanne heben zu lassen. Deshalb kommt Schwester Johanna zu Hilfe. Ich nehme die Männer unter den Achseln, sie hält die Beine. Mit »Hau ruck!« kommentiert Herr Maroni den Vorgang.

»Sie werden auch immer schwerer«, sagt Johanna.

»Das ist die Liebe, Fräulein«, entgegnet Herr Maroni und macht ihr schöne Augen.

»Wann waschen *Sie* uns mal wieder.«

»Solange Franz da ist, nicht.«

»Schade«, seufzt Herr Maroni.

»Tut mir leid, meine Herren«, sage ich, »aber ich würde mich auch lieber von Schwester Johanna waschen lassen.«

Herr Wolfsohn lacht, das erste Mal seit Langem wieder. Herr Maroni wird verlegen. Johanna tippt sich an die Stirn und verlässt das Bad.

»Die hat's Ihnen gegeben«, sagt Herr Wolfsohn und freut sich noch mehr.

Waschen muss *ich* die beiden. Sobald ich mit dem Waschlappen an Herrn Maronis faltiger Haut entlang wische, schließt er die Augen und seufzt leise. Sein Schwanz versteift sich langsam. Zuerst bemerke ich es gar nicht. Erst als ich mit dem Ellenbogen dagegen stoße, wundere ich mich ob des harten Widerstands. Herr Maroni hat bei jedem Baden einen richtig großen, für sein Alter und seinen Zustand geradezu unvorstellbaren Ständer. Als ich ihn für ein paar Minuten allein im warmen Wasser liegen lasse – ich hole das vergessene Badetuch aus der Kleiderkammer –, bemerke ich bei der Rückkehr, wie er mit seiner halbwegs intakten linken Hand versucht, seinen Schwanz zu reiben. Die Hand will aber nicht so, wie Herr Maroni sich das in den Kopf gesetzt hat. Immer wieder verfehlt sie seinen Penis und platscht ins Wasser. Ich ziehe mir erneut den Waschlappen über und kippe eine Handvoll Duschöl darauf. Ich fange an, seinen Unterleib zu waschen. Ich reibe mit dem Waschlappen immer wieder an seinem Schwanz entlang, bis Herr Maroni erneut leise seufzt und seine linke Hand auf meine Schulter legt. Ich reibe immer weiter, bis sich plötzlich sein ganzer Körper verkrampft. Die Muskeln verspannen sich, sein Körper bebt. Beine, Bauch, Arme, Brust und Kopf zittern. Scheiße, denke ich, was ist jetzt los? Herr Maroni hat sich nicht mehr unter Kontrolle und schlägt mit Arm und Bein um sich. Wasser spritzt. Herr Maroni rutscht in der Wanne nach unten. Er schluckt Wasser und hustet. Ich versuche, ihn nach oben aus dem Wasser zu ziehen.

Herr Wolfsohn lacht. »Jetzt schlagen wir zurück! Diese Bolschewisten-Schweine werden uns kennenlernen! Attacke!«

Die anderen sitzen wie gelähmt in der Wanne und schauen zu uns herüber.

»Hilfe! Schwester! Johanna!«, schreie ich.

Schwester Johanna kommt angerannt. Zu zweit ziehen wir Herrn Maroni aus der Wanne und legen ihn auf den Boden. Das Beben nimmt ab, die Muskeln entspannen sich wieder. Herr Maroni schnauft jetzt normal.

»Was hast du mit ihm gemacht?«

Johanna ist ganz rot im Gesicht.

»Gewaschen.«

»Es ist meine Schuld«, sagt Herr Maroni nuschelnd.

Ich kann ihn kaum verstehen.

»Bringen wir ihn zurück in sein Bett.«

Als ich Herrn Maroni das Plumeau bis unter das Kinn ziehe, sagt er leise »Danke«.

*

Ich bin verliebt. In Celine. Seit der Liebe zu Schwester Annemarie ist es das erste Mal, dass es mich erwischt hat. Die Hinwendung an Annemarie war die Liebe eines Knaben oder das, was er dafür hielt. Jetzt geht es um mehr. Celine hat mir den Kopf verdreht, wie es so schön heißt. Bei mir ist es nahezu wörtlich zu verstehen. Ich finde mich im Alltag nicht mehr zurecht. Alles gerät durcheinander. Ein wie ich im Prinzip gut organisierter Mensch verliert langsam die Übersicht über sein Alltagsleben, die Kontrolle über sich selbst. Ich kann mich auf nichts mehr konzentrieren. Immer wieder schießen mir Gedanken an Celine durch den Kopf und locken mich fort von mir. Die Kassiererin im Supermarkt muss dreimal die Summe nennen, bis ich kapiere, dass dieser Betrag von mir zu bezahlen ist. Ich stehe vor ihr, sehe sie an, höre sie sprechen und nehme sie doch nicht wahr. Ich verstehe sie nicht, weil ich gleichzeitig auf den Steinfliesen im Müller'schen Volksbad neben Celine sitze und an ihren Lippen hänge. Bis ich mich wundere, dass eine Stimme, die gar nicht zu Celine passt, ständig »21,95« sagt. Immer wieder tauchen Bilder von ihr auf – schön, groß, einnehmend –, die mich ausfüllen, alles andere verdrängen und nur noch sie in mir sein lassen. Ich sitze in der S-Bahn, ihren nackten, schwitzenden Körper vor Augen, in deren Nacktheit ich mich weide, deren Schweiß ich koste, bis ich selbst dieser nackte, schwitzende Körper zu sein glaube. Meine Hand liegt im Schoß und beginnt zärtlich, mit knetenden Bewegungen ihr Geschlecht zu streicheln. So lange, bis nebenan jemand »Sie Schwein!« zischt.

Mein Studium interessiert mich noch weniger als zuvor. Die letzten zwei Jahre war mein Interesse an meinem medizinischen Fortkommen bescheiden. Jetzt ist es gar nicht mehr vorhanden. Die Uni sehe ich nur noch von außen. Oder in Form von Bratwürsten mit Kartoffelpüree in der Mensa. Selbst da gehe ich nur noch selten zum Mittagessen hin.

Ich warte sehnsüchtig auf das nächste Treffen mit Celine. Am liebsten würde ich sie jeden Tag sehen. Sie sagt, wir müssen uns erst langsam aneinander gewöhnen. Wir bräuchten Zeit. Mir dauert das viel zu lange. Ich will mir keine Zeit nehmen. Nicht langsam, schnell. Jetzt. Sie blockt ab, antwortet auf meine Briefe nicht, kommt meinen gemailten Verabredungsvorschlägen nicht nach. Ich kann nicht mehr warten, sie wiederzusehen. Ich sitze um *»16 Uhr am Brunnen auf dem Marienplatz«. »Um 12 Uhr am Stachus.« »Um 11 Uhr auf dem Pariser Platz.« »Um 10 Uhr im Stadtcafé (ich bitte dich, komm!).«*

Ich warte jedes Mal, bis der letzte Hoffnungsschimmer erloschen ist oder ich so viel Kaffee getrunken habe, dass ich vor Nervosität nicht mehr sitzen kann. Sie kommt nicht. Nach vier Wochen kommt eine Postkarte. Sie will mich wieder treffen. Im Müller'schen Volksbad, *gleicher Tag, gleiche Uhrzeit wie das letzte Mal.*

vier

Gudrun von Hirschfeld geborene Tauber. Sie ist 85 Jahre alt, stammt gebürtig aus dem Rheinland. Witwe. Sie war verheiratet mit Heinrich von Hirschfeld. Zwei Söhne. Seit 1992 lebt sie im Seniorenheim Marienstift. Sie macht einen sehr gepflegten Eindruck. Verlässt nie ungeschminkt das Zimmer. Trägt Dauerwelle mit einer ins Rötliche getönten Haarfarbe. Benutzt immer dasselbe Parfüm, das sie meistens in großen Mengen aufträgt, sodass am Morgen nicht nur sie, sondern auch noch der ganze Flur danach riecht. Sie ist Veganerin und gilt als sehr unternehmungslustig. Macht mehrmals die Woche Spaziergänge, meist mit Frau Grünwald oder Frau Fiedler. Besucht immer montags das Frauenschwimmen im Hallenbad der Stadt und beteiligt sich an verschiedenen Freizeit- und Beschäftigungsangeboten des Marienstifts. Sie singt im Chor und ist in der Gymnastikgruppe, die auf ihre Anregung hin in einen männlichen und einen weiblichen Teil aufgeteilt wurde. Bei den Schwestern ist sie nicht sehr beliebt, weil sie ununterbrochen herummäkelt und sich meist nichts sagen lässt. Sie behandelt fast alle Schwestern wie kleine, ungezogene Kinder und beschwert sich regelmäßig bei Frau Brenner über sie. Die Anlässe sind größtenteils nichtig. Eine verschüttete Tasse, ein böser Blick, ein unpassendes Wort. Frau von Hirschfeld spielt die Vorfälle zu einer schwerwiegenden Affäre mit »weit reichenden Folgen« hoch, wie sie stets drohend verkündet. Nach ein paar Stunden ist der Vorfall wieder vergessen. Frau von Hirschfeld macht aus ihrer extrem konservativen Einstellung keinen Hehl.

»Die hat nicht mehr alle Tassen im Schrank«, sagen die Schwestern, wenn Frau von Hirschfeld von den vergangenen Nazi-Größen schwärmt und sich mit deren Bekanntschaft brüstet. Dr. Dellbrügg, ihr behandelnder Arzt, versucht ihr Verhalten mit einer fortschreitenden Realitätsverschiebung zu erklären. »Frau von Hirschfeld lebt ab und an in einer Art Parallelwelt«, doziert er dann. »Dafür kann die alte Dame eigentlich nichts.«

Was einige der Schwestern nicht so recht glauben wollen. Frau von Hirschfeld bekommt öfters Besuch. In der Regel von einem ihrer Söhne. Ab und an auch von der Schwiegertochter, die eine bekannte Juristin in der bayerischen Landeshauptstadt ist. Fährt die elegante Richterin mit der burschikosen Kurzhaarfrisur in ihrem 5er-BMW vor, strahlt Frau von Hirschfeld, dass sich die Wangen farblich an der Haarfarbe orientieren. Sie geht aufgeregt durch das Marienstift und verkündet jedem, ob er es wissen will oder nicht: »Sie kommt, sie kommt!«

Sie sammelt alle Zeitungsausschnitte, die über ihre Schwiegertochter veröffentlicht werden, klebt sie auf schwarzes Tonpapier und heftet sie dann in einen Ordner, auf dem sie mit geschwungenen Buchstaben *Dr. Klara Maria von Hirschfeld* geschrieben hat. Jeden Neuankömmling des Marienstifts zwingt sie, die Artikelserie, die meist aus spektakulären Prozessen des Oberlandesgerichts München besteht, anzuschauen und nach Möglichkeit auch durchzulesen. Wer sich nicht weigert und Interesse vortäuscht, gilt als ihr Freund. Viele gibt es davon im Marienstift nicht. Frau Grünwald und Herr Wolfsohn vielleicht. An guten Tagen auch Frau Weixelbaum und Frau Fiedler. Und Annemarie Brenner, die immer ein offenes Ohr für

Frau von Hirschfelds Nöte hat, die meist aus Beschwerden, Beschuldigungen und Denunziationen bestehen.

*

»Darf ich vorstellen«, sagt Frau Brenner, »das ist unser Neuer. Franz Benedikt Zacher. Er wird ab jetzt zehn Monate lang im Marienstift seinen Zivildienst ableisten.«

Es wird still. Ich stehe in der vorgeschriebenen und vom Marienstift zur Verfügung gestellten Kleiderordnung neben Frau Brenner, in weißer Hose, weißem T-Shirt und offenem weißen Kittel im Personalraum des Seniorenheims. Der Duft von frisch gebrühtem Kaffee liegt in der Luft. Ich verschränke die Hände hinter meinem Rücken und tänzle leicht im Stand. Ich bin nervös. Im Personalraum sitzen fast alle Schwestern der Frühschicht in ihren weißen Kitteln am Tisch und gucken mich an. Es sind ein paar hübsche Gesichter darunter, denke ich. Und glaube, die ein oder andere bereits einmal gesehen zu haben. Frau Brenner stellt mir meine neuen Kolleginnen vor.

»Schwester Claudia.«

Ich gehe um den Konferenztisch herum und greife nach ihrer ausgestreckten Hand. Sie fühlt sich weich und ein wenig feucht an.

»Schwester Ivonne.«

Sie grinst hinterhältig und zeigt dabei ihre kaputten Zähne.

»Schwester Margarethe.«

Ihr Händedruck ist so fest, dass er ein wenig schmerzt.

»Schwester Maria.«

Ein farbloses, unscheinbares Mädel, denke ich, blass, sehr blass.

»Schwester Heidi.«

Hübsch, sehr hübsch. Aber reserviert. Sehr reserviert.

»Das ist die Frühschicht«, sagt Frau Brenner, »die anderen werden sie dann später kennenlernen.«

»Fehlt nur noch ...«, sagt Schwester Margarethe und wird von Frau Brenner sofort forsch unterbrochen.

»Ja, ja, genau ... ach, wenn man vom Teufel spricht ...«

Alle lachen.

»Hier, hier kommt Schwester Johanna.«

Die Tür geht auf und Schwester Johanna steht im Zimmer.

»'tschuldigung, aber meine Karre ist mal wieder nicht angesprungen.«

Ich starre auf die junge Frau, die ihren Motorradhelm auf den Tisch pfeffert. Sie ist ungefähr so groß wie ich, ähnlich alt und schlank. Sie hat halblange braune, zu einem Pferdeschwanz zusammengebundene Haare. Ihr Gesicht ist bleich, der Mund schmal und die Augenbrauen sind ziemlich buschig. Beim Anblick dieser Frau durchzucken abwechselnd kalte und heiße Stromstöße meinen Körper. Ich möchte im Boden versinken. Ich weiß nicht, ob ich mich im Moment freuen oder mich besser verdammen soll. Es besteht kein Zweifel: Sie ist es. Sie scheint die ungewöhnliche Situation – alle Schwestern artig aufgereiht wie Hühner auf der Stange – im Personalraum langsam zu realisieren, wendet sich mir zu, verharrt – traut offenbar ihren Augen nicht –, sagt: »Das ist doch ...?« – wirft einen Blick zu Frau Brenner und sagt dann zu mir, als ob wir uns schon lange kennen würden und ziemlich vertraut wären: »Was willst *du* denn hier?«

Tatsächlich kennen wir uns schon ziemlich lange. Vertraut sind und waren wir uns aber nie. Johanna war die Freundin von Ralf. Außerdem war sie mit mir mehrere Jahre zusammen in der Schultheatergruppe. Als ich meine Heimatstadt verlasse, verliere ich sie aus den Augen. Ralfs

Kontakt zu ihr reißt ebenfalls ab. Das Letzte, was er über sie hört und mir in München erzählt, ist, dass sie angeblich geheiratet hätte.

»Herr Zacher macht bei uns Zivildienst«, sagt Frau Brenner.

»Nein!«

Verlegen, ein wenig rot im Gesicht, wage ich Johanna nicht anzusehen. Sie mustert mich, guckt mich an, als wäre ich wie eine faule Frucht vom Himmel gefallen. Lacht dann. Es ist nach wie vor das bezauberndste Lachen, das ich kenne. So lacht niemand. Früher schon hatte ich ihrem Lachen nichts entgegenzusetzen. Wenn sie lachte, waren meine Argumente überflüssig. In ihrem Lachen schmolz ich dahin.

»Ich werd verrückt«, sagt sie.

»Meinetwegen«, sagt Frau Brenner, »aber bitte erst in der Pause. Jetzt geht's an die Arbeit.«

Alle stehen auf, reden durcheinander und trinken die Kaffeetassen leer.

»Herr Zacher, Sie können gleich mal mit Schwester Johanna mitgehen. Sie zeigt Ihnen, was hier alles zu tun ist.«

*

Mehrere Jahre nach Opas Tod wird ein Mann wegen Trunkenheit am Steuer festgenommen. Der Mann ist schwerer Alkoholiker, leidet an Leberkrebs mit nur noch geringer Lebenserwartung. Während der Verhöre behauptet er, Franz Benedikt Zacher in Mittenwald umgebracht zu haben. Es wäre ein Auftragsmord gewesen, sagt er. Den Auftraggeber kenne er nicht. Er habe für die Tat damals 10.000 DM bekommen. 5.000 vor der Tat und 5.000 nach der Tat. In einem Kuvert wurde ihm das Geld zugesandt. Er beschreibt den Tathergang, den Tatort und den Ermordeten. Ob er sich nur wichtigmachen will oder tatsächlich mit dem Tod von Großvater etwas zu tun hat, ist für die ermittelnden Beamten zunächst unklar. Opas Fall ging damals durch Presse und Fernsehen. Es ist nach Jahren durchaus möglich, selbst genaue Details noch wiederzugeben. Als der Mann erzählt, dass er dem Opfer die Zunge herausgeschnitten habe, fangen die Beamten an zu stutzen. Die alten Akten werden besorgt und der Fall neu aufgerollt. Tatsächlich wurde das Opfer ohne Zunge aufgefunden. Sie blieb verschwunden, obwohl das Gebiet großräumig abgesucht wurde. Der Mann erzählt, dass er nach der Tat, wie es sein Auftraggeber von ihm verlangte, mit der Zunge in einem Paket im Zug nach München gefahren sei. Von dort mit dem Intercity *IC 211* nach Hamburg. Nach dem Halt am Bahnhof Fulda habe er das Paket im Abteil 23, in dem er einen Platz reserviert hatte, in das Gepäcknetz gelegt. Daraufhin habe er seinen Sitz verlassen. Er blieb wie angewiesen im Restaurant bis Hamburg sitzen. Als er den Zug dort verließ, war das Paket verschwunden. Zwei Tage später fand er in seinem Briefkasten das Kuvert mit den restlichen 5.000 DM. Über den Auftraggeber kann er, trotz intensiver Nachfragen, nichts, gar nichts sagen. Weder wie er heißt, aussieht oder spricht, noch ob es eine Frau oder ein Mann gewesen ist. Die einzige Kontaktaufnahme erfolgt auf brieflichem Wege. Aber selbst wo die Briefe herkommen, weiß er nicht. Sie sind nicht frankiert, nicht abgestempelt und müssen direkt bei ihm in den Briefkasten geworfen worden sein. Die Beamten wollen natürlich wissen, wie der Mann selbst mit dem Auftraggeber Kontakt hielt, wie er die Vorschläge und Anweisungen beantwortete.

»Gar nicht«, sagt der Mann. Immer wenn er einverstanden sein würde, solle er in der Elisabethkirche zu einer bestimmten Zeit eine Kerze anzünden. Wenn die Kerze nicht brenne, sei der Deal geplatzt. Brenne sie, wäre das das Zeichen der Zustimmung. Das Einzige, was ihm aufgefallen sei und was er sagen könne, ist, dass er immer das Gefühl hatte, auf Schritt und Tritt beobachtet worden zu sein.

Noch bevor es zu einem Prozess kommt, stirbt der Mann.

*

»Sind *Sie* das?«

An der Wand von Herrn Zacharias' Zimmer hängt eine kleine, eingerahmte Schwarz-Weiß-Fotografie hinter Glas.

»1953, Hämon, in Greifswald. *Antigone*. Meine erste Rolle.«

Herr Zacharias sitzt in seinem Lehnstuhl im Morgenmantel. Er hat einen weißen Hut auf dem Kopf. Mit seinem Stock stochert er in der Luft herum, als wolle er ein Orchester dirigieren.

»Das Einzige, was mir geblieben ist. Das Letzte, was sie mir gelassen hat.«

»Wer?«

»Meine Alte!«

»Herr Zacharias, so können Sie doch nicht von Ihrer Frau sprechen.«

»Ha!«

Er springt auf, fuchtelt mit dem Stock in der Luft herum, als wär's ein Degen.

»Ich kann noch viel mehr, mein Junge! Pass mal auf!«

Er zeichnet Fechthiebe, ganze Fechtkombinationen mit seinem Stock in die Luft und kommt mir dabei bedrohlich nahe. Ich stehe an seinem Bett und versuche, so gut es geht auszuweichen.

»Diese Sache fecht ich aus mit ihm, bis ich kein Augenlid mehr heben kann. Ich liebt Ophelia! – 40.000 Brüder hätten mit aller ihrer Liebe nicht mein Maß erreicht – was willst du tun für sie?«

Er stößt mich aufs Bett.

»Hamlet«, sage ich.

Ich liege mit dem Rücken auf dem Plumeau und sehe ihm zu, noch immer gegen einen unsichtbaren Gegner fechtend.

»Bei Christi Wunden, zeig mir, was du tun willst: Willst weinen? Fechten? Fasten? Dich zerreißen? Willst Essig saufen? Krokodile fressen? Ich tu's! Kommst du zu winseln her? Zu trotzen? Mir ins Gesicht mit deinem Sprung ins Grab? Lass dich lebendig hier mit ihr begraben, und ich will's auch!«

Wieder fuchtelt er in der Luft herum. Sein Morgenmantel flattert dabei. Sein Hut fällt zu Boden.

»Und wenn du schwätzt von Bergen, lass sie Millionen Haufen auf uns werfen, bis unsre Erde sich verbrennt den Scheitel am höchsten Himmelsbrand und den Berg Ossa zur bloßen Warze macht! Nimmst du dein Maul voll, prahl ich so gut wie du!«

Er sticht auf seinen Hut ein. Der unsichtbare Gegner, jetzt der Hut, hüpft auf dem Boden umher, bis er regungslos liegen bleibt und stirbt.

»Bravo!«

Ich klatsche, er verbeugt sich.

»*Hamlet*, 1962, Nationaltheater Weimar«, sagt er ein wenig außer Atem.

»Ich habe auch mal in *Hamlet* gespielt. Laertes. In der Schultheatergruppe.«

»Hamlet kann man nicht *spielen*, mein Junge, Hamlet muss man *sein*.«

Ich denke an Ralf und seine laienhafte Interpretation von Hamlet.

»Da haben Sie auch wieder recht.«

Er setzt sich den Hut auf den Kopf und lässt sich in den Lehnstuhl fallen.

»Und was glauben Sie, wer Ophelia war?«, frage ich.

Er wischt sich mit seinem karierten Taschentuch den Schweiß aus dem Gesicht.

»Sie werden es nicht glauben, Schwester Johanna.«

»Ha! *Die* und Ophelia, dass ich nicht lache. Die kann doch nicht mal den siebten Zwerg im Weihnachtsmärchen spielen.«

»Sie mögen Schwester Johanna nicht?«

»Diese frigide Fotze!«

»Herr Zacharias!«

»Ich mag *keine* Schwester.«

»Na ja, die ein oder andere …«, versuche ich zu beschreiben, wofür mir die Worte fehlen.

»Ach, hör mir auf mit den Weibern hier, die gehen mir langsam auf die Nerven. Haben immer so was Mütterliches an sich. Ich mochte mütterliche Frauen noch nie. Mir waren die verruchten, die unsteten, die *heute hier, morgen da* schon immer am liebsten. Leider habe ich auch ein Muttertier abbekommen, deren Sorgfalt so weit geht, dass sie mich hier ins Altenheim steckt.«

»Ihre Frau will bestimmt nur das Beste …«

»Red keinen Blödsinn. Es reicht, dass das die weißen Weiber hier mir einzubläuen versuchen. Ich weiß ganz genau, was Sache ist.«

Er will es mir offenbar nicht sagen und schweigt. Ich mache sein Bett, stelle ihm eine Flasche Mineralwasser auf den Nachttisch und will mich möglichst unauffällig aus dem Zimmer stehlen. Während er die ganze Zeit über das kleine Foto an der Wand anstarrt.

»Zacher!«

Ich erschrecke, bleibe an der Tür stehen und drehe mich zu ihm um. Er zeigt mit seinem Stock auf mich.

»Was ich dir noch sagen will! Gut, dass du hier bist. Endlich mal ein Mann in diesem Weibernest.«

Er springt wieder vom Lehnsessel auf.

»Die Katze maunzt, der Hund hat seinen Tag!«

Ich flüchte.

*

Ich will nicht mehr leben! Ein Satz, den man oft denkt, der aber gesprochen einerseits an Brutalität gewinnt und andererseits an Entschlossenheit verliert. Nein, ich will nicht sterben. So wie jetzt aber auch nicht mehr weiterleben. Ich leide. An Celine. An mir. Ich verharre in einem Zustand, den ich nur aus billigen, meist deutschen Fernsehfilmen kenne. Und über den ich nur kopfschüttelnd denke, alles Klischees: der betrogene, verlassene Lonely Heart, der im Selbstmitleid badet und nur mit hochprozentigem Alkohol den Liebeskummer erträgt. Es ist wirklich so. Und es ist noch viel schlimmer. Im Leben. Es ist grausam. Ich gehe nicht mehr ans Telefon. Der Anrufbeantworter blinkt aufgeregt. Ich gehe nicht mehr zur Tür. Die Nachbarin klopft. Der Briefkasten wird nicht mehr geleert. Ich rasiere mich nicht mehr. Dusche nicht. Ziehe mich seit Tagen nicht mehr an, liege nur noch im Bett und schaue die Flimmerkiste leer. 34 Programme helfen mir. Eine Vorabendserie zeigt, wie einfach es ist, glücklich zu sein. In 15 Minuten ist der Junkie clean. Rollstuhlfahrer haben auch Gefühle. Und lesbische Liebe ist hip. Ich liebe Celine. Sie liebt mich nicht. Ich liebe sie. Sie liebt mich nicht. Sie liebt mich. Nicht. In Gedanken zupfe ich mir die Haare aus. Sie liebt mich. Nicht. In Wirklichkeit bin ich ein armes Schwein. Und raufe mir die Haare.

Rauche. Trinke harte Sachen. Schnaps, Likör, Rum. Alles. Selbst der Mariacron – ein Geschenk meiner Nachbarin fürs Einkaufstütenschleppen –, der seit Jahren unangerührt und verstaubt in meiner Küche steht, muss daran glauben. Hin und wieder döse ich ein, träume meinen eigenen Zustand und erlebe im Traum meine reale Armseligkeit aufs Neue, wache wieder auf und weiß für Augenblicke nicht, wo ich bin. In meinem Kopf oder in meinem Zimmer. Ich denke, es ist ohnehin egal, und gucke wieder dem spielenden Fernseher zu. *Aktenzeichen XY*. Wo ist Eduard Zimmermann? Das ist doch der Moderator vom *Sportstudio*, der da in den Kulissen von *XY ungelöst* steht. Verbrechensaufklärung als sportliche Aktivität? Oder ist Sport Mord? Was haben die sich beim ZDF dabei gedacht? Vielleicht werden gleich abgeschlagene Köpfe auf die Torwand gekickt. Oder Franz Beckenbauer taucht auf und erklärt anhand einer Täterbeschreibung, wie der Transfermarkt mit den jungen Spielern aus dem osteuropäischen Ausland läuft. Mir ist nicht nur der aufgedrehte Sportmoderator zu viel. Mir fehlt vor allem Ede Zimmermann. Meine Kindheit – der Inbegriff meiner Kindheit – ist verschwunden. Ist Ede Zimmermann nur pensioniert? Oder gar tot? Kann man als leidenschaftlichster Verbrecherjäger der Nation überhaupt in Pension gehen? Kann man als engagiertester Kriminalitätsbekämpfer des Landes überhaupt sterben? Für mich nicht. Für mich lebt Ede Zimmermann weiter. Vielleicht nicht neben dieser aufdringlichen Quasselstrippe auf dem Bildschirm, die zwischen illuminierten Stehpulten herumturnt. Aber in der Erinnerung. In der Erinnerung fängt Ede Zimmermann für mich weiter ausländisch aussehende Mörder und nur gebrochen deutsch sprechende Bankräuber. Zusammen mit Konrad Toenz. Der fehlt auf dem Bildschirm nämlich auch. Das fürchterliche Voice-over dagegen ist noch immer dasselbe. Das beruhigt und erschreckt zugleich. Ansonsten ist die Sendung kaum wiederzuerkennen. Der Moderator sitzt nicht wie Zimmermann hinter einem unbezwingbaren Schreibtisch, der Distanz, Unbestechlichkeit, Souveränität und Seriosität in einem vermittelt, sondern geht auf und ab und hin und her. Alles ist sportiver. Der ganze neuzeitliche Firlefanz eben. Nur die Verbrechen sind dieselben. Vergewaltigung, Mord, Totschlag, Bankraub, Einbruch. Auch die Verbrecher sind sich bei *Aktenzeichen XY ungelöst* treu geblieben. Unvorteilhafte Bilder, kriminelle Physiognomien, böse Gesichter. In der Sendung sind drei Viertel der Verdächtigen Ausländer. Das war früher schon so. Da liegt der von ZDF und *XY* implizierte Schluss nahe, dass alle in Deutschland lebenden Menschen fremder Nationalität straffällig sind. Das andere Viertel ist verdächtig. Das ist der alltägliche Rassismus *Made in Germany* gesponsert by *XY* und ZDF. Das war früher auch schon so.

Bei Papa wirkt es.

»Schon wieder ein Pollacke«, sagt Papa, wenn Ede Zimmermann den Täter beschreibt und auf sein nicht deutsches Äußeres hinweist.

»Jetzt hör aber mal auf«, versucht Mama zu intervenieren.

»Ist doch wahr!«

Papa ist überzeugt, dass jeder, der nicht blond, blauäugig und zwischen Garmisch-Patenkirchen und Flensburg seine Wurzeln hat, verdächtig ist. *Aktenzeichen XY* ist sein Verbündeter. Zusammen gehen sie auf Jagd für die nationale Sache.

Ich erschrecke, was für Gedanken das sind, die mir da durch den Kopf gehen, in solch einem Zustand. Ist das das Ende? Oder der erste Hoffnungsschimmer? Ich schalte um. Eine Volksmusiksendung läuft auf dem Ersten. Auch Kindheit. Die zwei Säulen im medialen Leben meiner Eltern.

Das eine zeigt das Böse, das andere das Gute. Da kann man sich zurücklegen und genießen. Und sein, wie man es sich immer wünscht. Mit *Schwarz-braun ist die Haselnuss* und *Ich fang für euch den Sonnenschein, Hossa, Hossa* träumen. Papa schläft schnell ein. Mama strickt für böse Zeiten dicke Socken. Ich stelle mir vor, wie Katja Ebstein nackt aussieht. Viele Jahre später weiß ich es. In einem Boulevardmagazin zeigt sie alles. Es stimmt genau mit meiner Vorstellung überein. Wäre ich jetzt nicht zu betrunken, bestünde die Möglichkeit, dass mein Schwanz auf diese Erinnerung reagiert. Mein Schwanz hängt leblos zwischen den Schenkeln und stinkt. Mein Kopf schmerzt, mir ist schlecht. Ich stehe auf, wanke zum Klo und kotze. Trinke danach weiter. Wenn ich mich zufällig im Spiegel erblicke, komme ich mir nicht nur fremd, ich komme mir erbärmlich vor. Kotzerbärmlich. Es sieht eher nach Ende aus als nach Hoffnungsschimmer.

Dabei muss irgendwann der Gedanke an die Oberpfalz entstehen. »Wenn die Gegenwart keine Zukunft mehr hat, bleibt nur der Weg in die Vergangenheit«, lese ich einen imaginären Kalenderspruch von der Wand. Ich muss weg von hier! Raus aus dieser Wohnung. Raus aus dieser Stadt. Raus aus diesem Leben. Weg von den Erinnerungen. Mich von dem Gedanken an Celine lösen. Dem erbärmlichen Selbstmitleid einen Tritt verpassen.

*

Ich stehe am Fenster und sehe in den Hof hinunter. Schräg gegenüber dem Haus ist der Kuhstall. Der Stall ist leer. Die Kühe sind auf der Weide, nicht weit vom Bauernhof entfernt. Opa und ich bringen sie jeden Morgen auf die Wiesen hinaus und holen sie abends, bevor die Sonne untergeht, wieder zurück. Dann werden sie festgekettet und stehen oder liegen nebeneinander die ganze Nacht hindurch im Stall. Manchmal lässt Opa die Kühe über Nacht draußen. Dann, wenn der Wetterbericht verlässlich keinen Regen und vor allem kein Gewitter meldet. Gewitter mögen Kühe überhaupt nicht. Sie bekommen Angst, zertreten in Panik die Zäune und laufen davon. Einmal, als der Wetterbericht sich irrt, müssen Opa und ich am nächsten Morgen die Kühe in der ganzen Umgebung zusammensuchen. Seitdem ist Opa besonders vorsichtig.

An der Hauswand steht mein Kinderfahrrad, das Opa und Oma mir dieses Jahr zum Geburtstag geschenkt haben. Ein Huhn sitzt auf dem Sattel, ein anderes auf dem Gepäckträger.

»He, weg da!«, schreie ich.

Die Hühner können mich durch das geschlossene Fenster hindurch nicht hören. Zwei weitere Hühner laufen gerade über den Hof und picken hin und wieder etwas auf dem Boden auf. Vor der Scheune, die an den Stall anschließt, steht der Gummiwagen. Es ist ein kleiner Pritschenwagen mit vier Gummireifen und einem Kutschbock. Das Pferd zum Gummiwagen steht mitten im Hof und wird von Opa gerade gestriegelt. Mit einer Bürste fährt er dem Gaul zuerst immer wieder liebevoll über den Rücken und am Bauch vorbei. Dann bürstet er die lange Mähne des Pferdes. Zuletzt den Schweif. Das Pferd bleibt ruhig und geduldig auf der Stelle stehen. Opa klopft ihm gelegentlich auf den Bauch oder greift in seine Hosentasche, holt ein Zuckerstück heraus und hält es dem Gaul in der flachen Hand vors Maul.

»Friss, Evi, friss«, sagt Opa jetzt bestimmt.

Evi schnappt mit ihrem geöffneten Maul und den wulstigen Lippen nach dem Würfelzucker und schluckt ihn hinunter. Ich habe immer ein wenig Angst, wenn Opa mir den Würfelzucker auf die flache Hand legt und Evi danach schnappt. Wie schnell macht Evi das Maul einfach etwas weiter auf, denke ich, und schon ist meine kleine Kinderhand verschwunden. Zu dieser Zeit weiß ich noch nicht, dass Pferde Pflanzenfresser sind und kleine Kinderhände gar nicht mögen. Eigentlich hätte ich es mir damals schon denken können. Ich sehe immer zu, wenn Opa Evi füttert. Jetzt auch. Er gibt ihr frisches Gras, gemahlenes Korn und dazu einen Kübel voll frischem, kaltem Wasser. Opa mag den Gaul. Opa liebt Evi.

»Mehr als alles andere«, sagt Papa. Und Mama fügt hinzu: »Bei Opa kommt zuerst der Gaul, dann lange nichts und dann erst Oma.«

Danach lacht sie jedes Mal schadenfroh. Und ich denke erstens, bloß gut, dass Papa keinen Gaul hat, und zweitens, wo komme ich eigentlich?

Ein kleines Mädchen mit dicken Zöpfen rennt über den Hof. Es ist Anneliese, die jedes Jahr mit ihren Eltern in Opas Pension Urlaub macht. Auch sie schaut Opa gern zu, wenn er den Gaul striegelt. Meistens legt sie mit Hand an. Nimmt eine Bürste und streicht über das Fell, dabei wirft sie mir immer einen Blick zu, als wolle sie sagen: »Schau schön zu, Kleiner, so macht man das!«

Ich traue mich nicht, den Gaul zu bürsten. Anneliese hat auch keine Angst, Evi Zuckerstücke vor die Nase zu halten. Wenn ich die Hand schnell zurückziehe, lacht sie schadenfroh. Einmal sagt sie »Hosenschisser«, woraufhin ich so rot im Gesicht werde wie ihr Kleid. Jetzt bleibt sie bei Opa stehen, fragt ihn etwas. Opa zuckt mit den Schultern. Sicher ist sie auf der Suche nach mir. Opa verrät mich nicht. Anneliese guckt in meine Richtung. Ich ducke mich. Hoffentlich hat sie mich nicht gesehen.

*

Da war was! Eine Tür. Ein Knarren. Irgendein Geräusch, das um diese Uhrzeit nicht ins Heim passt. Es ist mitten in der Nacht. Ich sitze im Personalzimmer, warte, bis die Sonne aufgeht und meine Schicht zu Ende ist. Schwester Ivonne liegt nebenan auf der Couch. Sie schläft. Muss ich mich schon nicht mit ihr unterhalten. Einer bleibt wach, der andere kann sich hinlegen, so ist die Regelung. Inoffiziell. Offiziell müssen beide wach bleiben. Ich stehe auf.

Wieder ein Geräusch. Irgendjemand geht auf dem Flur umher. Oder war es der Aufzug? Wer fährt da wo hin? Ich gehe den Flur entlang. Nichts. Frau Grünwalds Tür ist offen.

»Frau Grünwald?«

Das Bett ist leer. Frau Grünwald ist nicht in ihrem Zimmer. Ich könnte Schwester Ivonne wecken. Lieber nicht. Auf deren hysterische Reaktion kann ich jetzt gut und gern verzichten. Ich suche Frau Grünwald lieber allein. Weit kann sie nicht sein. Ich sehe auf dem Klo nach.

»Frau Grünwald?«

Im Treppenhaus fällt eine Tür ins Schloss. Ich steige die Stufen nach unten. Im ersten Stock ist die Tür von Herrn Wolfsohn nur angelehnt. Ich blicke durch den Spalt und sehe Herrn Wolfsohn in seinem Bett liegen. Daneben sitzt auf der Bettkante Frau Grünwald. Ob die jetzt ein Nümmerchen schieben?, denke ich und kann mir ein Schmunzeln nicht verkneifen. Sie unterhalten sich. Ich sehe zu, kann aber nichts verstehen.

»Was machst du da?«

Ich erschrecke, drehe mich um. Schwester Ivonne schaut vom Ende des Flurs zu mir herüber. Sie kommt langsam auf mich zu. Frau Grünwald auch. Beide stehen jetzt vor mir und sehen mich an, als ob von mir und nicht von Frau Grünwald eine Erklärung zu erwarten wäre.

»Was machen Sie bei Herrn Wolfsohn?«, fragt Schwester Ivonne Frau Grünwald.

»Ich habe Herrn Wolfsohn ein Buch zurückgebracht.«

»Was für ein Buch?«, frage ich.

»Jetzt? Mitten in der Nacht?«, fragt Ivonne.

»Na und?«, erwidert Frau Grünwald.

Herr Wolfsohn tut so, als ob er schlafe.

»In der Nacht wird geschlafen, Frau Grünwald.«

»Nicht immer«, widerspricht sie.

»Hier schon. Es gibt eine Hausordnung, die Sie so gut wie ich kennen, und da steht zweifelsfrei …«

»Ist ja nicht so schlimm«, unterbreche ich Schwester Ivonne.

»Nicht so schlimm? Es *ist* schlimm. Wenn alle in der Nacht herumgehen würden …«

»Was wäre dann?«, fragt Frau Grünwald provozierend.

»Tun aber nicht alle«, widerspreche ich Schwester Ivonne.

»Chaos wäre dann. Totales Chaos!«

»Und Frau Grünwald tut es auch nicht mehr. Nicht wahr, Frau Grünwald?«

Frau Grünwald hebt die Schultern und lächelt mich an.

»Das muss gemeldet werden, das muss der Heimleitung gemeldet werden.«

»Das ist doch eine Lappalie«, versuche ich, Ivonne zu beschwichtigen.

»Das ist ein Verstoß gegen die Heimordnung.«

»Ivonne!«

»Hexe!«, zischt Frau Grünwald.

Ivonne verharrt, sieht mich entsetzt an, dann Frau Grünwald.

»*Was* haben Sie da gesagt?«

»Nichts!«

Sie wendet sich an mich. »Hast du das gehört!«

»Nein.«

Frau Grünwald lächelt.

»So, Frau Grünwald, wir gehen jetzt wieder zurück in Ihr Zimmer. Mit ein wenig Glück ist Ihr Bett sogar noch warm.«

Ich lege meine Hand auf ihre Schulter und gehe mit ihr den Flur entlang. Schwester Ivonne bleibt konsterniert zurück.

»Ich habe Ihnen ja gesagt, dass sie eine Hexe ist! Glauben Sie mir jetzt?«

Ich zucke mit den Schultern.

*

Die Rollstühle stehen im Garten. Es ist Nachmittag, die Sonne scheint. Manche der Bewohner sitzen in der Hitze und dösen vor sich hin. Herr Zacharias spielt gegen Herrn Maroni Schach. Herr Maroni kann überhaupt nicht Schach spielen, zumindest nicht eigenhändig. Seine rechte Hand ist gelähmt und seine linke hat schwerwiegende Probleme mit der Feinmotorik. Wenn er nach einer seiner Figuren greift, fallen mindestens drei oder vier der anderen um. Herr Zacharias schreit daraufhin jedes Mal: »Lass deine Wichsgriffel bei dir!«

Alle anderen Bewohner, die bis dahin in ihren Rollstühlen im Garten vor sich hindösten, schauen interessiert auf, grinsen schadenfroh oder schütteln empört den Kopf; irgendeine der Schwester zischt: »Herr Zacharias!«

Herr Maroni wird dabei jedes Mal rot im Gesicht. Dann weigert er sich weiterzuspielen. Bis sich Herr Zacharias entschuldigt. Theatralisch springt er vom Tisch auf, kniet sich vor Herrn Maroni nieder, greift nach seiner feinmotorisch defekten Hand, die am Körper herunterhängt, küsst sie mehrmals – wobei laute Schmatzgeräusche durch den Garten klingen –, bittet ebenso oft um Verzeihung, setzt sich wieder und sagt völlig verändert: »Los, machen wir weiter!«

Die in den Rollstühlen lachen wieder oder schütteln noch immer den Kopf, die Schwestern tippen sich ebenso theatralisch an die Stirn. Herr Maroni ist noch röter im Gesicht und nickt halbherzig, aber versöhnt. Das Ganze wiederholt sich drei, vier Mal während des Spiels, bis Herr Zacharias schließlich Herrn Maronis Züge ausführt und dabei, wie mir auffällt, ständig schummelt, sodass er am Ende gewinnt. Wenn nicht, weil es auch Herrn Maroni auffällt, dass da etwas nicht stimmen kann, und er darauf besteht, dass seine Figur da hingestellt wird, wo er es möchte, beschuldigt Herr Zacharias Herrn Maroni schließlich des Betrugs. Herr Maroni schlägt dann, wieder rot im Gesicht, mit seiner Krüppelhand in Herrn Zacharias' Richtung, wobei er jedes Mal mit voller Wucht auf das Schachbrett patscht, sodass alle darauf verbliebenen Schachfiguren umfallen und auf den Boden rollen. Sie schwören sich von da an, nie wieder miteinander zu spielen.

»Du bist dran«, sagt Herr Zacharias.

Herr Maroni überlegt, sagt: »Pferd auf H5.«

Herr Zacharias nimmt Herrn Maronis weißes Pferd und setzt es auf H6. Er zwinkert mir zu.

Ich sitze neben Frau Ada und lese ihr leise aus der *Antigone* vor. Frau Ada hört aufmerksam zu und schließt dabei die Augen.

»Wer wirklich will, muss nach dem Leben mit beiden Händen greifen und machen, einfach machen. Sich verweigern ist ein Einfaches, selbst wenn man dabei ins Gras beißt. Es geht nur darum still zu sitzen und auszuharren, bis das Leben fortschreitet oder der Tod kommt. Wer Ja sagt, muss das Leben fest mit beiden Fäusten anpacken und sich in die Arbeit knien, dass der Schweiß rinnt. Nein sagen ist leicht, selbst wenn man dabei sterben muss. Man braucht nur ruhig dazusitzen und zu warten – auf das Leben oder bis man eben umgebracht wird.«

Ich blicke von dem Buch auf. Frau Ada hat nach wie vor die Augen geschlossen; Herr Maroni schaut mich dagegen mit großen Augen an, als ob ich nicht Franz Benedikt Zacher der Zivi wäre, der ihm jeden Tag den Arsch abputzt und einmal die Woche den Rücken einseift, sondern Kreon, der Onkel von Antigone und seines Zeichens König, der ihm an seine faltige Kehle will. Ich lächle, sage: »Hören Sie nicht hin, sonst verlieren Sie nicht nur irgendwann Ihr Leben, sondern auch gleich das Spiel.«

Der arme Herr Maroni scheint gar nichts mehr zu kapieren, während Herr Zacharias die Schachfiguren heimlich, wild und leise auf dem Schachbrett herumschiebt.

»Schach!«

Plötzlich kommt Frau von Hirschfeld aus dem Speisesaal nach draußen gerannt, sofern man in diesem Alter noch von Rennen sprechen kann. Sie baut sich vor Frau Ada auf und beschuldigt sie, ihre Brosche gestohlen zu haben. Erst jetzt schlägt Frau Ada die Augen auf und tippt sich an die Stirn.

»Du hast sie«, schreit Frau von Hirschfeld.

Ich mische mich ein, versuche sie zu beruhigen.

»Wie sieht Ihre Brosche denn aus, Frau von Hirschfeld?«

»Gold! Sie ist aus purem Gold. Es ist ein Enzian und hat Brillantsteine als Blüten in der Mitte.«

»Und die Stiele laufen unten zusammen?«, frage ich.

»Ja, genau!«

»Und sind mit einem Band aus Gold zusammengebunden?«

»Richtig!«

»Dann kann es nur die Brosche hier an Ihrer Strickweste sein.«

Frau von Hirschfeld blickt an ihrer Strickweste entlang.

»Da ist meine Brosche«, schreit sie überrascht und flüstert leise: »Die habe ich von Wolf.«

»Nein, nicht schon wieder, Frau von Hirschfeld.«

»Doch, Wolf war mein Geliebter.«

Frau Ada steht auf und geht.

»Und Rudolf war mein Verlobter. Der Stellvertreter vom Führer.«

»Frau von Hirschfeld«, sage ich in ermahnendem Ton. »Das will hier niemand hören.«

»Doch, ich gern«, sagt Frau Grünwald und wendet sich auf ihrem Liegestuhl Frau von Hirschfeld zu.

»Gut, dann können Sie sich ja zusammen unterhalten«, sage ich und folge Frau Ada.

Herr Zacharias küsst gerade wieder die Hand von Herrn Maroni, während ihn dieses Mal die Damen und Herrn in den Rollstühlen nicht beachten, sondern mir fragend hinterherblicken.

*

Celine sitzt wieder neben ihrem roten Handtuch in der Dampfsauna. Ich würde sie am liebsten anfassen. Ihre feuchte Haut berühren. Ihre kleinen Brüste streicheln. Meinen Kopf in ihren Schoß legen. Sie lieben, sie ficken. Ich traue mich nicht. Ich starre vor mich hin in den Dampf, schwitze wie ein Schwein und sage schließlich leise wie für mich, dass ich mich in sie verliebt habe, dass ich an nichts anderes mehr denken könne als an sie. Im Moment, als die Worte über meine Lippen kommen, denke ich, wie banal das klingt, wie lächerlich. Sie sagt nichts. Sieht mich nur an. Dann steht sie auf, nimmt ihr rotes Handtuch und steigt von der Steintreppe herunter. Sie tritt in mein Blickfeld, bleibt stehen und sagt, fast ebenso leise wie ich: »Hör zu! Ich kann nicht. Ich kann mit dir nicht zusammen sein. Ich finde dich nett, ja, nett. Aber verliebt? Verliebt bin ich nicht in dich.«

Ihre Worte treffen mich gar nicht so unvorbereitet und dennoch zerreißt es mir beinahe den Kopf. Celine macht eine Pause, um mir vielleicht Gelegenheit zu geben, darauf zu reagieren. Aber wie? Mir fällt nichts ein. Ich bin paralysiert. Sehe nur ihren rechten, kleinen Busen vor mir, der sich schnell hebt und senkt.

»Vergiss mich«, sagt sie, dreht sich um, öffnet die Tür und verschwindet.

Jetzt müsste ich ihr nachgehen. Sie zur Rede stellen. Sie mit ihren vergangenen Blicken konfrontieren. Sie war es doch, die den Kontakt zu mir suchte, die mir schöne Augen machte. Sie war es, die mich küsste, zwar nur auf die Wange, aber immerhin. Sie war es, die mir den Kopf verdrehte. Alles ging von ihr aus. Nur sie. War das alles gespielt? Nur in *meinen* Augen Sympathie, Zuneigung und Liebe? War es in Wirklichkeit ganz anders? Aber was ist schon die Wirklichkeit? Diese nassen, tropfenden Steinstufen, dieser nackte etwas ausgemergelte 22-jährige junge Mann, der auf ihnen sitzt und das erste Mal in seinem Leben, noch bevor er überhaupt mit einem Mädchen zusammen ist, schon verlassen wird. Das kann nicht die Wirklichkeit sein, dafür scheint es viel zu banal, viel zu lächerlich. Ich merke, wie ein steinernes Grinsen meinen Mund entstellt und sich nicht mehr vertreiben lässt.

Ich bleibe auf der Steintreppe zurück, starre weiterhin debil grinsend vor mich hin. In den weißen dampfenden Nebel hinein. Glaube dabei selbst zu verdampfen und mich aufzulösen in winzige H_2O-Molekühle, die aufsteigen und unter der Decke an den Kacheln als Tropfen hängen bleiben, bis sie sich aus vier Metern Höhe suizidal wie Tränen nach unten stürzen. Und zerplatzen. Ich möchte weinen. Ich kann nicht. Ich konnte noch nie weinen. Ich sitze da und starre in den Nebel, während nur noch ein einziger Gedanke in meinem Kopf hin und her schaukelt und wie mit einer Kinderstimme immer wieder »Vergiss mich« sagt; unmöglich. Unmöglich, sie zu vergessen.

Sie hat ihr Handtuch zurückgelassen. Es liegt über mir auf der Steinstufe; der Aufdruck *Love* ist zerknautscht. Ich nehme es und halte es mir vor das Gesicht, genau da, wo das *Love* steht. Ich inhaliere den Geruch, bis meine Lungen schmerzen. Es riecht nach Arschritze; objektiv und mit dem Abstand von einem Jahr riecht es eindeutig nach Celines Arschritze. Subjektiv und mit den Augen des Getäuschten, der Nase im Moment tief im Gefühlsstrudel, könnte so auch Liebe riechen. Das versteinerte Grinsen löst sich auf, der Mund könnte lautlos Worte formen. Das Einzige, was bleibt: ein nasses rotes Handtuch mit einem Versprechen, das nicht eingelöst wird, nie eingelöst wird und das nach Arschritze riecht.

Ich weiß nicht, wie lange ich in der Dampfsauna sitzen bleibe. Es muss lange sein. Meine Haut ist danach ganz schrumplig und aufgeweicht. Erst als ich neben mir einen dicken Mann bemerke, als wäre er von Celine geschickt, dessen Knie wie zufällig meines berührt, und der mir auffällig zwischen die Beine starrt, stehe ich auf und verlasse schwankend die Sauna.

Bevor ich die Tür von außen schließe, zische ich, indem ich mich kurz umdrehe, in einer Mischung aus Wut, Verzweiflung und Trauer, dass ich selbst dabei erschrecke: »Schwule Sau«.

fünf

Rosemarie Grünwald geborene Müller. Sie ist 79 Jahre alt, 1,59 Meter groß und wiegt 76 Kilogramm. Witwe. Sie war mit Hugo Grünwald verheiratet. Hat einen Sohn und drei Enkelkinder. Sie ist seit 1996 im Seniorenheim Marienstift. Bis zu ihrer Pensionierung ist sie Grundschullehrerin im Schwäbischen. Sie gilt als sehr wohlhabend. Anscheinend besitzt sie mehrere Grundstücke und Immobilien auf der Schwäbischen Alb. Seit dem Tod ihres Mannes leidet sie in unregelmäßigen Abständen unter Verfolgungswahn und Angstzuständen, gegen die Dr. Dellbrügg mit Antidepressiva oder, wie er sagt, »Muntermacher« vorgeht. Wenn Frau Grünwalds Angst von den blassblauen Pillen wie weggeblasen ist, verspricht sie jedes Mal, den Doktor in ihrem Testament großzügig zu berücksichtigen.

»Ach, Frau Grünwald, bei einem Sohn, drei Enkeln und hoffentlich bald vielen, vielen Urenkeln wird da nicht viel bleiben«, sagt Herr Dellbrügg scherzhaft, während er ihr den Puls misst.

»Die kriegen nichts«, zischt Frau Grünwald. Dann lacht sie schadenfroh und zwinkert dem Doktor verschwörerisch zu. »Die werden Augen machen.«

Jetzt lacht auch Dr. Dellbrügg. Nur ganz kurz, dann weicht dem heiteren Gesichtsausdruck ein angespannter. Der Puls ist perfekt, denkt der Doktor und dann bestimmt daran, dass er bei dem guten körperlichen Zustand der alten Grünwald sicher noch lange auf die versprochene Erbschaft warten muss.

Frau Grünwald ist mit Frau von Hirschfeld und mit

Herrn Wolfsohn befreundet. Meistens hat sie keinen Appetit, isst sehr wenig, nimmt aber trotzdem permanent zu. Alle geben sich offiziell ahnungslos, wissen allerdings genau, dass Frau Grünwald heimlich, vorzugsweise in der Nacht, Süßigkeiten isst. Selten bekommt sie Besuch. Wenn, dann kommt ihre Enkeltochter Claire einmal in zwei bis vier Wochen vorbei, bringt ein paar, wie sie immer betont, »selbst gemachte« Obstkuchenstücke mit und die neuesten Informationen in Sachen Familienangelegenheiten. Frau Grünwald sitzt dann vorwiegend schweigend in ihrem Sessel und lässt sich von der Enkelin erklären, wer mit wem wieder im Clinch liegt, wer was wie gemacht hat, »dass die Mutti sehr beschäftigt ist und der Paps wieder mal eine Freundin hat«.

Ab und an gähnt Frau Grünwald oder nickt gleichgültig mit dem Kopf. Woraufhin die Enkelin »Ich möchte dich nicht zu sehr anstrengen, Omilein«, sagt, ihr wie einem kleinen Kind die Wangen tätschelt und spätestens nach einer Stunde wieder verschwindet. Nicht ohne zuvor noch einer der Schwestern »Passen Sie gut auf Oma auf« zuzuflüstern. Wobei sie ihr meistens 20 bis 50 Euro zusteckt. Die Solidarischen stecken das Geld in die Kaffeekasse, die Geizigen behalten es für sich.

*

Es ist Samstagfrüh, halb neun. Ich habe frei, liege im Bett, möchte schlafen und höre den Rasenmäher. Das hochtourige Geknatter dieses vorsintflutartigen Geräts, das so klingt, als würden im Garten die Kinder aller Kindergärten dieser Stadt mit ihren Blechspielzeugen scheppern, treibt mich beinahe in den Wahnsinn. Ich vergrabe meinen Kopf unter dem Kissen, stopfe die Ohren mit Papiertaschentüchern voll – aussichtslos! So können nicht einmal Kinder nerven, so nervt nur Herr Wiese – der Hausmeister des Marienstifts. Herr Wiese wohnt im Erdgeschoss des Seniorenheims und ist für alles Handwerkliche zuständig. Herr Wiese ist sehr geschickt und »die Perle des Hauses«, wie Frau Brenner gern sagt, was die Bewohner ebenso gern glauben. Wenn irgendwo eine Birne kaputt ist – ein Anruf mit dem Haustelefon und keine zwei Minuten später ist Herr Wiese zur Stelle. Auch in der Nacht. Es wird gemunkelt, dass der fleißige, aber doch etwas schlichte Herr Wiese Frau Brenner nicht nur hörig ist, sondern »ihr auch bisweilen ganz privat die Sicherungen wechselt und ab und an ein Rohr verlegt«, wie Johanna kichernd wissen will.

Im Keller des Marienstifts hat er eine kleine Werkstatt eingerichtet, mit Werkbank, Bohrmaschine und an die Wand gehängten Werkzeugkästen, wo er nach Dienstschluss bastelt, hämmert und irgendwelche unnützen Dinge baut wie Blumenkübel, die er dann in den Flur oder auf die Terrasse stellt, damit ich darüber stürze.

Jetzt mäht er den Rasen, seit Stunden, wie es mir scheint.

Ich stehe auf, öffne das Fenster, schreie so laut ich kann »Ruhe« in den Garten hinunter.

Der Rasenmäher zeigt sich unbeeindruckt. Herr Wiese auch. Ich ziehe mich an, verlasse mein Zimmer, das Marienstift, versuche durch örtliche Flucht der Belästigung zu entkommen.

»Fertig«, sagt Herr Wiese, als ich ihm auf dem Weg im Garten begegne.

»Was, schon?«, lästere ich.

Er scheint meine Ironie nicht zu bemerken.

»Ja, ging heute ein wenig schneller als sonst«, sagt er, schiebt seine Mütze über den Kopf und kratzt sich ausgiebig die Fontanelle.

»Schade«, sage ich.
Er lacht. Ich lache nicht.

*

»Willy, Willy!«

Opas Hund läuft vornweg. Ich hinterher. Bei der Jagd darf ich nicht mit dabei sein. Ich bleibe mit dem Rauhaardackel und drei weiteren Kindern, zwei Buben und einem Mädchen, die alle in meinem Alter sind, auf der Wiese vor dem Wald zurück, wo die Autos der Jäger und Opas Pferdewagen abgestellt sind. Wir spielen Jäger und Gendarm. Der Rauhaardackel liegt in der Sonne und döst vor sich hin. Der Gaul frisst friedlich Gras. Wir hören hin und wieder Schüsse aus dem Wald und machen selbst »Peng, peng«.

Das Mädchen fällt zu Boden und sagt: »Ich sterbe«, und dann: »Hilf mir!«

Die anderen beiden Jungs rennen noch immer hintereinander her.

»Aber wie soll ich dir denn helfen?«, frage ich.

»Du musst Erste Hilfe leisten.«

»Das kann ich nicht.«

Sie lacht. Für eine, die gerade stirbt, sieht das reizend aus. »Blödsinn, das kann jeder. Los, knie dich hin.«

Ich knie mich neben sie. Sie packt mich am Handgelenk und legt meine Hand auf ihre Brust. Ich spüre zwei kleine Höcker und geniere mich.

»Herzmassage«, sagt sie, »na los, mach schon!«

Ich traue mich nicht.

»Oder willst du, dass ich gleich tot bin.«

Ich schüttle den Kopf und drücke sachte auf die Höcker.

»Fester!«

Ich drücke ein wenig stärker, dass die Höcker zusammengequetscht werden.

»Jetzt Mund-zu-Mund-Beatmung!«

»Nein.«

»Feigling!«

Sie packt mich wieder am Handgelenk, dieses Mal so stark, dass es schmerzt, und zieht mich zu sich herunter. Ich drücke meine fest zusammengepressten Lippen leicht auf ihren Mund. Ihre Zunge bohrt sich durch meine Lippen hindurch und dringt in meine Mundhöhle ein. Die Zunge schmeckt nach Leberwurst. Nach grober Allgäuer Leberwurst. Ich ekle mich ein wenig, will aufstehen; doch sie hält mich fest. Der Hund heult plötzlich auf, springt hoch und rennt bellend davon. Die beiden Jungs bleiben stehen und sehen ihm hinterher. Ich mache mich von dem Mädchen los und springe auf.

»Was ist denn los?«, schreit das Mädchen.

Ich renne dem Dackel hinterher. In den Wald.

»Willy! Wart doch. Nicht so schnell, Willy!«

Willy läuft immer weiter. Und bellt. Ich folge ihm. Die anderen Kinder kommen jetzt ebenfalls angelaufen. Bis Willy plötzlich stehen bleibt. Seine Zunge hängt aus dem Maul und er atmet so laut, dass es leise pfeift. Ein Mann liegt im Gras. Opa! Willy schleckt ihm das Blut aus dem Gesicht. Opa rührt sich nicht. Er sieht irgendwie komisch aus. Sein Gesicht ist verändert. Sein grauer Bart ist jetzt ganz rot. Aber das ist es nicht, was mich am meisten verstört. Es ist der Mund. Der Mund steht offen. Irgendetwas fehlt. Im Mund. Die Zunge! Die Zunge fehlt! Opa hat keine Zunge mehr. Willy winselt. Ich weine. Opa atmet nicht mehr. Jetzt sind auch die anderen Kinder da, zuvorderst das Mädchen.

Mund-zu-Mund-Beatmung, möchte ich sagen und schaue

sie vorwurfsvoll an. Sie blickt zu Boden und scheint sich zu schämen. Alle starren auf den toten Opa, wie gelähmt, und können nichts sagen, als wäre der Tod auch auf uns übergesprungen und würde uns daran hindern, irgendetwas zu unternehmen. Wir bleiben so lange vor dem Opa stehen, bis zwei Jäger auftauchen.

»Um Gottes willen«, sagen sie, »weg da, weg!«

Sie schicken uns Kinder fort von der Leiche.

»Schnell, lauft zurück ins Dorf! Die sollen einen Notarzt schicken!«

Wir rennen los. Willy bleibt bei Opa. Ohne anzuhalten, kommen wir völlig erschöpft im Dorf an. Ich habe Seitenstechen und kann kaum sprechen. Ich stütze mich auf den Knien auf und spucke auf den Boden.

»Schnell einen Notarzt«, sage ich, »Opa liegt im Wald auf dem Boden.«

Oma sagt: »Um Gottes willen«, und rennt zum Telefon.

Ich sitze auf der Bank vor der Pension und ringe weiter nach Luft. Neben mir sitzt das Mädchen. Sie ist ebenfalls außer Atem. Die zwei Jungs fehlen.

»Wann spielen wir weiter?«, fragt sie.

Ich zucke mit den Schultern.

»Morgen?«

Sie packt wieder mein Handgelenk. Ich nicke zaghaft. In der Nacht träume ich von Opa. Seinem roten Bart. Und der fehlenden Zunge.

*

»Du musst mir helfen«, sagt Herr Zacharias, als ich sein Bettlaken wechsle.

»Wo fehlt's?«

»Ich will hier raus«, flüstert er.

»Was? Aber das geht doch nicht.«

»Du hast recht, allein schaffe ich das nicht.«

»Wie stellen Sie sich das denn vor, Herr Zacharias? Ich bin Zivildienstleistender, kein Fluchthelfer.«

»Wenn du mir nicht hilfst, hilft mir niemand.«

»Fragen Sie doch mal Frau Ada. Die ist gut zu Fuß, intelligent und kennt sich draußen gut aus.«

Er tippt sich an die Stirn. Ich lache.

»Du verscheißerst mich«, sagt er.

»Nein, Sie verscheißern mich.«

Er lacht. Ich tippe an meine Stirn.

»Das hier ist doch kein Leben für einen Mann wie mich, oder?« Er zeigt mit einer weit ausholenden Geste um sich. »Schau dich doch um.«

Ich blicke vom Bett auf und sehe ein Zimmer, das sich nicht sonderlich von dem der anderen unterscheidet. Bis auf das Foto an der Wand.

»Ist doch nicht schlecht.«

»Ein Sarg ist das.« Zacharias schreit: »Hier drin ist man lebendig begraben!«

Ich versuche, ihn zu beruhigen. »Na ja, so schlecht ist es nun auch wieder nicht.«

»Furchtbar ist es, grauenvoll und furchtbar.«

Es klingt verzweifelt. Ich mache mich wieder am Bett zu schaffen, während er leiser weiterspricht.

»Früher lag mir die Welt zu Füßen, ich war umgeben von den schönsten Mädchen, den attraktivsten Frauen und den intelligentesten Männern. Und jetzt?«

Er hält mich am Ärmel fest.

»Hör doch mal zu, verdammt noch mal!« Er verharrt und macht eine Pause, als ob er nachdenken will. Oder als ob ich nachdenken soll. Oder wir zusammen der Stille lauschen. Draußen schreit jemand. Ein Rasenmäher ist zu hören. Sobald der Schnee weg ist, hört man fast jeden Tag einen Rasenmäher. Entweder schiebt Herr Wiese seinen über den Rasen oder irgendjemand anderes in den Gärten der angrenzenden Villen.

Wenn keine Rasenmäher zu hören sind, dann elektrische Heckenscheren. Oder im Winter Schneefräsen und Schneepflüge. Irgendetwas surrt, brummt und rattert immer. Ich lausche dem Surren, spüre noch immer den Griff von Herrn Zacharias am Arm und habe bereits wieder vergessen, worüber ich eigentlich nachdenken soll.

»Jetzt sitze ich hier zwischen diesen alten senilen Schachteln.«

Ehe ich ihm widersprechen kann, sagt Herr Zacharias, in einem Ton, der Spott und Verachtung in einem enthält: »Frau Grünwald! Eine Frau, bei der die Demenz ein bedrohliches Stadium erreicht hat, das vielleicht erlaubt, über gewisse abstruse Verschwörungstheorien zu spekulieren, mit der aber kein vernünftiger Satz zu wechseln ist. Außerdem ist sie so hässlich wie die englische Königin.«

Ich muss grinsen. Seine Hand umschließt nach wie vor meinen Arm.

»Frau von Hirschfeld, eine Frau, die ernstlich glaubt, das Tausendjährige Reich hätte die letzten 60 Jahre nur still in der Pausenkabine gesessen und würde jeden Moment wieder aufs Spielfeld zurückkommen; um mit dem Führer an der Spitze das Match wiederaufzunehmen. Da habe ich als Jude schlechte Karten.«

»Na ja, Sie haben ja recht, Frau Grünwald ist vielleicht ein wenig verwirrt …«

»Ich hasse sie!«

»Und Frau von Hirschfeld …«

»Auch.«

Er verstärkt den Druck an meinem Arm. Ich lege meinen anderen Arm um seine Schulter und versuche ihn zu beruhigen.

»Aber Frau Ada ist doch wenigstens sympathisch.«

Er lässt mich los, dreht sich zum Fenster und sagt leise wie für sich: »Ach, Frau Ada, die würde doch auch lieber heute als morgen das Heim verlassen.«

»Na dann können Sie sich doch vielleicht zusammentun.«

Er dreht sich ruckartig um, dass er sogar ein wenig das Gleichgewicht verliert. Ich habe das Gefühl, er taumelt.

»Du kapierst überhaupt nichts«, zischt er mich an und rudert dabei mit seinen Armen. »Und ich dachte, du bist anders als diese Schwestern.«

Er lässt sich ermattet in seinen Lehnstuhl fallen. Ich streiche das Laken glatt und schaue ihn dabei nicht mehr an. An der Tür drehe ich mich um. Er sitzt im Sessel und hat die Augen geschlossen.

»Und Herr Maroni? Mit dem spielen Sie doch immer Schach.«

Er lacht verbittert, ohne die Augen zu öffnen. Leise, sodass es fast nicht zu hören ist, sagt er: »Ich muss hier raus.«

Ich schleiche mich aus dem Zimmer.

*

Ralf treffe ich, nachdem ich bei ihm ausgezogen bin, fast zwei Jahre lang nicht mehr. Einmal sehe ich ihn auf der Bühne der Münchner Kammerspiele. Er ist noch immer Schauspielschüler und hat bereits während des Studiums eine kleine Rolle in einem klassischen Stück auf der großen Bühne. Es ist *Hamlet* oder *King Lear*. Auf jeden Fall Shakespeare. Ich erkenne ihn zuerst nicht. Erst als ich seinen Namen im Programmheft lese, stelle ich Ähnlichkeiten mit der unscheinbaren Person auf der Bühne und der Person aus meiner Erinnerung fest. Ich beneide ihn ein wenig. Nicht um die Rolle, die wäre eher meinem als seinem Fach zuzuordnen. Vielmehr um den Beruf, dafür, dass er den Sprung vom dilettantischen Schultheater zum hochprofessionellen Stadttheater geschafft hat und seine Leidenschaft zum Beruf machen konnte. Ralf verwirklicht den Traum, den ich in Ansätzen nur zu träumen wage. Das macht neidisch, einerseits. Andererseits auch ärgerlich, ob der eigenen Mutlosigkeit. Und traurig, wegen der verpassten Chance. Obgleich es für mich eigentlich gar keine Chance war. Für Ralf schon. Ralf ist begabt. Ich will es zwar zu Schultheaterzeiten nicht glauben. Aber allein, dass er unter den Hunderten von Bewerbern für die Schauspielschule ausgewählt wird, spricht für sein Talent. Ich dagegen bin unbegabt, hätte es nie auf eine Schauspielschule geschafft, geschweige denn auf eine Bühne eines professionellen Stadttheaters. Meine Leidenschaft muss bis in alle Ewigkeit in mir verborgen bleiben. Das mag für mich frustrierend sein, für meine Mitmenschen ist es unter Umständen pures Glück. Die Welt kennt bereits zu viele schlechte Schauspieler, die die Zuschauer mit ihrer Stümperhaftigkeit quälen. Da kann man wirklich von Glück sprechen, dass ich ihnen erspart bleibe.

Irgendwann kurz vor den Semesterferien meldet Ralf sich telefonisch bei mir. Ich bin erstaunt. Er meldet sich sonst nie. Er fragt, ob wir uns mal treffen könnten. Ich hätte Nein sagen sollen. Wer nach Jahren anruft, kann nur egoistische Interessen haben. Ich sage: »Gerne.«

Wir treffen uns in einer Bar. Reden über Belangloses. Über ihn. Er erzählt von der Schauspielschule, schwärmt vom Theater. Berichtet über Anekdoten. Er lacht, klopft mir immer wieder auf die Schulter, reißt Witze, erzählt von

Johanna, – »Du weißt doch, die, auf die du immer so scharf warst, und die *ich* dann …«

Er klopft mit der Hand mehrmals auf seine Faust. Es sieht obszön aus. Er lacht, ich lache auch. »Stell dir vor, die ist jetzt verheiratet.«

Immerhin nicht mit dir, denke ich. Wir trinken, werden betrunken. Ich gehe aufs Klo, komme wieder und er sagt wie aus heiterem Himmel: »Du suchst doch 'ne Freundin, oder?«

»Wieso weißt du das?«, erwidere ich überrascht und verfluche mich anschließend für diese Worte.

Er sieht mich an und lächelt. Diesen überheblichen, herablassenden Blick hasse ich an ihm. Er lässt mich meine körperlichen Defizite, meinen ästhetischen Mangel, gemessen am allgemein anerkannten Schönheitsideal, spüren. Ich sollte aufstehen und gehen. Jetzt im Augenblick. Ich bleibe sitzen, sage: »Na ja, warum nicht.«

»Hier, das wäre was für dich.«

Er schiebt mir das Stadtmagazin zu. Sein Finger ruht auf einer Annonce unter der Rubrik *Lonely Hearts, Sonstiges:*

Lena sucht Leonce, bin 24, unternehmungslustig, neugierig und suche den etwas anderen Typ. Trau dich, schreib mir, Celine. Kennwort: ein Lustspiel.

»Ich kenne die«, sagt Ralf.

Ich gehe in der Erinnerung Ralfs Geschlechtspartnerinnen durch, in der Zeit, als ich vorübergehend vor seiner Tür auf dem Flur übernachtete. Eine Celine ist nicht dabei.

»Schreib ihr. Du bist genau der, den die sucht!«

Es klingt ein wenig abwertend.

»Du wirst es sicher nicht bereuen.«

Spätestens jetzt hätte ich aufstehen, ihm das Stadtmagazin um die Ohren hauen und gehen sollen. Ich hätte wissen müssen, dass das ein Trick ist. Dass da etwas faul ist. Ich rieche nichts. Ich bin damals schon blind für naheliegende Zusammenhänge, durchschaue keine Absichten.

»Mal sehen«, sage ich.

Ralf klopft mir aufmunternd auf die Schulter. Ich grinse.

Zwei Tage feile ich an dem Brief. Dann werfe ich ihn in den Kasten.

*

»Ich hab's – aber du hast keinen Plan! Wir sind entzweit. Ich rede von etwas, das du nicht begreifst. Es sind zwei verschiedene Welten, die sich nicht begegnen. Das belustigt mich, Kreon, ich piss mir in die Hose vor Lachen, weil mir durch den Kopf geht, wie du als kleiner Junge ausgesehen haben magst. Sicher genauso arrogant und unfähig wie jetzt. Das Leben hat dich nur äußerlich verunstaltet.«

Antigone. Im Stadttheater. Aber eine Textfassung, die keinesfalls von Sophokles stammen kann. Da hat ein Dramaturg ganz gehörig darin herumgepfuscht und die Moderne noch einmal herausgekitzelt. Ich sitze zwischen Johanna, der die Aufführung zu gefallen scheint, und Frau Ada, der wiederum die moderne Fassung weniger gefällt. Daneben sitzt Herr Zacharias. Ich nicke immer wieder mal ein. Mein Kopf fällt zur Seite. Ich schrecke hoch.

»Ihr kotzt mich an, mit dem ganzen Glücksgehabe! Das Leben, für das man bis aufs Blut kämpfen muss. Ihr kommt mir wie Tiere vor, die alles Daliegende für sich benutzen. Bescheiden, anspruchslos, langweilig. Ich hingegen will alles, immer und ohne Wenn und Aber – oder ich will eben nicht mal das Schwarz unter dem Nagel.«

Es ist heiß hier drinnen. Ich bin müde. Es war Johannas Idee. Meine Idee war es, Frau Ada mitzunehmen. Frau Ada liebt die *Antigone*. Immer, wenn ich ein wenig Zeit zwischen den Diensten habe, meist am Nachmittag, muss ich ihr daraus vorlesen. Dann sitzt sie mit geschlossenen Augen in ihrem Ohrensessel und hört ganz konzentriert zu. Jetzt sind ihre Augen geöffnet und ein seltsamer Glanz ist in ihnen.

»Halt deinen Mund. Wenn du brüllst, wirst du unansehnlich.

Ja, ich bin hässlich. Alles ist hässlich, Streit ist hässlich, Schreien ist hässlich, das Leben ist hässlich. Mein Vater war auch hässlich und wurde erst dann schön, als er wusste, dass er verloren war. Von da an wurde er ruhig, da fing er an zu lächeln, von da an wurde er schön.«

Frau Adas Idee war es auch, Herrn Zacharias mitzunehmen. Johanna wollte zuerst nicht.

»Der Stinkstiefel fehlt mir gerade noch«, sagt sie. Ich versuche zu vermitteln und schlage vor, dass ich mich um Herrn Zacharias und sie sich um Frau Ada kümmert.

»Und wer kümmert sich um mich?«, fragt Johanna kokett.

Ich verdrehe die Augen. Schließlich willigt sie ein.

»Es war zu Ende. Augen schließen und Schluss. Wenn ich euch sehe, in eurer armseligen Gestalt, dann werdet ihr hässlich, so vollkommen hässlich, selbst die Schönste wird hässlich.«

Ich finde das Stück langweilig. Die Inszenierung ebenso. Und die neumodische Dramatisierung von einem sicher ehrgeizigen Dramaturgen ist gut gemeint, aber schlecht gemacht. Ich kann das Ende kaum mehr erwarten. Gähne immer wieder, bis mich Johanna mit ihrem Ellenbogen in die Seite stößt. Ich schlafe wieder ein. Träume von Ede Zimmermann und von Celine auf dem Plakat hinter ihm an der Wand. Ich wache erst auf, als der Sprecher in den Vordergrund tritt und das Ende des Stücks verkündet.

»Alle sind hinüber. Alle gleich fertig, gleich tot und verwest. Die Toten sind tot. Die einen wie die anderen. Die, die noch am Leben sind, fangen an, die Toten zu vergessen. Es ist zu Ende. Antigone ist befreit. Ihre Aufgabe erfüllt. Ein trauriger Friede stülpt sich über das Land, den Palast, in dem Kreon auf seinen Tod wartet.«

Schlussapplaus.

»Schönes Stück«, sagt Johanna.

Frau Ada nickt.

»Schlecht gespielt«, sage ich.

Frau Ada zuckt mit den Schultern.

»Wo ist eigentlich Herr Zacharias?«, fragt Johanna.

Ich zucke mit den Schultern.

»Scheiße!«

*

Opas Gaul ist tot. Evi ist nicht wiederzuerkennen. Ein Pferdemörder schlitzte ihr den Bauch und den Hals auf. Ihre Eingeweide liegen auf der morgendlichen, feuchten Wiese herum und glänzen rot. Zuerst steht Opa fassungslos vor dem geschändeten Pferd, als wollte er gar nicht realisieren, was hier geschehen ist. Dann weint er still vor sich hin. Ich habe Opa noch nie weinen sehen. Es sieht komisch aus; klingt auch komisch. Das leise Schluchzen passt gar nicht zu diesem stattlichen Mann mit dem grauen Bart. Es ist mir ein wenig unangenehm. Ich schäme mich auch ein bisschen für ihn. In seinen stahlblauen Augen ist jetzt eine Spur rot.

Mama weint öfters. Vor allem wenn Papa betrunken ist und böse Sachen sagt. Zuerst schreit Mama, als täte ihr etwas weh, dann weint sie. Sie schluchzt so laut, dass ich im Bett manchmal davon aufwache. Nach dem Streit redet Mama mit Papa zwei Tage nichts mehr. Bis Papa sich entschuldigt und ihr einen Blumenstrauß auf den Küchentisch stellt.

»Das war das letzte Mal«, sagt Mama und lässt sich auf die Wange küssen.

Es ist nie das letzte Mal. Ein paar Wochen später weint Mama wieder und Papa bringt einen neuen Blumenstrauß.

Opa nimmt sein kariertes Taschentuch aus der Hosentasche, schnäuzt hinein und schreit dann mehrmals hintereinander so laut, dass ich mir die Ohren zuhalten muss. »Himmel Herrgott Sakrament!«

Es klingt verzweifelt, unberechenbar; auch ein wenig hilflos. Wenn ich Opa so sehe, bekomme ich ein wenig Angst. Ich halte mir die Hand vor das Gesicht; schaue ihm zu, an den Fingern vorbei, als wäre die Hand ein Fächer, wie er jetzt mit den Füßen mehrmals heftig auf der Wiese auftritt. Sein Gesicht ist rot wie die Innereien des Gauls. Seine Wut ist so groß, dass er sich schließlich in die Hand beißt; er zieht sich dabei eine tiefe Fleischwunde zu, die der herbeigerufene Tierarzt mit vier Stichen nähen muss.

»Das Schwein bring ich um!«, murmelt Opa immer wieder außer sich vor Entrüstung.

Von dem Tag an sitzt Opa in mancher Nacht auf der Koppel in seinem Campingklappstuhl, mit der Flinte im Schoß, und wartet auf den Pferdemörder. Vergebens. Der Pferdemörder kommt erst wieder, wenn Opa im Bett liegt. Er schlachtet noch weitere drei Pferde ab und weidet sie aus. Einmal findet die Polizei eine Wollskimütze in den Eingeweiden. Alle rätseln, wie die Mütze zwischen die Eingeweide geraten konnte.

»Ein Perverser«, zischt Opa und schlägt mit der flachen Hand auf den Tisch.

Oma schüttelt ungläubig den Kopf, und ich will wissen, was ein Perverser ist.

»Das verstehst du noch nicht«, sagt Oma.

»Bestien, die Pferde aufschlitzen und den Kopf in die Eingeweide stecken«, sagt Opa.

»Iieh!«

Bei dem Gedanken daran wird mir schlecht.

*

Abends liege ich in meinem Zimmer und denke über Herrn Zacharias nach. Über ihn und das Seniorenheim. »Hier bist du lebendig begraben«, höre ich ihn sagen, als läge er neben mir im Bett. Das Seniorenheim als Grab. Vielleicht hat er recht. Bestimmt hat er recht. Die, die hier wohnen, sind auf ihrem langen Lebensweg bei der letzten Station angekommen. Danach ist die Reise zu Ende. Und die endet in einer Holzummantelung. Jeden Tag mit der Holzummantelung vor dem geistigen Auge können die Wände ab und an hölzern scheinen. Das Zimmer wird zum Gefängnis, zur Holzkiste, zum Sarg. Das Leben ist ein langsames Absterben, während man bereits die Holzwürmer schmatzen hört. Folge: Noch am Leben, sehen und erleben sie sich selbst, als wären sie bereits tot. Fast alle Seniorenheimbewohner besitzen eine Grabstätte auf dem Friedhof. Gekauft und bar bezahlt, im Voraus. Der Sarg ist finanziert, steht unter einer Wolldecke im Lager des Bestattungsunternehmens und wartet auf den Tag, an dem Frau Grünwald, Frau von Hirschfeld, Herr Maroni und die anderen darin Platz nehmen. Auch ich liege in meinem Zimmer, starre zur Decke und sehe, wie sie sich langsam senkt. Ich gehöre irgendwie dazu. Zu Frau Grünwald, Frau von Hirschfeld, Herrn Zacharias und den auf den Tod wartenden Bewohnern des Seniorenheims. Auch ich bin, zwar viel jünger, körperlich in einem besseren Zustand als alle anderen, in einer ähnlichen Situation. Auch ich lebe hier. Auf Zeit zwar. Aber ist es bei den anderen nicht genauso? Ist nicht auch ihre Zeit beschränkt? Im Gegensatz zu mir wissen sie nicht, wann sie endet. Aber mit jedem Tag, den sie hinter sich haben, rückt das Ende näher. Wie bei mir. Wir teilen das gleiche Schicksal. Der Einzige, der sich darüber im Klaren und bewusst zu sein scheint, ist Herr Zacharias. Kein Wunder, dass er weg will. Vielleicht sollte ich ihm helfen.

*

Die erste Zeit ohne die Eltern ist nicht so schlimm wie gedacht. Als sie noch leben, sind sie da – mehr nicht. Als sie sterben, sind sie tot – mehr nicht. Geredet wird zu Hause wenig. Mein Vater ist kein Mann von vielen Worten. Mutter auch nicht. Reden tut der Fernseher. Und am Sonntag der Pfarrer von der Kanzel. Manchmal wünsche ich mir einen Bruder. Oder eine Schwester. Lieber einen Bruder, mit dem ich über alles reden kann. Manchmal rede ich mit Ralf über das Parkdeck und den Schatten am Fenster. Ralf hört aufmerksam zu und sagt immer wieder »Geil«. Ralf ist nicht aufrichtig. Ralf ist ein Schwein. Hinter meinem Rücken erzählt er den anderen, was ich ihm anvertraut habe. Sie lachen. Flüstern »Spanner« und machen zweideutige Zeichen mit den Händen. Einmal erzählt Ralf Johanna, dass ich gesagt hätte, sie sei eine *frigide Fotze*. Seitdem redet Johanna nicht mehr mit mir. Es stimmt, ich habe es gesagt. Aber erstens hatte ich da schon drei Asbach Uralt intus und zweitens habe ich ihm strengstens verboten, ihr auch nur ein Sterbenswörtchen davon zu erzählen. Als ob Johanna mir das Gegenteil beweisen müsste, geht sie kurze Zeit später mit Ralf. Ralf erzählt mir, wie sie ist. Er schwärmt in den höchsten Tönen.

»Die geht ab wie ’ne Rakete«, sagt er.

Ich höre zu, nicke hin und wieder und denke: Arschloch. Ich schwöre mir insgeheim, es Johanna zu erzählen. Ich mache es doch nicht. Nicht weil ich Ralf gegenüber loyal bin, sondern weil ich Angst habe, Johanna hört mir erst gar nicht zu.

Den Tod von Großvater empfinde ich anders als das Fehlen meiner Eltern. Opa fehlt mir sehr. Die erste Zeit zumindest. Die ersten zwei Tage weine ich nur, schließe mich in meinem Zimmer ein und will mit niemandem sprechen. Ein Kriminalbeamter, dem ich stumm gegenübersitze, sagt: »Damit machst du dich nur verdächtig.«

Ich denke, der spinnt, der glaubt doch wohl nicht im Ernst, dass ich den Opa auf dem Gewissen habe. Ich bin 13, ein Kind. Außerdem habe ich ihn viel zu sehr gemocht. Opa war mein Ein und Alles. Opa redet zwar auch nicht viel, aber er versteht mich. Bei ihm ist fast alles erlaubt. Bei ihm darf ich mit einer Zwille auf Enten schießen. Opa lacht und jubelt, wenn ich treffe. Ich darf toten Hasen das Fell über den Kopf ziehen. Es ekelt mich am Anfang zwar, aber Opa sagt, ich mache das gut. Ich darf die Zügel auf dem Kutschbock halten. Ich darf sogar mit Opa am Sonntag zum Frühschoppen mit ins Wirtshaus und am Stammtisch Karten spielen. Immer wenn ich gewinne, klopft mir Opa anerkennend auf die Schulter. Einmal darf ich auch an seiner Pfeife schmauchen. Mit Opa mache ich Sachen, von denen Oma nichts erfährt. Uns verbindet die Zeit zusammen, draußen auf dem Berg, in den Wäldern oder auf dem Kutschbock, als hätten wir ein Geheimnis.

Der Kriminalbeamte legt seine Hand auf meine Schulter und schmunzelt. »War nicht so gemeint.«

Die Hand ist mir unangenehm. Ich glaube, er merkt es und nimmt sie wieder weg.

»Aber wir müssen alles von dir wissen. Ob du was gesehen hast, gehört, ob dir irgendetwas aufgefallen ist. Du willst doch auch, dass wir den Mörder von deinem Großvater finden?«

Ich nicke. Aber eigentlich ist es mir egal. Opa wird dadurch nicht wieder lebendig. Opa ist tot und unersetzlich. Ich will von da an in den Ferien nicht mehr nach Mittenwald. Alles erinnert zu sehr an ihn. Und mit Oma konnte ich noch nie etwas anfangen. Nur noch einmal an Pfingsten, zwei Jahre später, bin ich das letzte Mal und das erste Mal nach Opas Tod wieder bei Oma in Mittenwald. Zusammen mit meinen Eltern. Als ich mit Vater und Mutter beim Traditionsumzug am Hohen Brendten stehe, vor dem Ehrenmal der Gebirgsjäger, lodert im Tal plötzlich ein Feuer. Zuerst denken wir uns nichts dabei. Als das Feuer aus der Ferne betrachtet größer wird und nicht abnimmt, kommt Unruhe auf. Alle stürmen ins Tal. Auf halber Höhe kommen uns welche entgegen und schreien: »Der Zacherhof brennt!«

Als wir unten sind, ist er abgebrannt. Fast nichts mehr ist übrig. Bis auf die Grundmauern sind der Bauernhof und die Pension zerstört.

»Lisbeth!«, schreit Mama.

»Mutter!«, schreit Papa. Und »Oma!« schreie ich.

»Wo bist du?«

Oma ist im abgebrannten Haus. Oma ist verbrannt. Oma ist verkohlt. Oma ist tot. Warum sie das brennende Haus nicht verlassen hat, kann niemand begreifen. Die Spurensicherung weiß es auch nicht. Auch über die Brandursache wird gerätselt.

»Womöglich Kurzschluss«, sagen sie. »Bei diesen alten Gebäuden kommt das schon öfters mal vor. Genaueres lässt sich nicht ermitteln.«

Oma wird beerdigt, das Grundstück verkauft. Von da an bin ich nicht mehr in Mittenwald.

»Ich kann mich an nichts Auffälliges erinnern«, sage ich.

Der Kriminalbeamte runzelt die Stirn.

»Na gut, wenn dir noch was einfällt, deine Eltern wissen, wo sie mich finden.«

Ich nicke. Der Kriminalbeamte lächelt, sagt »Kopf hoch« und verschwindet wieder.

*

Ich klopfe kurz an, betrete das Zimmer von Herrn Kahlenbach und gehe direkt auf das Fenster zu.

»Aufstehen, die Nacht ist zu Ende.«

Ich ziehe die Vorhänge zurück. Die Morgensonne scheint ins Zimmer. Sie blendet. Ich kneife die Augen zusammen.

»Aufstehen!«

Herr Kahlenbach liegt nicht im Bett.

»Herr Kahlenbach?«

Ich höre ein Scharren im Schrank. Langsam öffne ich die schwere Schranktür. Herr Kahlenbach sitzt zusammengekauert im Schlafanzug im Schrank unter den Kleiderbügeln und hält sich an einem der Bügel fest. Er sieht mich nicht an.

»Was machen Sie da, um Himmels willen?«

Herr Kahlenbach erschrickt. Er schaut mich verwundert und auch ein wenig ängstlich an, als habe er mit mir nicht gerechnet.

»Ich fahre mit der Straßenbahn«, sagt er etwas verlegen, als hätte ich ihn bei etwas Peinlichem ertappt.

»Mit der Straßenbahn, ach so. Und wie lange schon?«

»Die ganze Nacht.«

»Ganz allein?«

Herr Kahlenbach blickt sich im Schrank um.

»Ganz allein«, kommt es weinerlich aus seinem Mund.

Mit den Worten dringt ein Geruch aus dem Schrank, der mich intuitiv die Nase zuhalten lässt. Es riecht scheußlich. Nach Urin und Kot.

»Und wie lange wollen Sie noch fahren?«

»Bis ich da bin.«

»Wo wollen Sie denn hin, wenn ich fragen darf?«

»Nach Hause.«

»Nach Hause, klar. Und wo ist das?«

»Noch fünf Stationen in diese Richtung.«

Herr Kahlenbach zeigt geradeaus.

»Na dann, gute Reise«, sage ich und schließe die Tür wieder.

Ich muss schmunzeln und schüttle ob dieses Einfallreichtums, bewundernd den Kopf. Das muss honoriert werden, denke ich. Johanna kommt ins Zimmer. Sie sieht mich verdutzt an.

»Wo ist denn der Kahlenbach?«

»Im Schrank.«

»Im Schrank? Was macht der denn im Schrank?«

»Mit der Straßenbahn fahren.«

»Oh nein, nicht schon wieder.« Johanna reißt mit einem Ruck die Schranktür auf. »Fahrkartenkontrolle. Ihren Fahrschein bitte«, brüllt sie in zackigem Ton.

Herr Kahlenbach erschrickt.

»Na, was ist los, wo ist Ihr Fahrschein?«

Herr Kahlenbach sucht in den Taschen seines Schlafanzugs. Er findet nichts. Es stinkt weiter gotterbärmlich.

»Ja, wenn Sie keinen Fahrschein haben, muss ich Sie bitten auszusteigen«, sagt Johanna resolut. »Fahren ohne Fahrschein ist verboten, das wissen Sie ganz genau.«

Herr Kahlenbach streckt die Beine zum Schrank heraus. Dann die Arme. Ich halte ihn an beiden Händen fest und ziehe ihn hoch, bis er vor dem Schrank steht. Seine Schlafanzughose ist vorn nass. Hinten braun verklebt.

»Der hat in die Hose geschissen«, flüstere ich Johanna zu.

»Aus Angst«, sagt Johanna zu mir und dann zu Herrn Kahlenbach: »Weil Sie immer schwarzfahren müssen. Das nächste Mal kaufen Sie sich gefälligst eine Fahrkarte, dann müssen Sie auch nicht vor Angst in die Hose machen. Ist das klar?«

»Einverstanden«, sagt Herr Kahlenbach kleinlaut.

»Zur Strafe gehen Sie jetzt mit Herrn Zacher sofort unter die Dusche.«

»Was soll das für 'ne Strafe sein«, sage ich, »mit mir zu duschen?!«

Johanna grinst.

»Ich mache das Bett und dann ab zum Frühstück.«

»Einverstanden«, sagt Herr Kahlenbach zu Johanna und an meiner Hand auf dem Weg zur Dusche zu mir: »Hat die mich jetzt schon zum dritten Mal erwischt. So eine scharfe Kontrolleurin hatte ich noch nie.«

»Ja, scharf ist die Kontrolleurin Johanna, ganz scharf.«

*

Ralf ist Leonce. Johanna Lena. Ich bin eine Nebenrolle. Ich wäre auch gern Leonce. Obwohl sein Freund Valerio die viel interessantere Rolle ist, wie ich finde. Valerio hat allerdings wenig mit Lena zu tun. Ich hätte gern viel mit Johanna zu schaffen. Da wäre der Weg über das Theaterspielen genau der richtige. Ich tue alles, um die Rolle zu bekommen. Ich rede sie bei Ralf schlecht, mache den Leonce richtig madig.

»Das ist ein Weichei, ein verzogenes Königssöhnchen, überhaupt kein richtiger Mann, eine Pappnase«, sage ich und ziehe über Leonce her. »Den zu spielen, lohnt sich nicht. Wenn du Pech hast, fällt das auf dich als Schauspieler zurück. Die Zuschauer sind so blöd und können Rolle und Darsteller nicht auseinanderhalten. Schneller als du denkst, wirst du als Weichei angesehen, als Schlappschwanz.«

Ich mache Ralf den Valerio schmackhaft. Prahle von ihm, als wäre er der Traum aller Schauspieler. Und der Traum aller Mädchen.

»Ein Typ, der bei den Frauen die besten Chancen hat«, sage ich, »der ist rigoros, ein richtiger Kerl, der lässt sich nichts sagen, macht, was er will. Ein Aufreißer, Weiberheld, ein Tausendsassa.«

»Dann kannst du ihn ja nicht spielen«, sagt Ralf und lacht.

Ich spiele ihn auch nicht. Den Leonce ebenso wenig. Ich bin der senile König, über den sich nicht nur die anderen Figuren lustig machen. Auch das komplette Schultheaterensemble und die Zuschauer verlachen ihn. Das bin ich. Wo ich doch so gern Leonce wäre. Heimlich lerne ich Leonces Text mit und hoffe, dass Ralf was zustößt. Er müsste sich den Arm brechen. Besser noch das Bein. Oder sich eine schwere Grippe kurz vor der Premiere zuziehen. Ich überlege mir, diesbezüglich nachzuhelfen. Ich könnte ihm mit meinem Fahrrad in die Quere kommen. Ein kleiner Zusammenstoß auf dem Schulhof. Er fällt vom Rad, holt sich eine Gehirnerschütterung, eine Woche bevor der Vorhang hochgeht. Das wär's. Die Premiere zu verschieben – zumal wenn da einer ist, der den Text draufhat –, käme nicht infrage. Die paar Gänge und Gesten wären ein Leichtes. Die Gefahr, selbst der Leidtragende bei so einem Fahrradunfall zu sein, lässt mich von dem Plan abrücken. Ich träume still vor mich hin, von Leonce, von Lena und Johanna. Von Ralfs Ausfall. Dann wäre ich da. Dann würde ich einspringen. Dann wäre ich Leonce. Und Johanna meine Lena.

Ralf wird nicht krank. Und ich bleibe der senile König. Wenn ich nicht gerade auf der Bühne stehe, sehe ich hinter den Kulissen stehend Johanna zu. Ich weiß nicht, ob es die Figur der Lena ist oder so wie Johanna sie spielt oder Johanna als Person, Frau, Angebetete, die mich hinter den Kulissen dahinschmelzen, ganz in der Betrachtung aufgehen und mich selbst vergessen lässt. Ich bin hin und weg und verpasse meinen Auftritt. Komme zu spät, stolpere, im Fallen sage ich: »Also auch die Prinzessin ist verschwunden?«

Alle lachen. So ein Tölpel, denken sie. Ich höre es bis zu mir auf die Bühne herauf. Ich versuche aufzusehen. Es gelingt mir nicht. Das Kostüm ist so schwer, der Rock verdreht. Die Bediensteten müssen mir, begleitet vom Gelächter des Publikums, aufhelfen.

»Hat man noch keine Spur von unserm geliebten Erbprinzen? Sind meine Befehle befolgt? Werden die Grenzen beobachtet?«, murmle ich vor mich hin und weiß, dass mich niemand ernst nimmt. Weder die Figur noch mich als Schauspieler.

Bei der Verbeugung bekommt Ralf den größten Applaus. Bei mir lachen die Zuschauer noch immer.

»Du musst Schauspieler werden«, sagen hinterher alle zu Ralf und bewundern ihn. Mich bewundert niemand. Manche grinsen mich noch Monate später belustigt im Schulhof an. Oder machen debile Gesichtsverrenkungen und raunen mir zu: »Also auch die Prinzessin ist verschwunden?«

Von da an meide ich die Schultheatergruppe. Selbst als Ralf schon in München auf der Schauspielschule ist, kann ich mich nicht dazu durchringen, wieder an den Proben teilzunehmen. Damals ist Johanna nicht mehr mit Ralf zusammen. Das wäre unter Umständen meine Chance gewesen. Sie proben *Woyzeck*. Johanna ist Marie. Mit etwas

Glück hätte ich vielleicht Woyzeck sein können. Auf mein Glück war noch nie Verlass. Und die Liebste am Ende töten wollte ich dann auch nicht. Obwohl es ihr ganz recht geschehen hätte.

*

Schwester Ivonne mag mich nicht. Ich kann sie auch nicht sonderlich leiden. Zeige es aber nicht. Bei den Bewohnern ist Schwester Ivonne ebenfalls nicht gerade beliebt. Frau Grünwald behauptet sogar, Schwester Ivonne würde sie quälen.

»Wenn sie mir die Beine massiert, drückt sie so fest zu, dass ich blaue Flecke bekomme.«

»Das bilden Sie sich nur ein, Frau Grünwald«, sage ich.

Sie zieht ihr Kleid hoch. Ihre Beine sind übersät von Krampfadern.

»Das sind Krampfadern, Frau Grünwald.«

»Ja auch, aber dazwischen sind blaue Flecke.«

Ich sehe nichts.

»Schwester Ivonne ist eine Hexe«, sagt sie und lässt das Kleid wieder los.

»Sie hat gesagt, dass es besser wäre, wenn ich es hinter mir hätte.«

»Was?«

»Das hier!« Sie zeigt mit einer weit ausholenden Armbewegung um sich. »Das ganze Leiden wäre zu viel für einen Menschen wie mich.«

»Sie leiden doch gar nicht so sehr, Frau Grünwald, oder?«

»Nur die Schmerzen in den Beinen, das Stechen in der Brust und die Atemlosigkeit.«

»Dagegen gibt es Medizin.« Ich lege ihre Tabletten auf den Nachttisch. »Damit können Sie noch 100 werden.«

»Das glaubt Schwester Ivonne aber nicht.«

»Wissen Sie was, Frau Grünwald, lassen Sie Schwester Ivonne einfach glauben, was sie glauben will. Und glauben Sie, was Ihnen behagt.«

»Das haben Sie aber schön gesagt, Friedrich.«

»Ich heiße Franz.«

»Herr Franz.«

Ich glaube, sie möchte mich veräppeln.

»Das stammt nicht von mir«, lüge ich.

»Von wem dann?«

»Schiller«, sage ich, weil mir nichts Besseres einfällt.

»Auch eine Hexe.«

»Friedrich Schiller war ein Mann.«

»Es gibt auch männliche Hexen.«

»Sie mögen Schiller nicht?«

»Nein und Schwester Ivonne auch nicht.«

»Wen mögen Sie eigentlich, Frau Grünwald?«

Sie denkt ein wenig nach, sieht mich dann aufmerksam an. »Sie!«

»War das jetzt ein Antrag?«

»Ja.«

Ich lache. »Ich werde es mir überlegen, Frau Grünwald. Aber bis dahin nehmen Sie noch Ihre Medizin.«

»Nur wenn Sie mir einen Kuss geben.«

Die spinnt doch, denke ich.

»Auf die Stirn«, sagt sie. Sie schließt die Augen und hält mir ihren Kopf hin.

»Das ist verboten.«

»Verboten?« Sie zieht den Kopf zurück und öffnet die Augen wieder.

»Die Dienstvorschrift verbietet Küsse auf die Stirn.«

»Dann auf den Mund.«

»Auch.«

»Schade.«

»Ja.«

*

Ich kann Celine nicht vergessen. Ich kann ohne sie nicht sein. Wenn ich schon nicht mit ihr sprechen darf, muss ich sie sehen. Wenn auch nur aus der Ferne. Die wenigen Informationen, die ich von ihr habe, verknüpfe ich so, dass ich nach einigen Wochen das Stadtgebiet immer mehr einschränke, in dem sie sich aufhalten könnte. Ich treibe mich nächtelang in Schwabing herum. Liege auf der Lauer zwischen Leopoldstraße, Elisabethplatz, Josephplatz und Münchner Freiheit. Ich warte. Eines Abends sehe ich sie auf dem Fahrrad vorbeifahren. Ich fahre ihr hinterher und finde heraus, wo sie wohnt. Von da an beobachte ich sie regelmäßig. Ich schleiche ihr nach. Suche ihre Nähe; die Nähe, die möglich ist, ohne dass sie es bemerkt. Ich finde heraus, dass sie dieselbe Schauspielschule besucht wie Ralf. Ich stehe oft auf der Straße vor ihrem Haus und sehe zu ihrem Fenster hoch, bis das Licht ausgeht.

Nach zwei Wochen hält ein Polizeiwagen vor mir. Die Beamten bitten mich freundlich, aber entschieden einzusteigen. Sie bringen mich in das Polizeipräsidium in der Ettstraße.

Ich murmle etwas von »Freiheitsberaubung« und »Rechtsstaat«. Die Beamten ignorieren meine Beschwerden. Offenbar glauben sie keinen liebestrunkenen Romantiker vor sich zu haben, sondern einen gemeingefährlichen Sittlichkeitsverbrecher.

»Seit wann ist Voyeurismus strafbar«, sage ich.

Die eine Hälfte der Beamten guckt, als ob das einem Geständnis gleichkommen würde. Die andere, als würden sie das Wort zum ersten Mal hören.

»Die Verhinderung einer Straftat erlaubt es uns, Sie vorläufig aus dem Verkehr zu ziehen«, sagt einer der Beamten emotionslos.

»Was für eine Straftat?«

»Sie wurden angezeigt.«

Von Celine, denke ich, als der Kriminalbeamte sagt: »Von einer älteren Frau im Haus gegenüber, die sich von Ihnen belästigt fühlt.«

»Sie glauben doch nicht etwa, dass ich mich an irgendeiner alten Schachtel …«

»Hier geht es nicht um Glauben, hier geht es um Tatbestände.«

»So, so, und was werfen Sie mir vor?«

Die Beamten schauen sich gegenseitig an, als würden sie sich das auch fragen.

Ich schmunzle siegesgewiss. »Dann kann ich ja wohl gehen.«

Ich will mich erheben, als eine Hand mich wieder auf den Stuhl drückt.

»Wir haben eine Liste, auf der genau vermerkt ist, dass Sie in den letzten 14 Tagen insgesamt 37 Stunden vor diesem Haus verbrachten.«

Sie machen eine Pause und schauen mich an, als ob sie auf eine Erklärung warten.

»Das ist doch nicht normal, oder?!«

»Ist es normal, dass man zu einem grünen Hemd einen blauen Pullunder trägt?« Ich schaue den Beamten herausfordernd an. Die anderen betrachten ebenfalls ihren Kollegen. »Schon mal was von Farbenlehre gehört?!«

Der Beamte lässt sich nicht irritieren, öffnet einen weiteren Knopf seines Hemdes und fragt noch immer freundlich, aber bestimmt: »Was führen Sie im Schilde?«

»Das geht Sie, mit Verlaub, einen Scheißdreck an!«

Seine Geduld scheint am Ende; er stürzt sich auf mich, brüllt: »Das wirst du schon sehen, du perverses Schwein!«

Seine Kollegen gehen dazwischen, versuchen ihn zu beruhigen. »Richard, lass!«

Ich verbringe die Nacht in der Zelle. Mein Gürtel, die Schnürsenkel und den Hosentascheninhalt muss ich abgeben. Neben mir in der Zelle sitzt ein junger Albaner auf der Pritsche, der seit Wochen auf seine Abschiebung wartet.

»Scheiß Bulle, Scheiß München, Scheiß Deutsche Land«, sagt er immer wieder abwechselnd.

Ich nicke in das schmutzige Licht hinein. »Scheiß Frauen!«

*

Als besonderen Service des Marienstifts gibt es einmal die Woche physiotherapeutische Anwendungen. Von Dr. Dellbrügg verordnet und verschrieben und von den Krankenkassen bezahlt, sollen die fast gelähmten Arme von Herrn Maroni und Herrn Wolfsohn wieder gesund und die gebrechlichen Beine von Frau Grünwald und Frau Weixelbaum wieder heil gemacht werden. Mir scheint, dass es eher eine Arbeitsbeschaffungsmaßnahme für nicht ausgelastete Physiotherapeuten ist als ernsthafte Hilfe bei Beschwerden. Karlhans, der Therapeut des Marienstifts, der von allen nur *Kaha* genannt wird, ist sicher so einer. Bei Herrn Maroni – der oft ohne Gebiss spricht, weil er das schmerzlich drückende Teil aus dem Mund nimmt und es dann irgendwo verlegt – klingt das schwungvoll gedachte Kaha dann immer wie A-A, was den Physiotherapeuten irritiert und mich amüsiert. Karlhans verabreicht den völlig hoffnungslosen Fällen nicht nur physiotherapeutische Anwendungen, er massiert auch die, die massiert werden wollen; und das sind fast alle. Nicht nur die Bewohner des Seniorenheims, auch die Schwestern legen sich gern unter seine »schönen großen, schlanken« Hände. Auch auf Krankenschein natürlich; Dr. Dellbrügg macht's möglich. Mich würde es nicht wundern, wenn er dafür Prozente bekäme. Darüber hinaus leitet Karlhans auch die Gymnastikgruppe, in der die Bewohner sich gegenseitig Bälle zuwerfen und Hula-Hoop-Reifen drehen.

Karlhans sieht nicht nur blendend aus. Er ist auch sehr muskulös, groß, hat schulterlange blonde Haare und ist immer braun gebrannt – auch im Winter, wenn es definitiv nicht genügend Sonne gibt. Andauernd läuft er in blütenweißen Klamotten herum – Socken, Hose, Hemd, Kittel, selbst seine Schuhe sind weiß. Das soll wohl seiner verlogenen Erscheinung ein seriöseres Aussehen verleihen. Götter in Weiß! Damit lassen sich vielleicht debile und demente Alte blenden, ich nicht. Karlhans ist ein Hochstapler, das ist mir von Anfang an klar. Ihm gehen aber nicht nur die Bewohner auf den Leim, sondern auch die Schwestern. Sie himmeln ihn an und werfen sich in ihrer Freizeit in der Gymnastikgruppe gegenseitig Schaumgummibälle zu oder lassen den Hula-Hoop-Reifen kreisen. 30-jährige Frauen mutieren in seiner Gegenwart zu pubertierenden Mädchen. Leider auch Johanna, bei der ich eigentlich davon ausgehe, dass sie nicht nur überdurchschnittlich intelligent, sondern auch mit allen Wassern gewaschen ist und Blender, Bauernfänger und Beutelschneider mit Leichtigkeit durchschaut. Mitnichten! Wenn die Östrogene in Wallung geraten und ihr gebärfähiger Schoß nach Reproduktion schreit, schaltet sich auch bei ihr das Gehirn aus; sie wird zu einer rotbackigen, dämlich grinsenden Göre mit Urologenblick. Das ist gemein, trifft aber zu.

»Du spinnst doch!«, empört sich Johanna, als ich ihr einen dezenten Hinweis zukommen lasse. Sie sieht das natürlich alles ganz anders. Kein Wunder.

*

Am Sonntag wandere ich mit Opa auf den Hohen Brendten oder im Wettersteingebirge. Opa trägt eine Kniebundhose, seine Bergstiefel und auf dem Rücken einen Rucksack. Ich habe auch Kniebundhose und Bergschuhe an. Meistens brechen wir morgens auf und kommen erst abends wieder zurück. Opa redet nicht viel. Manchmal sagt er: »Da schau, eine Gämse!«

Er zeigt auf den Felsvorsprung, von wo uns eine Gämse gleichgültig anguckt. Wenn eine seltene oder besonders schöne Blume am Wegesrand wächst, sagt er: »Das ist ein echtes Fettkraut.«

Ich muss grinsen wegen des Namens.

»Und das ist ein Trauben-Steinbrech!«

Ich halte meine Nase an die Blüte und sage: »Riecht gut.«

»Der Trauben-Steinbrech scheidet aus feinen Öffnungen am Blattrand Kalk aus«, erklärt Opa, »daher sind die Blätter am Rand oft weiß gepunktet oder gerändert.«

Ich höre aufmerksam zu und wundere mich, woher Opa das alles weiß. Mittags, oben auf einem Berggipfel angekommen, machen wir Rast. Opa packt die Brote aus, die Oma uns belegt und in Pergamentpapier eingepackt hat. Wir essen Schinkenwurstbrote, Käseecken und Karotten. Opa trinkt Bier aus der Flasche, sodass es gluckert und sprudelt. Danach rülpst er. Ich trinke Libella. Auch aus der Flasche; bei mir sprudelt und gluckert nichts. Nach dem Essen steckt sich Opa eine Pfeife an und schmaucht vor sich hin. Der Rauch riecht nach Vanille. Wir bleiben oben am Gipfel ein wenig auf dem Fels sitzen und blicken ins Tal hinunter. Manchmal sagt Opa: »Genieß den Ausblick.«

Ich überlege mir dabei, wie es ist, wenn man richtig genießt, und versuche, mich ganz besonders anzustrengen. Als ob Opa das merken würde, fragt er: »Ist das nicht schön?«

»Ja, sehr schön«, sage ich und schaue Opa aus dem Augenwinkel heraus an. Sein grauer Bart bewegt sich im Wind. Die Wangen sind rot. Sein Blick ist in die Ferne gerichtet.

Sonst sagt Opa nicht viel. Ich auch nicht. Einmal sagt Opa, fast wie zur Rechtfertigung: »Für manches braucht es keine Worte.«

Ich denke lange darüber nach, während wir schweigend dasitzen und gemeinsam unseren Blick in die Weite schweifen lassen. Es ist so ruhig, dass ich mich selbst atmen höre. Dann Opa. Dann uns beide gleichzeitig. Als mir der Hintern vom vielen Sitzen langsam wehtut, brechen wir wieder ins Tal auf.

»Bevor es dunkel wird, müssen wir unten sein.«

Opa geht vornweg und ich folge ihm.

»Kannst du noch?«

»Klar!«

Bald kann ich nicht mehr. Die Beine schmerzen, die Waden sind verkrampft und an der Ferse brennt es. Ich bin erschöpft. Opa wird immer schneller, seine Schritte größer. Meine kleiner, ich langsamer.

»Was ist?«

Ich kann nicht mehr, möchte ich sagen, traue mich aber nicht.

»Nichts!«

»Wir sind gleich da«, brummt Opa, in einem Tonfall, der nur bedeuten kann: Reiß dich zusammen, und: Ein Bergsteiger kennt keinen Schmerz. Ich beiße die Zähne aufeinander und versuche, an etwas Schönes zu denken. Mir fällt nichts ein.

»Soll ich dich auf die Schultern nehmen?«

Ich schüttle den Kopf, presse »Ein Bergsteiger kennt keinen Schmerz« aus mir heraus.

Opa lacht, sein Bart hüpft, die roten Bäckchen glänzen. Er streicht mir jetzt, wie Evi seinem Gaul, über die Mähne, über den Kopf.

Als wir unten ankommen, ist es bereits dunkel. Ich bin so müde, dass ich angezogen, mit Hose, Pullover und Schuhen, auf der Eckbank im Esszimmer einschlafe. Oma trägt mich in mein Bett. In der Nacht träume ich von Gämsen.

sechs

Maximilian Zacharias. Geboren 1930. Schauspieler, bekannt aus Funk, Film und Fernsehen. Zweimal geschieden. Noch immer verheiratet mit der berühmten Filmagentin Gina van der Beeken. Zwei Söhne, eine Tochter von drei verschiedenen Frauen. Ehemaliger Trinker und Frauenheld. Nach schweren Depressionen und angeblichen Anzeichen von Demenz wohnt er abgeschottet von der Öffentlichkeit seit zwei Jahren im Seniorenheim Marienstift. Er gilt als exaltiert, unberechenbar und ist bei den Wenigsten beliebt. Die Schwestern unterstellen ihm Arroganz, die Mitbewohner Rüpelhaftigkeit. Frau Brenner lässt sich dadurch nicht beirren, sie besteht darauf, dass auf Herrn Zacharias' Launen Rücksicht genommen wird. Er spielt zwar nicht gut, aber leidenschaftlich gern Schach. Herr Maroni zählt zu seinen Schachpartnern. Manchmal auch Frau Ada. Oft erzählt er von seinen früheren Erfolgen im Theater oder beim Film. Komplette Theaterstücke scheint er auswendig zu können. Wenn seine Frau einmal in vier Wochen auf einen Kurzbesuch im Marienstift vorbeikommt, liegt er im Bett, das Plumeau bis zum Kinn hochgezogen, starrt zur Decke und schweigt. Dann sitzt sie neben dem Bett, hält seine Hand und schweigt auch. Nach 30 Minuten drückt sie ihm einen Kuss auf die Stirn, sagt: »Wird schon wieder werden!«, und: »Hier bist du in guten Händen!«, und verlässt das Zimmer. Dann springt Herr Zacharias auf, zischt »Blöde Fotze«, klatscht in die Hände und freut sich, dass sie endlich wieder weg ist.

*

Lass mich endlich in Ruhe! Es ist aus. Oder besser: Es hat nie angefangen. Es war alles nur ein Spiel. Eine Übung: Setze dich einer Situation aus, die du in deinem normalen Leben nie suchen würdest. Spiele eine Figur, die etwas wagt. Es ist eine Schauspielübung, um Ängste zu überwinden, mit fremden Situationen zu spielen. Jetzt weißt du es. Ich konnte ja nicht ahnen, dass du gleich losgehst wie eine Rakete, dass du dich nach zwei Stunden in mich verliebst. Ich will nichts von dir! Ich finde dich ganz offen gesagt auch gar nicht nett. Ich finde dich lästig, aufdringlich. Deine verquaste Rhetorik geht mir auf den Wecker. Lass mich in Ruhe. Celine.

Hass, Trauer, Verzweiflung, Wut. Ich zerreiße ihren Brief. Sie hat mit mir gespielt! Sie hat mich benutzt! Eine Schauspielübung! Ich, der Stichwortgeber, der Statisten-Depp für ihre Erfahrung. Sie hat mich verarscht! So geht es nicht, mein Fräulein! Das lasse ich nicht mit mir machen. Das lasse ich nicht zu. So einfach wirst du mich nicht los. Das hat ein Nachspiel. Der Vorhang ist noch nicht gefallen. Den Epilog schreibe ich. Ich setze den Brief wieder zusammen, zerknülle ihn abermals. Immer wieder. Bis ihre Schrift kaum mehr zu lesen ist.

*

Frau Brenner lässt mich in ihr Büro kommen.

»Das ist kein gutes Zeichen«, sagt Johanna und feixt schadenfroh.

»Setzen Sie sich.«

Frau Brenner bleibt stehen und sieht mich über ihre Lesebrille hinweg an.

»Herr Zacher, Sie sind jetzt genau einen Monat im Marienstift.«

Was führt die im Schilde, denke ich und nicke zustimmend.

»Wie gefällt es Ihnen bei uns?«

»Ganz gut.«

Ich beschließe, mich auf diese vertrauliche Art des Gesprächs nicht einzulassen. Das passt nicht zu Frau Brenner. Sicher verfolgt sie damit andere Absichten, die für mich im Moment nicht klar zu erkennen sind. Sie setzt sich nicht an den Tisch, sondern mir gegenüber und schlägt ein Bein über das andere. Es trennt uns dieses Mal nicht einmal ihr Schreibtisch. Sie will offenbar den Eindruck vermitteln, sich auf einer Ebene mit mir zu unterhalten. Nicht, wie sie das in der Regel handhabt, von Chef zu Angestelltem. Dieses Mal scheint es ein zwangloses Geplauder unter vermeintlich Gleichgestellten zu sein.

»Kommen Sie mit der Arbeit zurecht?«

»Ja, ganz gut.«

»Mit den Bewohnern?«

»Auch.«

»Mit Frau von Hirschfeld?«

Was soll das?, denke ich. Worauf will sie hinaus?

»Ich glaube schon!«

Frau Brenner sieht kurz zur Decke, scheint zu überlegen und blickt mich dann eindringlich an. Es ist ein Blick, den ich bei ihr so noch nie gesehen habe. Als wäre ein Lächeln in ihren Augen. Käme der Blick von Johanna, würde ich sagen, er hat etwas mit Sinnlichkeit, Verführung und Erotik zu tun. Zu Frau Brenner passt er gar nicht.

»Frau von Hirschfeld behauptet, Sie wären grob zu ihr.«

Der Blick passt auch nicht zum Gesagten. Sie lächelt und strahlt, während die beschuldigenden Worte in meinen Ohren knallen. Zwischen körperlichem Ausdruck und verbalem Vorwurf liegt eine undurchschaubare Diskrepanz.

Ich verstehe Frau Brenner nicht. Frau von Hirschfeld auch nicht.

»Behauptet Frau von Hirschfeld das nicht von allen Schwestern« sage ich zur Verteidigung. Warum muss ich mich überhaupt verteidigen? Ich habe nichts verbrochen.

»Das stimmt«, sagt Frau Brenner, »aber von Ihnen sagt sie, Sie würden sie schlagen.« Frau Brenner scheint wieder zu lächeln. Um ihren Mund legt sich ein kaum merkliches Schmunzeln. Ihr Blick hängt an mir, klebt an mir, als wäre ich das Insekt und sie die fleischfressende Pflanze. Ich bin verunsichert, verstört, schlucke, denke kurz nach und sage dann: »Frau Brenner, Frau von Hirschfeld ist manchmal verwirrt. Sie behauptet auch alternierend, sie wäre die Geliebte von Adolf Hitler und die Verlobte von seinem Stellvertreter Rudolf Hess.«

»Deshalb darf man sie trotzdem nicht schlagen.«

Ihr Blick lässt mich nicht los.

»Ich schlage sie nicht. Ich fasse sie auch nicht grob an. Ich behandle sie so wie alle anderen Heimbewohner auch. Und, gibt es von denen Beschwerden?«

»Nein, von den Bewohnern nicht.«

Sie macht eine Pause. Da kommt noch was, denke ich, warte, sage dann schließlich, als sie noch immer schweigt: »Von wem dann?«

Sie wirft wieder kurz den Blick zur Decke und richtet erneut ihre lächelnden Augen auf mich.

»Von Schwester Ivonne.«

»Das habe ich mir beinahe gedacht.«

»Warum?«

»Ivonne kann mich nicht leiden.«

»Sie muss Sie auch nicht leiden können. Aber *Sie* müssen Ihren Dienst ordentlich ausüben. Das machen Sie ab und an nicht.«

»Was?«

Das habe ich wiederum nicht erwartet.

»Sagt Schwester Ivonne.«

»Die spinnt doch«, sage ich lauter als zuvor.

Frau Brenner vollzieht mit ihrer rechten Hand kleine Bewegungen, als schreibe sie beschwichtigende Zeichen in die Luft.

»Na, na, na, Frau von Hirschfeld ist verwirrt, Schwester Ivonne spinnt – so einfach ist das nicht, Herr Zacher.«

Ich verliere an Boden, büße an Souveränität ein. Ich merke, wie Frau Brenner das Heft immer mehr an sich reißt und fast schon strategisch das Gespräch lenkt.

»Schwester Ivonne hat sich bei mir beschwert, dass Sie während der Frühschichten zu langsam seien. Sie bräuchten zu lange, um Ihre Zimmer zu machen, die Bewohner zu waschen und sie für das Frühstück herzurichten.«

Ich habe Frau Brenner unterschätzt. Ivonne auch.

»Sie seien auch nicht beherzt genug. Die Bewohner nutzen das aus, trödeln und kommen zu spät zum Frühstück.«

»Ich kann sie doch nicht wie eine Schafsherde vor mir hertreiben. Immer forsch, immer zackig, wie Schwester Ivonne. Wir sind doch hier nicht beim Bund.«

»Nein, aber auch nicht auf Urlaub.«

Diese Schlagfertigkeit und Spontaneität hätte ich ihr gar nicht zugetraut.

»Es gibt eine Dienstvorschrift, Herr Zacher, und ein Arbeitspensum, das einzuhalten ist. Ich wünsche mir, dass Sie das zur Kenntnis nehmen, Herr Zacher, und sich ab sofort daran halten.«

Ich kann nichts erwidern. Frau Brenner genießt meine Sprachlosigkeit.

»Schwester Ivonne ist eine ausgezeichnete Fachkraft,

lange Jahre bei uns. Sie werden verstehen, dass ich ihre Beschwerden ernst nehmen muss.«

»Und was soll ich jetzt tun?«

»Schneller arbeiten, sich weniger mit den Bewohnern abgeben und für Schwester Ivonne mal ein freundliches Wort übrig haben. Das kann Ihnen doch nicht so schwerfallen.«

Wieder dieser seltsame Blick. Als wollte sie sagen, tun Sie es mir zuliebe.

»Ich werde mich bemühen.«

»Danke.«

Sie steht auf, streicht sich den Rock zurecht und bringt mich zur Tür.

*

Ich teile die Medizin aus. Eigentlich darf ich das nicht. Das ist den Schwestern vorbehalten. Aber wenn viel zu tun oder eine der Schwestern krank ist, mache ich es trotzdem. Ich stelle das Medikamententablett zusammen: Beruhigungsmittel, Schlafmittel, Herz-Kreislauf-Mittel, Schmerzmittel, durchblutungsfördernde Mittel, durchblutungshemmende Mittel, Muntermacher und Antidepressiva. Ich gehe von Zimmer zu Zimmer.

»Der Drogenmann ist da.«

Manche wollen keine Tabletten. Andere am liebsten mehr, als sie bekommen dürfen. Viele betteln um eine Schlaftablette. Und wenn sie schon eine haben, um noch eine.

Herr Maroni reißt, wenn er den Becher mit den Tabletten sieht, den Mund auf. Ich kippe die Tabletten hinein.

»Jetzt schlucken.«

Er würgt. Dann schluckt er.

Herr Kahlenbach spuckt die Tabletten immer wieder aus.

Bis ich ihn anschreie, dass jetzt gleich die scharfe Kontrolleurin käme, wenn er nicht augenblicklich die Tabletten bei sich behält. Das funktioniert.

Als ich zu Frau Ada ins Zimmer komme, steht auf ihrer Schiebetafel: *1 Schlaftablette bitte*. Ich gebe sie ihr und wünsche eine gute Nacht.

Herr Wiedemann empfängt mich immer mit »Mami ist da«.

»Mami hat Gutiguti«, sage ich und er freut sich wie ein Kind.

»Schön essen, mein Baby, sonst gibt's haue, haue.«

Herr Wiedemann schluckt die Tabletten ohne einen Schluck Wasser hinunter.

»Gute Mami«, sagt er.

»Gutes Baby«, sage ich.

Frau Grünwald weigert sich, die Tabletten zu schlucken.

»Das ist Gift«, sagt sie. »Sie wollen mich vergiften.«

»Wer? Ich?«

Sie ist unschlüssig, weiß nicht, was sie sagen soll.

»Wenn, dann die Hexe«, sage ich.

»Ja, die Hexe, Schwester Ivonne, die, ja, die.«

»Aber Frau Grünwald, die Hexe ist nicht da, die fliegt gerade mit ihrem Besen dorthin, wo der Pfeffer wächst.«

Sie traut mir nicht.

»Es besteht also keine Gefahr.«

Sie sieht mich noch misstrauischer an.

»Ich schwör's, Frau Grünwald.«

Ich hebe meine rechte Hand zum Schwur.

»Das nützt mir auch nichts, wenn ich tot bin.«

Das ist natürlich ein schlagkräftiges, kaum zu widerlegendes Argument.

»Okay«, sage ich, »sehen Sie.«

Ich nehme dieselbe Tablette, die für Frau Grünwald

bestimmt ist, zwischen Daumen und Zeigefinger, halte sie hoch und stecke sie mir mit einer großen Geste in den Mund. Frau Grünwald starrt mich völlig fasziniert an. Natürlich bemerkt sie nicht, wie ich die Tablette zwischen Zeige- und Mittelfinger in die Handfläche gleiten lasse. Ich schlucke theatralisch, öffne den Mund und lasse sie hineingucken. Sie sieht mich an, als ob ich jeden Moment tot umkippen müsste.

»Na also, sehen Sie, kein Grund zur Beunruhigung.«

Dieses Argument ist noch schlagkräftiger und durch nichts mehr zu widerlegen.

»Und jetzt weg mit den Dingern.«

Frau Grünwald kapituliert und schluckt die Tabletten hinunter.

Herr Zacharias scheint den Trick auch zu kennen. Allerdings ist seiner noch raffinierter. Herr Zacharias nimmt die Tablette in den Mund, schluckt sie aber nicht. Er lässt sie so lange in der Wange versteckt liegen, bis ich wieder aus dem Zimmer bin. Dann stopft er sie in den Blumentopf am Fenster. Beim dritten Mal erwische ich ihn. In der Blumenerde stecken unzählige Pillen.

»Deshalb wächst der wie verrückt«, sagt Herr Zacharias.

»Und deshalb sind Sie immer so aufgedreht.«

»Ich bin nicht aufgedreht, das ist mein Naturell.«

»Und das geht vielen hier ganz schön auf den Geist.«

»Mir gehen auch viele auf den Geist. Und, stopfe ich sie mit Psychopharmaka voll? Früher wurde ich für mein *aufgedreht sein* gefeiert. Und heute soll das plötzlich schlecht sein.«

»So ändern sich die Zeiten.«

»Nein, nicht die Zeiten, die Menschen«, sagt Herr Zacharias. »Ich lasse mich nicht ruhigstellen. Die Pillen kann sich die Brenner in den Arsch schieben.«

Ich zucke mit den Schultern und lasse die Tablette im Döschen. Das nächste Mal drücke ich die Pille selbst in die Blumenerde.

*

Ich stehe hinter geparkten Autos verborgen in der Nähe des Eingangs zur Falckenberg Schule. Ich habe mir vorgenommen, Celine auf offener Straße in eine weitere Schauspielübung, vielleicht sogar unter den Augen ihrer Kommilitonen, zu verwickeln. Ich versetze sie in eine Situation, in die sie sich im normalen Leben nie freiwillig begeben würde. Ich konfrontiere sie mit meiner Wut, mit ihrem schändlichen Verhalten. Ich mache ihr in aller Öffentlichkeit Vorwürfe, beschuldige sie, werfe ihr Egoismus und Gefühlskälte vor. Ich habe mir ganz genau zurechtgelegt, was ich sagen werde. Ich habe geübt. Ich habe bessere Voraussetzungen für diese Schauspielübung als sie. Es ist unfair, ja, ich weiß. Es soll aber keine Übung für mich sein, sondern für sie. Für mich ist es ernst. Sie wird sich blamieren. Vor allen. Das ist meine Rache.

Celine kommt gemeinsam mit ihren Schauspielkollegen aus dem Gebäude. Ich will hinter den Autos hervorstürmen, als ich an ihrer Seite plötzlich Ralf entdecke. Ich zögere, bleibe hinter den Autos verborgen. Er legt seinen Arm um ihre Schulter und zieht ihren Kopf zu sich. Er küsst sie. So ein Schwein, denke ich, so ein widerliches Arschloch. Er steckt hinter allem, er ist der, der die Fäden in der Hand hält. Ich kann mich nicht bewegen. Mein beabsichtigter Plan zerplatzt. Ich muss *ihm* die Vorwürfe machen, die Anschuldigungen. Ich traue mich nicht. Dafür habe ich nicht geübt. Celine und Ralf gehen Hand in Hand die Straße entlang. Ich folge ihnen in sicherem

Abstand. Sie fahren mit der Straßenbahn. Ich fahre einen Wagen hinter ihnen in dieselbe Richtung. Sie steigen in Schwabing aus. Ich auch. Sie verschwinden in Ralfs Wohnung. Ich stehe auf der Straße und blicke auf das beleuchtete Fenster. Die zurückliegenden Bilder auf der Luftmatratze gehen mir durch den Kopf. Jetzt fickt er sie, dieses Schwein. Ich sinne auf Rache. An ihm. An ihr. An beiden. *Aktenzeichen XY* fällt mir ein. Die abscheulichsten Folgen kommen mir in den Sinn. Morde. Foltermethoden.

Ich gehe ziellos durch die Stadt. Ich sehe nichts mehr. Keine Häuser, keine Autos, keine Menschen. Alles wird zu einer mich verschlingenden grauen Masse, in der überall und immer wieder Celine und Ralf auftauchen. Wie sie vögeln und sich über mich lustig machen. Ich gehe zur Isar hinunter und werfe Steine ins Wasser. Immer wieder. Bis mir die rechte Schulter schmerzt. Ich bleibe am Ufer sitzen, sehe auf das Wasser und weiß nicht, wie es weitergehen soll. Mit mir, meinem Hass, meiner Wut, meiner Trauer.

*

Opa liegt im Sarg aufgebahrt in der Leichenhalle. Er hat seinen besten Janker an. Auf den Brusttaschen prangen glänzende Anstecknadeln. Zwei goldene und drei silberne Orden hängen daneben. Am Kragen seines weißen Hemdes sind Edelweiß-Applikationen. Der Hut mit dem Gamsbart liegt auf der Zudecke auf Höhe des Bauches. Opas Augen sind geschlossen. Die Haut im Gesicht ist gelb. Trotz mehrmaligem Waschen seines Bartes bleibt ein rosa Schimmer zurück. Papa schlägt vor, den Bart einfach abzuschneiden. Oma sagt: »Das war sein Ein und Alles«, und: »Das hätte Opa nie erlaubt.«

Mama weint und weiß nicht, was sie sagen soll; sie zuckt mit den Achseln.

»Wir könnten ihn einfärben«, schlägt der Bestattungsunternehmer vor.

Papa fixiert ihn mit bösem Blick. »Schwarz, was?«

Der Bestattungsunternehmer will widersprechen, überlegt es sich aber anders, schlägt die Augen nieder, als schäme er sich. Ich stehe neben dem Sarg und blicke auf Opas Hände. Sie liegen gefaltet zwischen Brust und Bauch und sehen aus, als ob sie den Hut festhalten wollten. Sie sind alt und schrumpelig. Die Haut hat lauter braune Punkte. Weiße Flecken und Risse. Wenn ich die Augen zu Schlitzen verenge, erinnern die Hände an das Wettersteingebirge. Die Knöchel sind Berge, Sehnen Felsen, die Adern Wald, in den Falten Schluchten. Die zwei kleinen Punkte, zwischen Daumen und Zeigefinger in einer tiefen Hautspalte, Opa und ich. Ein plötzlicher Schneesturm kommt auf. Ich habe Angst. Opa sagt: »Halb so schlimm. Warten wir eben, bis es wieder aufhört.«

Wir sitzen unter einem Felsvorsprung ganz eng beieinander und schauen in das Schneegestöber. Ich sehe Gesichter aus weißen Punkten, die schnell auf mich zukommen und dann wieder verschwinden. Ede Zimmermann ist da und die Köpfe auf den Plakaten. Das Schneegestöber wird dichter, die Gesichter immer mehr und hässlicher. Der Wind pfeift wie ein kochender Wasserkessel.

»Es hört nicht auf«, sage ich.

Opa lacht. Es klingt gekünstelt. So habe ich ihn noch nie lachen hören.

»Bleiben wir eben hier«, sagt Opa, und: »Halb so schlimm.«

Es wird dunkel, die Gesichter verschwinden. Meine Füße sind kalt wie Eiswürfel.

»Das Wichtigste ist, nicht einzuschlafen«, sagt Opa und

guckt schon ganz schläfrig. Als ich nicht antworte, schreit er plötzlich ganz laut: »Hast du das verstanden?!«

Das Echo fragt ein weiteres Mal: »Verstanden?«

»Ja«, sage ich kleinlaut und versuche, mich am Weinen zu hindern.

»Sonst erfriert man.«

Tränen laufen mir die Wangen entlang und scheinen auf der Haut festzufrieren. Opa drückt mich fest an sich und versucht, mich dadurch zu wärmen. Unter seiner Jacke riecht es nach Pfeifenrauch. Sein Bart kitzelt meine Stirn. Ich höre Ede Zimmermann und dann die furchterregende Stimme, die von mir erzählt und von Opa und dem Wettersteingebirge und dass die Kriminalpolizei um Aufmerksamkeit bittet. Opa reibt immer wieder über meine Arme, meine Beine und fängt dann an zu erzählen. Er befiehlt mir, alles, was er sagt, zu wiederholen.

So geht das die ganze Nacht, während ich meine Füße nicht mehr spüre und mein Gesicht sich wie ein zugefrorener See anfühlt. Zuletzt singen Opa und ich zusammen. »An die Gewehre, an die Gewehre, Kamerad, da gibt es kein Zurück. Fern im Osten stehen dunkle Wolken. Komm mit und zage nicht, komm mit« – bis die Sonne langsam über dem Wettersteingebirge aufgeht.

»Schläfst du?«, flüstert Mama und stößt mich in die Seite.

»Opa ist tot«, sage ich, leise, wie für mich. Mama schaut mich entsetzt an, als ob auch ich nicht mehr lange leben würde.

Auf dem Friedhof ist ganz Mittenwald versammelt. Ein Meer aus Schwarz. Die Gebirgsschützen sind auch da. Komplett in Uniform. Sie haben sogar ihre Gewehre dabei. Als der Sarg in das Grab gelassen wird, schießen sie in die Luft. Ich zucke zusammen, meine Ohren pfeifen. Der Pfarrer hält eine Rede, dann ein Gebirgsjäger, zuletzt der Kommandant der Freiwilligen Feuerwehr. Sie sagen alle irgendwie dasselbe:

Opa war der Beste, wir werden ihn alle vermissen und irgendwann im Himmel wiedersehen. Beim Leichenschmaus lachen die Ersten schon wieder. Erzählen Anekdoten, machen Witze.

»Das Leben geht weiter«, sagt Mama.

Oma nickt und Papa sagt ziemlich betrunken, sodass es nur schwer zu verstehen ist: »Das Schwein kriegen wir schon.«

*

Herr Kahlenbach fährt in der Nacht offenbar nicht mehr mit der Straßenbahn in seinem Schrank. In seinem Bett liegt er an diesem Morgen aber auch nicht. Es beunruhigt mich nicht außerordentlich. Ich mache sein Bett und das der anderen Seniorenheimbewohner, helfe denen, die Hilfe brauchen beim Waschen, und fahre die Rollstühle in den Frühstücksraum. Herr Kahlenbach ist noch immer nicht aufgetaucht.

»Hast du den Kahlenbach gesehen?«, fragt Schwester Margarethe in einem Tonfall, als hätte ich ihn versteckt.

»Wenn ich mich nicht täusche, flog er gerade in einem Heißluftballon am Fenster vorbei.«

Schwester Margarethe wird rot. Sie wird immer rot, wenn sie am liebsten handgreiflich werden würde und ihr letztendlich die Worte fehlen. Sie wischt mit der Hand vor ihrem Gesicht herum. Während die Alten bereits frühstücken, beginnt Schwester Margarethe nach Herrn Kahlenbach zu suchen. Ich auch. Ich finde ihn schließlich im Schlafanzug im Schrank von Frau Weixelbaums Zimmer. Als ich die Tür öffne, guckt er mich entsetzt, aber auch ein wenig erleichtert an und sagt ganz leise, geflüstert, als sollte es niemand anders außer mir hören: »Ich habe den Bus genommen. Die Straßenbahnlinie fährt nicht mehr.«

Ich nicke ebenso erleichtert. »Ja, ja, der Winterfahrplan. Aber jetzt sind Sie ja endlich da.«

»Gott sei Dank«, sagt Herr Kahlenbach und stinkt wieder, als hätte er in seine Schlafanzughose geschissen. Er hat in seine Schlafanzugshose geschissen.

»Das war eine schreckliche Fahrt. Mit dem Bus fahre ich nie wieder.«

Mit Herrn Kahlenbach am Arm gehe ich langsam den Flur entlang.

»Was war denn so schrecklich?«

Er bleibt stehen, schaut sich um und flüstert. »Zuerst war ich ja allein im Bus. Aber dann …«

»Was dann?«

»Dann, dann kam da noch jemand.«

»In den Bus?«

Er nickt stumm vor sich hin.

»Wer denn?«

»Weiß nicht, ich hab mich hinter dem Sitz versteckt.«

»Im Zimmer, ich meine, im Bus war mitten in der Nacht eine Person?«

Herr Kahlenbach nickt wieder und starrt vor sich hin, als ob er sich selbst noch einmal vergewissern müsste.

»Frau Weixelbaum vielleicht.«

»Nein, nein, die hat geschlafen.«

»Ja, wer denn dann?«

Er zuckt mit den Schultern.

»Aber Sie haben sie gesehen?«

»Ja, durch das Loch im Sitz.«

»Was für ein Sitz.«

»Im Bus. Mann!«

»Ach so, und da haben Sie durch ein Loch im Sitz – eine Art Schlüsselloch – die Person gesehen?«

Herr Kahlenbach schaut mich an, als ob nicht er leicht verwirrt wäre, sondern ich.

»Was hat denn die Person gemacht?«

»Spioniert.«

»Spioniert?«

Er nickt wieder. »Dann hat sie sich über die Weixelbaum gebeugt.«

»Und dann?«

»Nichts.«

»Frau oder Mann?«

Herr Kahlenbach überlegt.

»Ich dachte schon, das ist die Kontrolle.«

»Schwester Johanna?«

»Die Kontrolle, hab ich gesagt.«

»Ja, klar, aber die war es nicht.«

»Ne.«

»Glück gehabt, was?«

»Ja.«

Schwester Margarethe kommt den Gang entlang.

»Da ist er ja endlich.«

Herr Kahlenbach winkt.

»Wo waren Sie denn?«

»Stadtrundfahrt«, sagt Herr Kahlenbach.

»Mit dem Heißluftballon, habe ich Ihnen doch schon gesagt.«

Herr Kahlenbach strahlt und Schwester Margarethe wird wieder rot, wischt erneut mit der Hand vor ihrem Gesicht herum und geht davon.

»Jetzt ziehen Sie mal den Schlafanzug aus und dann ab unter die Dusche.«

*

Herr Zacharias setzt sich im Stadttheater von uns ab. Er verlässt kurz vor Ende der Vorstellung den Zuschauerraum.

»Pissen«, sagt er leise zu mir.

»Soll ich mit?«

»Quatsch. Meinen Pimmel kann ich immer noch selbst halten.«

Nach dem Schlussapplaus sehe ich auf der Toilette nach ihm. Herr Zacharias ist nicht dort. Weder in der Herrentoilette noch in der Damentoilette, in die ich ebenfalls einen Blick werfe. Eine Frau, Anfang 60, mit Dauerwelle und Abendkleid, die gerade am Spiegel ihren verschmierten Lippenstift korrigiert, guckt entsetzt, als sie mich aus dem Raum mit den Kabinen kommen sieht.

»Perverser!«, zischt sie und verharrt mit versteinertem Gesichtsausdruck. Wobei sich ihre Arme eng um den Körper schlingen, als müsse sie sich schützen. Ich denke an Opa, die Wollmütze, den aufgeschlitzten Gaul, werde rot, murmle »Verzeihung« und »Das ist alles nicht so, wie Sie denken«. Ich schiebe mich vorsichtig an ihr vorbei nach draußen.

Da stehen Frau Ada und Johanna, zeigen mit ausgebreiteten Armen, dass auch sie nicht fündig wurden.

»Was sollen wir jetzt machen?«

»Suchen«, sagt Johanna und fragt Frau Ada: »Können Sie allein nach Hause gehen?«

Frau Ada nickt, knöpft ihre Jacke zu und geht.

Wir suchen die Straßen um das Stadttheater herum ab. Gehen in einige Gaststätten.

»Scheiße, ich hab's geahnt, dass es mit dem alten Spinner nur Probleme gibt.«

»Vielleicht hat er sich ja nur verlaufen.«

»Verlaufen? Der ist doch nicht blöd. Nur gerissen«, schreit Johanna. »Die Brenner zerreißt uns in der Luft, wenn der Alte nicht mehr auftaucht.«

»Der wird schon wieder zurückkommen.«

»Hör doch mal auf mit deinem blöden Optimismus!«

Wenn Johanna wütend ist, gefällt sie mir noch mehr. Ich schmunzle.

»Lach doch nicht so blöd! Du solltest wissen, dass der Alte ohne Aufsicht nicht raus darf.«

»Wer sagt das?«

»Wer sagt das, wer sagt das? Die Brenner, die Alte vom Zacharias, was weiß ich.«

Noch immer keine Spur von Herrn Zacharias.

»Es ist aussichtslos, der kann überall sein.«

»Wo würdest du hingehen, wenn du der Alte wärst?«, frage ich.

»Was soll das? Das bringt doch nichts. Ich kann mich in so ein verschrobenes Hirn nicht hineindenken.«

»Du magst ihn nicht, was?«

»Muss ich ihn mögen?«

»Nein. Er mag dich auch nicht.«

»Was? Woher weißt du das?«

»Er hat es mir gesagt. Er sagt, du wärst ’ne frigide Fotze.«

»Nein!«

»Doch, ich schwör’s.«

Johanna wird ganz still. Sieht mich mit großen Augen an.

»Jetzt fällt mir ein, wo er sein könnte.«

»Wo?«

»Im Puff! Der redet doch die ganze Zeit nur von Frauen, vom Ficken und dergleichen. So einer geht auf direktem Weg in den Puff.«

»Es gibt ungefähr zwei Dutzend Bordelle in der Stadt.«

»Woher weißt du das?«

»Mann kennt sich aus.«

»Lass uns zurück zum Marienstift. Von da können wir alle durchtelefonieren.«

Im Marienstift weiß noch niemand, dass Herr Zacharias fehlt. Wir telefonieren mit diversen Bordellen und Nachtklubs, die wir im Telefonbuch finden. Die meisten wollen keine Auskunft geben. Manche behaupten, ein von uns beschriebener Herr sei noch nie in ihrer Bar gewesen. Noch während wir telefonieren, bringen zwei Polizeibeamte Herrn Zacharias ins Seniorenheim zurück.

»Er war in der Red Light Bar«, sagt einer der Beamten. Johanna nickt wissend. »Er konnte nicht bezahlen und behauptet, er wäre der große Schauspieler Maximilian Zacharias.«

»*Sieben Siegel*, *Ein Mann – ein Wort*, *Schtonk*, *Die blaue Stunde*«, fällt Herr Zacharias ihm ins Wort.

»Das glaubte ihm da natürlich niemand. Sie haben uns dann gerufen. Uns hat er gesagt, er wäre aus dem Marienstift ausgebüxt. Stimmt das?«

Herr Zacharias zwinkert Johanna und mir zu.

»Ja, ja, Herr Zacharias ist plötzlich verschwunden«, sage ich.

»Da können Sie ja froh sein, dass er wieder da ist.«

»Danke fürs Bringen«, sagt Johanna.

»Bitte.«

Die Polizisten wollen gehen, drehen sich noch einmal zu mir um und flüstern mir zu. »Verzeihung, ist das wirklich der berühmte Schauspieler Maximilian Zacharias?«

»Wenn Sie es niemandem verraten, sage ich es Ihnen.«

»Ehrenwort«, sagen die Polizeibeamten und legen den Zeigefinger auf den Mund.

»Er ist es.«

Aus der Innentasche der Uniform zieht einer der Beamten einen Block heraus.

»Meinen Sie, es wäre vielleicht möglich, dass ich ein Autogramm …«

»Stift her«, platzt Herr Zacharias dazwischen.

Wie zwei Schulbuben halten die Polizisten den Block und

einen Stift hin. Herr Zacharias nimmt den Kugelschreiber und schreibt in schwungvollem Schriftzug auf das Blatt Papier: *Verpisst euch, ihr Wichser!*

Zur Entschuldigung wische ich mir mehrmals mit der Hand vor dem Gesicht herum und zeige auf den Alten. Die Polizisten zucken mit den Schultern und verschwinden.

Herr Zacharias lacht.

»Ab ins Bett«, sagt Johanna.

»Schwamm drüber«, sage ich.

Herr Zacharias lacht noch immer.

*

Das Marienstift ist ein Seniorenheim der Oberklasse, was so viel bedeutet, dass die Bewohner oder deren Nachkommen eine Stange Geld für einen Heimplatz bezahlen. Dafür wird ihnen nicht nur ein Zimmer und Vollpension geboten, sondern auch ärztliche und seelsorgerische Betreuung mit Bereitschaftsdienst, psychotherapeutische und psychologische Fürsorge, vegetarische Küche, Massagen, Krankengymnastik und allerhand sonstige Aktivitäten. Von Leibesübungen bis Bastelstunden, Schauspielern in der Theatergruppe oder Singen im Chor, von Schwimmen im Hallenbad bis Grillen im Garten ist alles dabei, womit für die Alten, zumindest in der Vorstellung ihrer Anverwandten, der Lebensabend im Heim etwas angenehmer gestaltet werden kann. Die meisten Heimbewohner sehen das allerdings ganz anders. Kaum einer kann sich für eines der Angebote begeistern. Es muss schon subtiler Druck ausgeübt werden, damit Frau Weixelbaum im Chor mitsingt oder Herr Kahlenbach in der Theatergruppe eine Rolle übernimmt. Am liebsten wollen die Alten in Ruhe gelassen werden, liegen in ihren Lehnsesseln im Zimmer oder im

Aufenthaltsraum und glotzen vor sich hin. Oder sitzen in Wolldecken eingehüllt im Garten und lassen sich von den Vögeln im Vorbeifliegen auf die Decke scheißen. Selbst die Mahlzeiten morgens, mittags und abends würden einige von ihnen vergessen, würden sie nicht aus dem Garten oder ihrem Zimmer in den Speisesaal mit vollmundigen Versprechungen von außergewöhnlichen kulinarischen Spezialitäten, die sie erwarten, gelockt werden.

Nur die Ausflüge sind sehr beliebt. Mindestens einmal im Monat macht zumindest ein Teil der Bewohner einen Tagesausflug. Entweder geht es, meist mit dem Bus, in den Zoo, ins Museum, auf einen Jahrmarkt oder mit dem Schiff auf die Donau.

Ein Seniorenheim der Oberklasse zu sein, bedeutet aber auch, dass die Verwandten sich nur selten blicken lassen. Manche kommen nie, andere nur an besonderen Tagen wie Weihnachten, Ostern oder zu den Geburtstagen der Bewohner. Wenige sind jeden Sonntag da, sitzen dann meist schweigend vor Vater und Mutter und hoffen, dass die zwei Stunden schnell vorbeigehen. Anschließend steigen sie in ihre teuren Autos und fahren schnell wieder davon.

Heute wird im Garten gegrillt. Das Marienstift lädt zum Herbstfest. Ob es an den selbst gemachten Einladungskarten der Bastelgruppe liegt oder einfach nur an der spätsommerlichen Jahreszeit – fast alle Anverwandten der Heimbewohner sitzen jetzt im Garten und essen verkohlte Würste, trinken Limonade aus Plastikbechern und sehen aus, als ob das schlechte Gewissen mitgrillen würde. Man hört sie immer wieder mal ihre schwerhörigen Väter und Mütter anbrüllen: »Willst du noch ein Würstchen?«, oder: »Soll ich dich füttern?«, und sieht ihnen an, dass sie sich das nächste Mal ganz bestimmt nicht mehr von der selbst gebastelten Einladungskarte erweichen lassen.

Die Bewohner schweigen. Selbst die ansonsten gesprächigen wie Frau Grünwald oder Frau von Hirschfeld sagen kaum etwas. Entweder verleihen die gekränkten Alten dem mangelnden Interesse ihrer Verwandten jetzt einen adäquaten Ausdruck. Oder aber die kleinen weißen Pillen, die jedes Mal vor derartigen Zusammenkünften von Dr. Dellbrügg persönlich ausgeteilt werden, verschließen ihnen den Mund. Hilflos reden die Verwandten, die das Schweigen offenbar kaum ertragen können, auf ihre Alten ein, lachen gekünstelt und versuchen schließlich die Schwestern und auch mich in ihre Monologe zu integrieren.

»Sind Sie hier sicher der Hahn im Korb, nicht wahr, junger Mann?«

»Nein, der Zivi-Depp.«

»Haha!«

Frau Brenner hat sich in ein grünes Kostüm gezwängt und geht ganz aufgeregt tänzelnd zwischen den Stühlen und Tischen herum und lächelt dabei so ausgiebig wie in den letzten zwei Monaten meines Aufenthalts nicht.

Natürlich versuchen die gehörig aus der Ruhe gebrachten Anverwandten nicht nur ihr immer schlechter werdendes Gewissen zu beruhigen, sondern auch die Schwestern zu bestechen. Euroscheine wechseln den Besitzer wie auf einem Basar. Wenn schon die Zuneigung zu den eigenen Alten nicht eingelöst werden kann, so wird zumindest die Gunst des Pflegepersonals erkauft.

sieben

Friedrich Konrad Kahlenbach. Er ist 1917 geboren und neben Herrn Wolfsohn einer der Ältesten im Seniorenheim. Unverheiratet, keine Kinder. Er ist Friseurmeister von Beruf und fährt nach dem Krieg zunächst mit Schere und Kamm übers Land und schneidet den Kriegsheimkehrern die Haare. Mitte der 50er-Jahre eröffnet er mehrere Friseursalons im Pfälzischen, die er bis in die 70er-Jahre zu einer ziemlich erfolgreichen Friseursalonkette ausbaut, um sie dann, kurz bevor sie pleitegeht, mit hohem Gewinn zu verkaufen.

Auch heute noch trägt er tagsüber einen weißen Arbeitskittel, bei dem Kamm und Schere aus der Brusttasche herausgucken. In seinem Zimmer steht ein alter Frisierstuhl, der durch Pumpen mit dem Fuß hydraulisch hochgefahren werden kann. Ab und an schneidet er den männlichen Seniorenheimbewohnern die Haare. Er selbst hat nur noch wenige Haarbüschel auf dem Kopf, die er jeden Morgen kunstvoll über seine Glatze kämmt und aus alter Gewohnheit mit Brisk Haarcreme fixiert. Tagsüber macht er einen ruhigen, ausgeglichen Eindruck. Er redet wenig; wenn, dann erzählt er von Fritz Walter, dem Fußballweltmeister von 1954. Angeblich ließ sich Fritz Walter von ihm die Haare schneiden. Im Nachttisch liegt ein vergilbtes Schwarz-Weiß-Foto mit Fritz Walters Unterschrift und der Widmung: *Für meinen treuen Friedrich!* Nur nachts scheint Herr Kahlenbach seine Besonnenheit schlagartig zu verlieren. Trotz hoher Schlaftablettendosierung ist er am Morgen immer wieder mal im Schrank zu finden. Der ruhige Eindruck ist einem verwirrten Zustand gewichen.

*

Frau Brenner knallt die geöffnete Zeitschrift auf den Tisch.

»Wer hat das zu verantworten?!«

Alle versammeln sich um die Illustrierte. Ich sehe ein verwackeltes Farbfoto, auf dem Herr Zacharias inmitten von drei leicht bekleideten Frauen sitzt. Er lacht, hält ein Glas in der Hand und drückt seinen Kopf auf die großen Brüste einer der Damen. Unter dem Bild steht: *Die neueste Eskapade des Schauspielers Maximilian Zacharias.* Daneben ein Bild von Herrn Zacharias aus besseren Zeiten. Darunter ein Artikel mit der Überschrift: *Maximilian Zacharias lässt's krachen.* Und in der Unterzeile: *Unerklärlich: Wie kommt Zacharias aus dem Seniorenheim ins Bordell?* Noch ehe ich den Text lesen kann, schreit Frau Brenner: »Wer will damit das Marienstift ruinieren? Wer will meine Arbeit damit zerstören?«

»Deine Arbeit?«, sagt Schwester Margarethe. »Wenn, dann ist das unser aller Arbeit.«

Nicken vereinzelter Schwestern.

»In erster Linie fällt das auf mich zurück, auf meine Führung, und das dulde ich nicht! Ist das klar, ein für alle Mal?«

Ich könnte jetzt fragen, ob da ihre Entgleisung an Weihnachten auch dazuzählt. Verkneife es mir aber und schmunzle still in mich hinein.

»Was gibt es da zu lachen?«, schreit Frau Brenner.

»Nichts, ich war gerade woanders.«

»Sie haben hier zu sein, dafür werden Sie bezahlt. Wenn Sie woanders sein wollen, dann hauen Sie ab!«

Ich beschwichtige und sage: »Ich bin gerne hier. Die Arbeit macht mir Spaß.«

»Davon merkt man beim täglichen Dienst aber nicht viel«, fällt mir Schwester Ivonne in den Rücken.

»Wie meinst du das?«

»Deine Zimmerdienste könnten durchaus sorgsamer und ordentlicher sein.«

»Mein Gott, ich bin seit vier Monaten hier, da kann man doch nicht erwarten, dass ich so arbeite wie ihr, die ihr schon jahrelang den Job macht.«

»Franz hat recht, das ist ungerecht«, kommt mir Johanna zu Hilfe.

»Darum geht es jetzt nicht«, geht Frau Brenner dazwischen. »Wir sind ein seriöses Haus, da haben diese Schmutzartikel nichts verloren!«

Sie zeigt auf die Illustrierte, die nach wie vor als Beweisstück auf dem Tisch liegt.

»Was mir auffällt, ist, dass, seitdem Sie im Haus sind, seltsame Dinge hier vor sich gehen. Stellen Sie das ab oder es wird zu Konsequenzen führen.«

Frau Brenner sieht mich vorwurfsvoll an.

»Sie wollen doch nicht sagen, dass ich für das hier zuständig bin?« Ich zeige auf das aufgeschlagene Magazin.

»Ich sage gar nichts, ich sage nur, dass das aufzuhören hat!«

Alle schauen betroffen vor sich hin.

»Frau van der Beeken hat mich angerufen. Sie kam mir mit unserer vertraglich zugesicherten Aufsichtspflicht und drohte, ihren Mann in ein anderes Heim zu verlegen. Wenn sich das herumspricht, stehen wir bald ohne Patienten da. Was das bedeutet, wisst ihr selbst.«

Noch betroffenere Blicke.

Die Signallampe leuchtet auf dem Pult im Personalzimmer.

»Ich geh schon.«

*

Dr. Dellbrügg ist da. Einmal die Woche besucht er die Bewohner im Marienstift. Er verschreibt Tabletten, hört Herz und Lunge ab, nimmt Blutproben und redet gut zu. Entweder haben die Alten Krankheiten, die nur in ihren Köpfen existieren oder unheilbar sind. Für Linderung in beiden Fällen ist der Doktor da. Je länger ich im Altenheim bin, umso mehr habe ich das Gefühl, dass es den Alten dann schlechter geht, kurz bevor Dr. Dellbrügg kommt. Frau von Hirschfeld jammert über Herzrasen und Übelkeit.

»Das kommt von den vielen Süßigkeiten«, sage ich.

Frau Grünwald klagt über ein Ziehen in den Beinen und Magenbeschwerden.

»Das kommt auch von den vielen Süßigkeiten.«

»Was für Süßigkeiten?«, sagt Frau Grünwald empört.

»Schokolade, Kuchen, Pralinen und den ganzen Kram, den Sie ständig in sich hineinstopfen.«

»Lüge!«

»Und was ist das?«

Ich ziehe ihre Nachttischschublade auf, in der eine angebrochene, fast leere Pralinenschachtel liegt. Frau Grünwald erschrickt.

»Wo kommt die denn her?«

»Ich nehme nicht an, dass sie vom Himmel gefallen ist.«

Verunsichert sieht Frau Grünwald zur Decke. Ich stecke mir eine Praline in den Mund, verharre plötzlich im Kauen, verdrehe die Augen und röchle. Dann greife ich mir an die Brust, taumle und falle zu Boden. Neben ihrem Bett bleibe ich regungslos liegen. Durch winzige Augenschlitze sehe ich, wie Frau Grünwald mich entsetzt anblickt.

»Herr Franz? Herr Franz, was ist denn? Oh Gott!«

Als sie, der völligen Verzweiflung nahe, nach den Schwestern klingeln will, sage ich leise, mit knarrender Stimme: »Nehmen Sie sich in Acht vor der Hexe!«

Dann springe ich vom Boden wieder auf.

»Huch, was war das denn?«

»Eine mimische Darstellung dessen, was passiert, wenn Sie weiterhin Pralinen in sich hineinstopfen.«

Frau Weixelbaum klagt über Kopf- und Gliederschmerzen. Herr Maroni über Atemnot und Herr Kahlenbach über Durchfall. Nur Herrn Zacharias und Frau Ada plagt offenbar nichts. Frau Ada verlangt lediglich nach Schlaftabletten. *Wenn's geht, auch mehr*, steht auf ihrer Schiebetafel. Natürlich haben die physischen Krankheitsbilder der Alten psychische Ursachen. Um einen kranken Bewohner muss sich das Pflegepersonal mehr kümmern. Jemand, der ein schweres Leid vorzuweisen hat, erhält mehr Achtung, Zuwendung und Mitleid. Alle Bewohner sind geradezu versessen auf Mitleid. Ich erlebe oft, dass eine niederschmetternde Diagnose von Dr. Dellbrügg nicht etwa Depression, Verzweiflung und Trauer zur Folge hat, sondern Erleichterung und mithin auch Freude. Gründe dafür gibt es genug. Zum einen scheint das Leiden bald ein Ende zu haben. Zum anderen wird der Todkranke bis dahin von den weitgehend Gesunden als etwas Besonderes be- und geachtet. Dr. Dellbrügg ist also vielmehr als Psychologe denn als Mediziner im Marienstift gefragt. Obgleich es auch einen katholischen Seelsorger im Seniorenheim gibt. Pfarrer Neuhus kommt einmal die Woche zu Besuch. Er nimmt die Beichte ab, verteilt die heilige Kommunion und ist für alle Sorgen und Nöte offen. Wenn der Seelsorger in den Zimmern ist, werden die Bewohner zu handzahmen und liebenswerten Lämmern. Ich weiß nicht, ob das der Respekt vor der Endlichkeit ist. Oder die Aussicht auf ewiges Leben. Oder einfach nur in der Person des Pfarrers Neuhus liegt, der die Alten mit balsamierter Stimme, Verständnis und Aufmerksamkeit um den Finger wickelt.

»Das Himmelreich auf Erden verspricht er ihnen«, sagt Johanna. »Wie man das so macht bei Liebenden.«

»Du meinst, die Alten sind alle verknallt in ihn?«

»Nicht in die Person selbst natürlich, den Menschen, vielmehr in ihre eigene Projektion.«

Ich verstehe nicht ganz, was sie meint.

»Das ist doch bei uns auch nicht anders, oder?«

Ich zucke mit den Schultern.

»Du liebst doch auch nicht die fette, hässliche Vettel, auch wenn sie hässlich und fett ist. Du liebst ein Bild von der hässlichen, fetten Vettel, das von deinem Herzen in alle Nervenbahnen hinein als göttliche, begehrenswerte Erscheinung strahlt. Da ist keine Spur von Fett und Hässlichkeit, kein Hauch von Vettel. Alles ist nur noch schön.«

»Das ist nicht schön, das ist Täuschung.«

»So ist der Mann.«

»Und die Frau?«

»Auch.«

Sie lächelt. Dieses Lächeln liebe ich. Da müssen die Nervenbahnen nicht mal getäuscht werden.

*

Meine Frau, was wollen Sie von mir? Mich auf meinen Beruf vorbereiten? Ich habe alle Hände voll zu tun, ich weiß mir vor Arbeit nicht zu helfen. – Sehen Sie, erst habe ich auf den Stein hier dreihundertfünfundsechzig Mal hintereinander zu spucken. Haben Sie das noch nicht probiert? Tun Sie es, es gewährt eine ganz eigne Unterhaltung. Dann – sehen Sie diese Hand voll Sand? Jetzt werf ich sie in die Höhe. Wollen wir wetten? Wie viel Körner habe ich jetzt auf dem Handrücken? Grad oder ungrad? – Wie? Sie wollen nicht wetten? Sind Sie ein Heide? Glauben Sie an Gott?

Ich wette gewöhnlich mit mir selbst und kann es tagelang so treiben. Wenn Sie einen Menschen aufzutreiben wissen, der Lust hätte, manchmal mit mir zu wetten, so werden Sie mich sehr verbinden. Dann – habe ich nachzudenken, wie es wohl angehen mag, dass ich mir auf den Kopf sehe. Oh, wer sich einmal auf den Kopf sehen könnte! Das ist eins von meinen Idealen. Mir wäre geholfen. Und dann – und dann noch unendlich viel der Art. – Bin ich ein Müßiggänger? Habe ich jetzt keine Beschäftigung? – Ja, es ist traurig … machen Sie mich lachen!

… Ich bin es, ich könnte es sein, womöglich, dein Leonce: Meine Name ist Franz Benedikt. Ich bin 22, studiere Medizin, bin seit ein paar Jahren in München und langweile mich oft wie Leonce. Ich interessiere mich für fast alles: Film, Theater, Wissenschaft. Mir fehlt nur noch das Gegenüber für den Disput, die Auseinandersetzung, die Liebe. Wir finden sicher Gemeinsamkeiten. Würde mich freuen, sich zu begegnen. Franz Benedikt.

Nachdem ich den Brief weggeschickt habe, warte ich sehnsüchtig auf Antwort. Ich stehe am Fenster und hoffe den Briefträger herbei. Sobald er auftaucht, renne ich zum Briefkasten, öffne ihn mit Herzklopfen und bin jedes Mal enttäuscht, wenn kein Brief von ihr drin liegt. Nach zwei Wochen der mittäglichen Frustration fische ich ein weißes Kuvert inmitten von Rechnungen und Postwurfsendungen aus dem Kasten, auf dem *Celine* steht.

*

Wir sind im Zoo. Eine großzügige vorweihnachtliche Spende eines unbekannten Mäzens ermöglicht es dem Seniorenheim Marienstift, einen Tagesausflug in den Tierpark Hellabrunn in München zu unternehmen. Mit fast der kompletten Belegschaft und der Hälfte der Bewohner stehen wir vor dem Raubtierkäfig. Es nieselt und ist kalt. Der schwarze Panther liegt auf dem Rücken und rührt sich nicht.

»Sein Blick ist vom Vorübergehn der Stäbe
so müd geworden, dass er nichts mehr hält.
Ihm ist, als ob es tausend Stäbe gäbe
und hinter tausend Stäben keine Welt.«

Herr Zacharias rezitiert laut und mit Pathos in der Stimme in Richtung des Panthers, der sich von der Lyrik Rilkes nicht beeindrucken lässt.

Frau von Hirschfeld kichert. Johanna stößt mich in die Seite und wischt zweimal schnell vor ihrem Gesicht hin und her.

»Der weiche Gang geschmeidig starker Schritte,
der sich im allerkleinsten Kreise dreht,
ist wie ein Tanz von Kraft um eine Mitte,
in der betäubt ein großer Wille steht.«

»Halt's Maul!«, zischt Frau Weixelbaum plötzlich.

Herr Zacharias ist kurz irritiert. Frau von Hirschfeld lacht. Frau Brenner macht »Pscht!«. Ich stoße Johanna in die Seite und zwinkere ihr zu.

»Nur manchmal schiebt der Vorhang der Pupille
sich lautlos auf – Dann geht ein Bild hinein,
geht durch der Glieder angespannte Stille –
und hört im Herzen auf zu sein.«

Frau Brenner klatscht – als Einzige. Frau Grünwald tippt sich an die Stirn, Herr Wolfsohn verzieht das Gesicht, als ob er sich ihr anschließen wolle; seine Lähmung erlaubt es ihm aber nicht. Der Panther gähnt.

»Scheiß Vieh!«, zischt jetzt Herr Zacharias und sagt: »Ich will zu den Krokodilen.«

»Ich zu den Giraffen«, sagt Frau Grünwald und schiebt

Herrn Wolfsohn im Rollstuhl vor sich her. Frau Weixelbaum und Frau von Hirschfeld schließen sich ihnen an.

»Moment!«, schreit Frau Brenner. Sie fuchtelt mit den Armen aufgeregt in der Luft herum. »Wir bleiben alle zusammen.«

»Zuerst gehen wir zu den Affen«, sagt Schwester Margarethe, die für den organisatorischen Ablauf zuständig ist, »dann zu den Elefanten und am Ende, wenn die Zeit noch reicht, zu den Krokodilen.«

Herr Zacharias ist nicht mehr zu sehen. Johanna hakt sich bei mir ein und zieht mich hinter sich her.

»Der taucht schon wieder auf«, sage ich, meine Herrn Zacharias und spüre den sanften Druck am Arm.

»Mir egal«, erwidert Johanna und bleibt in zweiter Reihe vor dem Affenkäfig stehen. Die Affen sind wesentlich agiler als die Raubtiere. Sie springen an den Gittern hoch, kratzen sich auffällig am Hintern und machen obszöne Gesten. Die Senioren lachen. Manche Schwestern kichern leise vor sich hin. Andere werden ein wenig rot. Zwei Paviane kopulieren.

»Was machen die denn da?«, fragt Herr Maroni mit glänzenden Augen und triefender Rotznase. Ich kann mir nicht vorstellen, dass Herr Maroni nicht weiß, was die da machen. Ich kann mir schon eher vorstellen, dass der Schlingel es fragt, um die Schwestern zu irritieren.

»Nichts«, sagt Frau Brenner, der die Verunsicherung anzuhören ist, und will sich mit einem Taschentuch Herrn Maronis Nase nähern.

»Aber die machen doch was«, lässt Herr Maroni nicht locker und schüttelt dabei immer wieder energisch den Kopf, sodass ihm Frau Brenner mit dem Taschentuch nicht beikommen kann.

»Ficken!«, flüstere ich Herrn Maroni von hinten ins Ohr. Er lacht laut auf, verschluckt sich, hustet. Johanna klopft ihm auf den Rücken. Frau Brenner wird rot. Sie steckt das Taschentuch wieder ein, brüllt: »Alles zu den Elefanten«, und geht vornweg. Die Senioren-Karawane folgt ihr, während Herr Maroni immer wieder und immer lauter »Die Affen ficken!« vor sich hin murmelt.

»Das waren keine Affen, das waren Paviane«, sagt Schwester Johanna.

»Scheißegal«, sage ich, »ficken tun sie trotzdem!«, und zwinkere ihr wieder zu.

Herr Maroni lacht erneut laut auf. Dieses Mal verschluckt er sich nicht.

»Wo sind denn die Elefanten?«, fragt Herr Kahlenbach und blickt sich um. Die anderen zucken mit den Schultern. Das Elefantengehege hinter dem Wassergraben scheint tatsächlich leer zu sein.

»Vielleicht hinter dem Elefantenhaus?«, sagt Schwester Margarethe und zeigt den Fußweg am Mäuerchen entlang, das um das Gehege herumführt. Ohne eine Reaktion der anderen abzuwarten, geht sie los. Wieder folgt die Karawane, bis sie von einem jähen Schrei gestoppt wird. Alle schauen sich verwundert und fragend an.

»Hilfe!«

»Das kommt aus dem Elefantengehege«, sagt Schwester Johanna.

»Seit wann können Elefanten sprechen?«, frage ich und lächle.

Johanna blickt ernst und zeigt auf einen ungefähr 20 Meter von uns entfernt stehenden leeren Rollstuhl.

»Frau Weixelbaum«, schreit Johanna und rennt los. Ich ihr hinterher. In einigem Abstand behäbig die Seniorenkarawane.

»Hilfe!«

Frau Weixelbaum liegt im Wassergraben und rudert

panisch mit den Armen. Ohne lange darüber nachzudenken, springe ich zu ihr hinein, packe sie mit beiden Händen und ziehe sie aus der stinkenden Brühe. Über uns stehen die Elefanten und tasten mit ihrem Rüssel nach uns. Johanna und Schwester Margarethe ziehen Frau Weixelbaum über das Mäuerchen hinweg und setzen sie zurück in den Rollstuhl.

»Wie konnte das bloß passieren?«, fragt Frau Brenner aufgeregt und außer Atem, als ob *sie* helfend in den Wassergraben gesprungen wäre. Schwester Margarethe wirft ihr einen bösen Blick zu und Johanna fragt: »Sind Sie verletzt?«

Frau Weixelbaum schüttelt den Kopf.

»Tut Ihnen etwas weh?«

Wieder schüttelt Frau Weixelbaum den Kopf.

»Na, Gott sei Dank«, sagt Schwester Margarethe und legt ihr ihre Jacke auf den Schoß. Mich fragt niemand, wie es mir geht.

»Die Affen ficken«, murmelt Herr Maroni und lächelt mich an.

Wie Frau Weixelbaum in den Wassergraben geraten ist, bleibt unklar. Niemand hat etwas gesehen, keiner etwas gehört. Auch Frau Weixelbaum kann sich nicht erklären, wie sie plötzlich über das Mäuerchen in den Wassergraben segelte.

»Plötzlich war alles nass und ich hab geschrien«, sagt sie immer wieder auf dem Heimweg im Bus. »Und der Herr Franz hat mich gerettet.«

*

Ich sitze auf einem Baum, im Garten. Seit über einer Stunde. Meine Beine schlafen immer wieder ein. Ich klopfe leise mit den Handflächen auf die Schenkel, bis es kribbelt. Unten geht Anneliese entlang und ruft immer wieder nach mir. Sie sucht mich. Sie will mit mir spielen. »Doktorspiele! Heute machen wir Doktorspiele!«, flüsterte sie mir nach dem Frühstück beim Vorübergehen zu.

Seitdem sitze ich auf dem Baum. Und muss dringend pinkeln. Ich war gerade auf dem Weg zum Klo, als ich Anneliese die Treppen herunterkommen und meinen Namen rufen hörte. Ich rannte so schnell ich konnte und kletterte in purer Verzweiflung auf den Baum. Mir blieb nichts anderes übrig, als im dichten Blattwerk Schutz zu suchen.

»Wo steckst du?«, schreit sie. »Franzi!«

Sie weiß natürlich, dass hinter ihrem Nichtauffinden meine Absicht steckt.

»Komm raus!«

Es scheint ihre Suche nach mir aber noch hartnäckiger und ausdauernder werden zu lassen. Meine Blase droht augenblicklich zu platzen. Anneliese verschwindet in der Scheune. Ich höre leise gedämpft ihre Rufe. Ich hole meinen kleinen Schwanz aus der Turnhose und pinkle vom Baum herunter ins Gras. Ein selten erlebtes Gefühl, in einer Mischung aus Angst und Erleichterung, erfüllt mich. Ich presse den Urin aus mir heraus, sodass er in einem geraden breiten Strahl wie eine lange Autoantenne in der Luft steht.

Von dem Baum aus kann ich durch die Fenster ins Haus schauen. Opa schläft auf dem Sofa. Durch den angelehnten Fensterflügel höre ich, wie er schnarcht. Oma backt in der Küche zwei Zwetschgenkuchen. Einen hat sie schon in den Ofen geschoben, von wo aus er seinen köstlichen Duft bis hinaus in den Garten verbreitet. Mir rinnt das Wasser im Mund zusammen. Mein Bauch knurrt mittlerweile so laut, dass ich befürchte, dass Anneliese ihn im Vorübergehen hören könnte. Aus dem Radio singt leise eine

Stimme *Ich fang für euch den Sonnenschein* … Das Fenster über dem Wohnzimmer gehört zu einem der Gästezimmer. Die Eltern von Anneliese liegen im Bett. Sie sind fast nackt. Die Mutter trägt nur einen Büstenhalter und ein kleines Höschen. Der Vater eine Unterhose. Sie liegen dicht beieinander und küssen sich. Ihre Hände streichen am Körper des anderen entlang. Zuerst langsam, dann immer schneller. Der Büstenhalter von Annelieses Mutter fällt zu Boden. Ich sehe ihre Brüste. Sie sind klein und stehen spitz in die Luft. Ihr Mann saugt daran. Die Mutter wirft den Kopf in den Nacken, greift mit der Hand in die Haare ihres Mannes und zieht daran. Ich möchte am liebsten weggucken. Es gelingt nicht. Immer wieder wird mein Blick von den beiden nackten Körpern angezogen. Ich habe noch nie nackte Menschen gesehen. Zumindest keine fremden. Außer Mama und Papa in der Badewanne habe ich bis dahin nur einmal eine nackte Frau auf einem Kalenderblatt in der Werkstatt von Opa gesehen. Sie lag etwas seltsam verdreht auf einer Kühlerhaube eines Autos. Die Mutter von Anneliese zerrt noch immer an den Haaren ihres Mannes und zieht jetzt mit der anderen Hand die Vorhänge zu. Ich sehe nichts mehr. Einerseits bin ich froh, andererseits auch ein wenig traurig. Anneliese kommt aus der Scheune gerannt und ruft wieder lauter meinen Namen. Sie geht, die nackten Füße nur in Sandalen, im Garten unter dem Baum entlang und bleibt plötzlich stehen. Sie blickt auf ihre Füße und verharrt. Ruckartig schaut sie nach oben, zu mir, hoch in die Baumkrone.

»Du kleiner Schweineigel«, sagt sie halb lachend, halb ärgerlich. »Da bist du ja!«

Ich sage nichts, rühre mich nicht. Tue so, als wäre ich gar nicht da.

»Was machst du da oben?«

Ich rühre mich immer noch nicht.

»Spanner!«

Sie lacht. Es ist dieses überhebliche, hässliche Lachen.

»Komm sofort runter.«

Natürlich weiß ich, was mir jetzt blüht.

»Sonst petze ich!«

Ich weiß nicht, was schlimmer ist, von Anneliese verraten zu werden oder bei ihren Doktorspielen auf dem Heuboden teilnehmen zu müssen.

»Na los, komm schon.«

acht

Helmut Wolfsohn. Geboren 1915. Witwer. Bundeswehrgeneral im Ruhestand. Seit 1985 im Marienstift. Nach zwei Schlaganfällen halbseitig gelähmt. Ist mit Frau Grünwald befreundet. Hat keine Kinder. Diabetiker. Gilt als schweigsam. Er spricht selten. Wenn er spricht, dann kommen nur nationalistische Zynismen aus ihm heraus. Es scheint, er lebt noch immer an der Front, eingekeilt zwischen den Feinden, und versucht mit verletzenden Worten zu retten, was nicht mehr zu retten ist. Hin und wieder besucht ihn ein Cousin, der offenbar auf ein sattes Erbe spekuliert. Der Cousin hat kurz geschorene Haare und trägt eine Bundeswehruniform. Ob er sie aus Berechnung anlegt oder tatsächlich dem Heer dient, scheint unklar. Auf jeden Fall blüht Herr Wolfsohn bei seinen Besuchen jedes Mal auf. Er wird redselig und lacht auch mal gelegentlich. Der junge Mann trifft wohl in seiner martialischen Aufmachung den richtigen Ton. Ist er wieder weg, fällt Herr Wolfsohn erneut in ein lethargisches Loch, aus dem ihn nur Frau Grünwald bisweilen hervorlocken kann. Bei den Schwestern ist Herr Wolfsohn nicht gerade beliebt. Er kommandiert sie herum, beschimpft sie und ist in keinster Weise kooperativ. Mir gegenüber scheint er mehr Respekt zu haben. Wenn ich ihn wasche, schweigt er meistens oder richtet seine Feindseligkeit auf andere.

*

Der Speisesaal ist weihnachtlich dekoriert. Überall hängen Tannenzweige mit Lametta herum. Neben dem Klavier steht ein Tannenbaum und reicht bis unter die Decke. An seinen Ästen klemmen bunte Christbaumkugeln und elektrische Kerzen. Auch die Tische sind feierlich verziert. Weiße Tischdecken mit Weihnachtsstickereien verdecken die Resopaltischplatten, und Tannenzweiggestecke mit brennenden Kerzen stehen darauf. Lebkuchen in Brotkörben liegen daneben. Es gibt Glühwein, Weihnachtspunsch mit und ohne Alkohol, Sekt, Tee und koffeinfreien Kaffee. Und es gibt Geschenke. Die Heimleitung lässt für alle etwas springen. Ich spiele den Weihnachtsmann mit rotem Mantel, weißem langen Bart, Stiefeln, Mütze und einem Sack voller Geschenke. Jeder darf mal hineingreifen, während ich von einer Liste ein paar Beschwerden oder Aufmunterungen lese, die mir die Schwestern zusammengestellt haben.

»Herr Wolfsohn soll nicht so viele Schimpfworte verwenden«, sage ich und hebe mahnend den Finger.

»Alles Bolschewisten-Schweine«, sagt Herr Wolfsohn und will das Geschenk nicht haben. Schwester Margarethe packt es für ihn aus. Es ist ein Fläschchen Kölnisch Wasser.

»Herr Kahlenbach soll die Nacht zum Schlafen nutzen, sonst wird die Kontrolleurin …«

Herr Kahlenbach wird so rot wie mein Weihnachtsmantel und nickt heftig, sodass ich gar nicht mehr weiterrede, sondern ihm sein Geschenk in die Hand drücke.

»Frau Grünwald muss mittags ihren Teller leer essen.«

Frau Grünwald blickt mich an, als ob sie *mich* gleich fressen will.

»Herr Zacharias soll die Schwestern nicht ständig beleidigen.«

Er greift in den Sack und reißt das Papier vom Geschenk.

»Was soll ich denn mit der Scheiße«, schreit er und hält eine Plastik-Armbanduhr hoch.

»Nachher können die Geschenke untereinander getauscht werden«, sagt Frau Brenner. Herr Zacharias ist nicht zu beruhigen.

»Das ist ja wie im Kindergarten!«

»Das *ist* ein Kindergarten«, flüstere ich ihm zu.

Er lacht und zieht mich am Bart.

»Herr Maroni darf sich ruhig auch mal am gemeinsamen Leben im Marienstift beteiligen.«

»Frau Ada soll nicht immer so verschlossen sein.«

»Frau von Hirschfeld muss bei den Besuchen ihres Sohnes nicht immer krank sein.«

»Herr Wiedemann … Herr Wiedemann?!«

Herr Wiedemann schläft im Rollstuhl.

»Herr Wiedemann soll Weihnachten nicht immer verschlafen«, improvisiere ich und lege ihm ein Geschenk in den Schoß. Auch die Schwestern bekommen eine kleine Überraschung. Meistens sind es Süßigkeiten, Pralinen, Schokolade oder Likör. Ich bleibe, auf Wunsch der Bescherten, den ganzen Abend über im Weihnachtsmannkostüm. Nur den Bart nehme ich ab und hänge ihn mir um den Hals. Nach der Bescherung setzt sich Schwester Ivonne ans Klavier und spielt. Sie spielt nicht gut. Die Alten stört es nicht. Die meisten von ihnen sind ohnehin schwerhörig. *O Tannenbaum*, *Ihr Kinderlein kommet*, *Es ist ein Ros entsprungen*. Dann wird gesungen. *Leise rieselt der Schnee*, singt der Altenheim-Chor, bestehend aus Frau Grünwald, Frau von Hirschfeld, Frau Weixelbaum und Herr Kahlenbach, mit Unterstützung von Schwester Margarethe, Schwester Claudia und Ivonne unter der Leitung von Frau Brenner. Danach singen alle. Nur Herr Zacharias weigert sich. Dafür versucht er mit dem Mund eine Trompete zu imitierten, die aber eine völlig andere Melodie spielt. Nach der Gesangseinlage wird Kuchen gegessen. Frau Grünwald und Frau von Hirschfeld stopfen sich jeweils drei Sahnetorten in den gierigen Schlund. Ich schenke den Weihnachtspunsch aus. Ich vermute, dass ich den Topf mit Alkohol und den Topf ohne Alkohol verwechselt haben muss. In kürzester Zeit bekommen fast alle Schwestern rote Bäckchen und reißen anzügliche Witze. Manch ein Bewohner schläft am Tisch ein oder kippt von zu viel Weihnachtspunsch im Rollstuhl nach vorn. Es wird viel gelacht, die Stimmung ist immer ausgelassener. Aus dem Kassettenrekorder spielt Musik. Manche tanzen dazu.

»Können Sie mal in den Keller gehen?«, lallt mir Frau Brenner im Vorbeigehen zu. »In der Wäscherei stehen noch ein paar Flaschen Sekt.«

Hol deinen Sekt doch selber, denke ich. Ich bin zwar vorübergehend der Weihnachtsmann, aber nicht dein Leibeigner. Wage aber nicht, mich zu widersetzen. Ich nehme den Aufzug. Die Wäscherei ist offen. Ich knipse das Licht an. An der Wand stehen große Waschmaschinen und Trockner, deren Deckel geöffnet sind und die Trommeln wie gefräßige Mäuler aussehen lassen. Eine Kleidermangel befindet sich mitten im Raum, daneben mehrere Bügelbretter. In den Regalen liegen unzählige gebügelte Bettlaken, Bett- und Kopfkissenüberzüge aufeinander gestapelt. In einer Ecke auf dem Boden stapelt sich zu einem riesigen Haufen die schmutzige Wäsche. Sektflaschen sind nirgends zu sehen. Die kann mich mal, denke ich, drehe mich um und will wieder gehen.

Frau Brenner steht in der Tür. Sie betritt die Wäscherei und verschließt die Tür mit einem Schlüssel hinter sich. Sie sagt kein Wort, packt mich an der Schulter und wirft mich auf den Stapel schmutziger Wäsche. Ich kann auch nichts sagen. Sie reißt ihre Bluse auf und schiebt ihren Büstenhalter hoch. Ich sehe ihre großen Brüste. Sie hängen fast bis zum Bauchnabel. Sie rafft ihren Rock hoch bis über den Bauch. Sie trägt keine Unterhose. Ich sehe ihr Geschlecht und die dichte schwarze Schambehaarung. Sie kommt näher, kniet sich zu mir und steckt mir ihre fleischige Zunge in den Mund. Ihr Atem riecht nach Weihnachtspunsch. Ihr Gesicht ist rot. Ich liege auf dem Rücken und kann mich nicht bewegen. Sie setzt sich rücklings mit ihrem Geschlecht auf mein Gesicht. Ihre Schamhaare kitzeln meine Haut. Sie riecht nach Urin, stinkt nach Verfaultem. Mein Gesicht wird nass. Ihre Arschbacken drücken mir die Luft ab. Anfänglich atme ich noch durch die Nase, dann öffne ich notgedrungen den Mund. Meine Lippen berühren ihre Vulva. Sie stöhnt und reibt mit ihrem Geschlecht über meinen offenen Mund. Sie ist feucht und schmeckt scharf und bitter. Dann knöpft sie meine Hose auf, nimmt meinen Schwanz heraus und reibt ihn, bis er größer wird. So groß, dass sie plötzlich ihr Geschlecht von meinem Gesicht nimmt, sich umdreht und sich auf meinen Schwanz setzt. Langsam bewegt sie ihr Becken, dann immer zügiger. Sie reitet auf mir mit geschlossenen Augen, immer schneller, bis ihre Titten wild zappeln und schlenkern, als wollten sie mir ins Gesicht springen. Um ihren Hals legen sich große rote Flecken wie ein breitkrempiges Band. Ihr Gesicht glänzt. Rhythmische helle *Ahs* sind zu hören. Die feinen, zerbrechlichen Töne passen gar nicht zu diesem feisten Körper. Sie schwitzt und atmet laut, immer schneller und heftiger, bis sie plötzlich ganz kurz aufschreit. Ich erschrecke vor diesem hohen, hellen Ton. Ein kalter Schauer prickelt mir den Rücken entlang. Nichts bewegt sich mehr. Für Sekunden scheint die Zeit stillzustehen. Dann stützt sie sich erschöpft auf beiden Händen ab und steht schwerfällig auf. Sie sieht mich dabei nicht an, wie sie mich auch die ganze Zeit über nicht angesehen hat. Ich sehe, wie ihre Knie zittern. Sie streicht sich den Rock zurecht, stopft die Brüste zurück in den Büstenhalter und knöpft die Bluse wieder zu. Ich liege noch immer auf dem schmutzigen Bettlakenberg mit entblößtem, erigiertem Schwanz und sehe sie mit weit aufgerissenen Augen an. Sie dreht mir den Rücken zu, geht zur Tür und öffnet sie. Fast schon draußen, blickt sie noch einmal über ihre Schulter in meine Richtung, sagt: »Kein Wort zu niemandem, sonst fliegst du!«, und verschwindet.

»Frohe Weihnachten«, sage ich und stehe auf. Ich gehe auf mein Zimmer, denke, vielleicht wollte sie einfach mal mit dem Weihnachtsmann ficken, und masturbiere, während ich an früher denke, an das Parkdeck gegenüber dem Seniorenheim und an die junge Frau Brenner am Fenster.

*

Ich bin pünktlich. Ich stehe in der Schwimmhalle und suche ein rotes Handtuch mit *Love* darauf. Es ist keines zu sehen. Ich sehe ältere Männer und ältere Frauen im Schwimmbecken. Gleichmäßig schwimmen sie die Bahnen rauf und runter. Sonst ist niemand zu sehen. Sie ist nicht da. *Wir treffen uns im Müller'schen Volksbad. Ich trage ein rotes Handtuch bei mir – mit der Aufschrift* Love, schrieb Celine zurück. Wie soll man in einer Schwimmhalle nach einem Handtuch Ausschau halten, wo in Schwimmhallen nur Schwimmer ohne Handtücher sind? Wer nimmt in eine Schwimmhalle ein Handtuch mit? In Schwimmhallen braucht man keine Handtücher. Man braucht sie danach in der Umkleide. Oder in der Sauna. *Wir treffen uns im Müller'schen Volksbad.* Das Müller'sche Volksbad ist ein Schwimmbad *und* eine Sauna. Ob sie mich in der Sauna treffen will? Unwahrscheinlich, denke ich und mache mich trotzdem auf den Weg in den Saunabereich. Ich trage noch immer meine Badehose. Niemand ist zu sehen. Außer dem Bademeister, der hinter mir herkommt.

»Hier ohne Badehose, bitte. Und legen Sie ein Handtuch auf die Bank!«

Offenbar vermutet er in mir einen Sauna-Laien. Er hat recht. Ich sauniere nicht gern. Es ist mir zu heiß. Zu schwitzig. Zu nackt. Ich hole mir ein Handtuch, ziehe die Badehose aus und wickle mir das Handtuch um die Hüfte. Bevor ich den Saunabereich betrete, überlege ich kurz beim Anblick meines Körpers im großen Wandspiegel, ob ich nicht umdrehen soll und ob es nicht besser wäre, unter diesen Umständen das Kennenlernen abzubrechen. Die Neugierde, herauszufinden, wer es wagt, sich den Blicken eines völlig fremden Menschen bei einem ersten Treffen in einer Sauna auszuliefern und gleichzeitig den anderen ebenso ausgeliefert zu sehen, lässt mein Zögern lächerlich erscheinen.

Im Saunaaußenbereich ist niemand zu sehen. Weder ein rotes Handtuch noch eine 24-jährige Frau. Im kleinen Schwimmbecken entspannt sich niemand vom Saunagang. Auch außerhalb des Beckens ist niemand zu sehen. Ich blicke durch das Fenster in eine der finnischen Saunen. Sie ist leer. Die andere auch. Entweder ist sie noch nicht da oder aufgrund meiner Verspätung schon wieder weg. Oder in der Dampfsauna. Ich öffne die Glastür. Eine Wolke aus Dampf, Feuchtigkeit und ätherischem Geruch schlägt mir entgegen. Etwas Rotes schimmert plötzlich inmitten des trüben Blicks. Ein Handtuch! Ein rotes Handtuch! Daneben eine Person. Eine Frau.

»Celine?«

»Franz!«

Sie reicht mir die Hand. Sie fühlt sich feucht, weich und

aufgequollen an. Ich setze mich neben das rote Handtuch. Ich schwitze.

*

Die Politiker geben sich die Klinke in die Hand. In ein paar Monaten sind Landtagswahlen. Stimmen braucht jeder. Auch die der Senioren. Und da die meisten Bewohner des Marienstifts das Heim nicht verlassen, kommen die Politiker eben ins Haus. Zuerst der Mann von der CSU. Dann der Sozialdemokrat. Jedes Mal gibt es Kaffee und Kuchen. Beim Sozialdemokraten auch Fruchtbowle. Natürlich von der Partei bezahlt. Auch ein Hammondorgelspieler ist engagiert. Er ist ähnlich alt und gebrechlich wie die meisten im Heim. Schlager von früher werden gespielt. Katja Ebstein, Roy Black, Rex Gildo, Tony Marschall: *Ich fang für euch den Sonnenschein, holla hia ho …* Die Bewohner, die sich noch ein wenig bewegen können, tanzen. Entweder miteinander. Oder mit den Schwestern. Manche tanzen auch allein. Obwohl man das nicht im klassischen Sinne als Tanzen bezeichnen kann. Manche stehen auf der Tanzfläche herum und drehen sich ein wenig im Kreis. Bis es ihnen so schwindlig ist, dass ich sie von der Tanzfläche führen muss. Frau Grünwald fällt sogar um. Schwester Johanna und ich helfen ihr wieder auf.

»Nicht so schlimm«, sagt sie, »das nächste Mal schlag ich zurück.«

Sie lacht und dreht sich weiter im Kreis.

Frau Brenner tanzt mit dem Sozialdemokraten. Die Hammondorgel spielt *Fiesta Mexicana*. Alle klatschen rhythmisch dazu. Ob sie ihn nachher auch in der Wäscherei auf den schmutzigen Wäschestapel wirft?, denke ich.

»Die hatte mal was mit dem«, flüstert Schwester Claudia.

»Das muss aber schon lange her sein«, sagt Johanna. Sie sieht mich an und fragt leise, dass ich es kaum verstehen kann: »Kannst du dir vorstellen, mit der …?«

Claudia kichert.

Ich gebe mich echauffiert. »Spinnst du!«

Am Ende des Liedes ruft Frau Brenner laut »Hossa!« in den Raum. Dann fällt sie in die Arme des Sozialdemokraten. Wie peinlich, denke ich, während Applaus ertönt.

»Darf ich bitten?«

Johanna macht einen Knicks vor mir. Claudia kichert schon wieder. Langsam geht mir ihre Kicherei auf die Nerven.

»Ich kann doch nicht tanzen.«

»Quatsch, kann jeder.«

Sie nimmt mich an der Hand, legt beide Arme um meinen Hals und drückt sich eng an mich. Herr Maroni versucht durch die Finger zu pfeifen. Er spuckt dabei Frau Weixelbaum ins Gesicht. Ich halte mich an Johannas Hüfte fest. Es fühlt sich gut an. Wir drehen uns langsam im Kreis. Vielmehr dreht sie, ich lasse mich führen. Mich schwindelt ein wenig. Die Hammondorgel spielt *Je t'aime* und der Orgelspieler singt. Manche Bewohner lachen. Frau Ada zwinkert. Schwester Claudia kichert diesmal nicht, sondern sieht neidisch aus. Frau Brenner böse. Und der Sozialdemokrat klatscht völlig gegen den Takt.

»Was ist das denn für ein Tanz?«, frage ich.

»Pscht«, macht Johanna, »konzentrier dich.«

Sie legt ihren Kopf auf meine Schulter und singt leise mit. Ich rieche ihr Parfüm und sehe in ihre Ohrmuschel. Das erste Mal fällt mir auf, dass Johanna unglaublich schöne Ohren hat. Ich merke, wie mein Schwanz in der Hose hart wird. Hoffentlich bemerkt sie nichts, denke ich, so eng wie wir beieinander sind. Manche Bewohner singen jetzt auch mit und wiegen ihre Körper auf der Stelle oder im Rollstuhl. Johanna drückt sich noch fester an mich. Herr Maroni macht eindeutige Bewegungen mit der Hand. Herr Wiedemann schreit: »Mami, Mami!« Claudia wirkt noch neidischer. Der Sozialdemokrat hat jetzt sicher auch einen Harten in der Hose. Die Hammondorgel verstummt. Das Lied ist zu Ende. *Je t'aime* ist vorbei. Johanna lässt von mir ab und knöpft sich Herrn Maroni vor. Ich trinke einen Schluck Fruchtbowle und stehle mich unauffällig davon. Ich masturbiere auf dem Klo. Als ich aus der Kabine komme, steht Claudia am Waschbecken.

»Tanzt du auch mal mit mir?«

»Später vielleicht.«

Als ich vom Klo zurück bin, packt der Hammondorgelspieler die Hammondorgel ein. Glück gehabt, denke ich. Im Aufenthaltsraum verteilt der Sozialdemokrat bereits Prospekte und zeigt, wo am Wahltag das Kreuz zu machen ist. Dann spricht er laut von »der Verantwortung der Jungen für die Alten«. Und von der »Sicherung der Rente, der Pflegeversicherung und einem würdigen Leben im Alter«.

Mir kommen gleich die Tränen. Manche der Bewohner sind im Rollstuhl schon eingeschlafen. So gewinnt der nie eine Wahl, denke ich und hoffe auf ein baldiges Ende der sozialdemokratischen Offenbarungen. Noch bevor der Politiker seinen Zuhörern für die Aufmerksamkeit danken kann – sich für Berlin entschuldigt und sagt, auf dem Land sei alles anders –, schreit Herr Zacharias: »Wer hat uns verraten, die Sozialdemokraten!«

»Alles Bolschewisten! Arschlöcher!«, brummt Frau Grünwald in Gedenken an Herrn Wolfsohn.

»Judenschweine«, schreit Frau von Hirschfeld.

»Schluss jetzt!«, geht Frau Brenner dazwischen.

Der Politiker lacht gequält, schüttelt noch ein paar Hände und verschwindet schließlich.

Für nächste Woche hat sich die Spitzenkandidatin der Grünen angekündigt.

*

Immer wenn ich in den Ferien bei Opa und Oma in Mittenwald bin, ist auch Anneliese mit ihren Eltern da. Sie gehören zu den Stammgästen der Pension. Sie kommen aus einer deutschen Großstadt unweit der Nordsee und machen jedes Jahr Urlaub auf dem Land. Annelieses Vater ist ein begeisterter Bergsteiger, Annelieses Mutter »wandert fürs Leben gern«, wie sie jedes Jahr von Neuem bekräftigt. Und Anneliese pubertiert. Als ich mir noch gar nicht vorzustellen vermag, was eigentlich der Unterschied zwischen Mann und Frau ist, klopft sie mir ständig beim Vorbeigehen auf den Hintern oder versucht beim Spielen im Garten ihren Mund auf meinen zu drücken. Als mir schließlich klar ist, dass es bei Männern und Frauen grundsätzliche anatomische Unterschiede geben muss, werden ihre Annäherungsversuche deutlicher und aggressiver. Beim Baden am Weiher drückt sie mir nicht nur den Kopf unter Wasser und kreischt dabei vor Freude. Sie setzt sich auch am Ufer auf meinen Rücken und zieht meine Badehose herunter. Dann patscht sie immer wieder auf meinen entblößten Arsch und ruft dabei: »Das macht doch Spaß, oder?«

Anfänglich versuche ich mich zu wehren. Anneliese ist aber nicht nur älter als ich; sie ist auch viel kräftiger. Ich mache schließlich, was sie will. Sie will immer mehr. Am Anfang sind es nur kindliche Spielchen, um der eigenen Neugierde freien Lauf zu lassen und die, meist von den Erwachsenen, vorgegebenen Grenzen zu überschreiten.

»Hast du schon Haare am Schniedel?«

Ich werde rot und zucke mit den Schultern.

»Lass sehen!«

Ich schüttle den Kopf. Sie greift nach meinem Penis und zieht daran.

»Iih, ist der schlaff!«

Ich werde wieder rot und renne mehr aus Verlegenheit als aus dem Wunsch, ihr wirklich entkommen zu wollen, davon. Sie verfolgt mich laut johlend, holt mich ein und wirft mich ins Gras. Dann setzt sie sich wieder auf meinen Rücken. Dann auf den Bauch. Ihre Knie drücken meine Arme nieder. Sie sammelt Spucke in ihrem Mund und lässt sie in langen Fäden über meinem Gesicht baumeln.

»Mach den Mund auf!«

Ich weigere mich. Das Gewicht auf meinen Armen wird schwerer. Ich öffne den Mund und spüre, wie die kalte Spucke auf meiner Zunge landet. Sofort spucke ich sie wieder aus. Anneliese lacht. Sie legt sich jetzt mit ihrem ganzen Körper auf meinen und hält mich mit ihren Armen und Beinen eng umschlungen. Sie riecht aus dem Mund nach Leberwurst.

»Hast du schon mal geküsst?«

Ich schüttle den Kopf.

»Dann wird es aber Zeit.«

Sie drückt ihren Mund auf meinen, so fest, dass meine Lippen schmerzen.

»Und mit Zunge?«

Noch ehe ich Nein sagen kann, presst sie ihre Zunge mit aller Gewalt in meinen Mund, so lange, dass ich beinahe ersticke. Später werden aus den kindlichen Spielen sadomasochistische Extremerfahrungen. Wobei immer Anneliese diejenige ist, die sagt, wo es langgeht. Selbst wenn ich einmal dominiere, mache ich das nur, weil sie es mir befiehlt.

»Bind mich damit fest!«

Sie reicht mir einen Kälberstrick und lehnt sich mit dem Rücken an einen der Balken im Heuschober. Sie trägt ein luftiges Sommerkleid und wie immer keine Unterhose. Ich lege den Strick um ihren Körper und binde sie am Balken fest.

»Fester!«

Ich ziehe den Strick fester zusammen. Er gräbt sich in ihren Körper, sodass es das Fleisch unter dem Kleidchen wie dicke Würste herausdrückt.

»Tut das nicht weh?«, frage ich.

Sie triumphiert. »Das tut gut!«, stöhnt sie. »Schau!«

Sie zeigt auf ihre Haut an den Unterarmen. Die Härchen stehen nach oben und eine Gänsehaut ist zu sehen.

»Willst du auch mal?«

Ich schüttle den Kopf.

»Klar willst du!«, herrscht sie mich an. »Nur zugeben willst du es nicht!«

Eingeschüchtert nicke ich.

»Mach mich los!«

Einen kurzen Augenblick überlege ich, sie einfach gefesselt am Balken zurückzulassen und davonzurennen.

»Na los!«, befiehlt sie mit einer Stimme, die mich fröstelt. Auf meinen Unterarmen zeigen die Härchen jetzt nach oben. Ich binde sie los.

»Jetzt bist du dran!«

*

Ich stehe im Garten unter einem schönen Sternenhimmel und rauche eine Zigarette. Im Heim ist Rauchverbot. Meistens halte ich mich daran. Ich lehne mich an eine der Pappeln, sehe zum Bretterzaun und denke daran, wie ich einst auf der anderen Seite stand. Ich schnipse die Zigarette über den Zaun, will zurückgehen, als ich eine Person, vielmehr einen Schatten hinter der Terrasse vorbeihuschen sehe. Ich schleiche mich an den Plastikstühlen vorbei zur Vorderseite des Hauses. Ich sehe … Ivonne!!! Ivonne steht im Schutz der großen Hecken und spricht leise vor sich hin. Ich kann nicht alles verstehen. Sie spricht in ein Mobiltelefon. Nur Wortfetzen dringen an mein Ohr. »Es tut mir leid« und »Es ging nicht« und »Ja, bis gleich«.

Sie geht den Kiesweg entlang, wobei sie darauf achtet, dass sie nicht über den Schotter läuft, sondern nur den Grasstreifen an der Seite betritt. Sie will weder gehört noch gesehen werden, denke ich. Mehrmals blickt sie sich um. Als am Eisentor langsam ein Wagen vorbeifährt, hüpft sie hinter eine der Tannen. Als der Wagen Sekunden später ebenso langsam wieder zurückkommt, springt sie hinter der Tanne wieder hervor, steigt in das Auto ein, das mit Vollgas davonfährt.

Was soll das denn?, denke ich. Die Hexe fliegt in einem Sportwagen davon. Was hat die Hexe zu verbergen? Was für Geheimniskrämereien schleppt sie da mit sich herum? Ich beschließe, die Augen in Zukunft in den Hexenangelegenheiten offener zu halten, und sehe, als wäre es eine Aufmunterung meines Vorhabens, wie sich an einem der Fenster des Seniorenheims ein Vorhang bewegt. Im zweiten Stock – es muss Frau Grünwalds Zimmer sein – wird am dunklen Fenster der Vorhang kurz zur Seite gezogen. Ich beobachte das Fenster noch einige Minuten. Aber nichts rührt sich mehr.

*

Wir fahren auf der Autobahn A 9 Richtung Salzburg. Es ist ein Kleinbus. Es haben 20 Fahrgäste darin Platz. Wir sind 17. Zwölf Marienstiftbewohner, drei Schwestern, Frau Brenner und ich. Natürlich wollten viel mehr von den Bewohnern mit zum kurzfristig geplanten Tagesausflug. Aber Herr Adamski, ein Marienstift-Gönner und regelmäßiger Spender stattlicher Geldbeträge, hatte in seinem Brief mit den zehn 100-Euro-Scheinen eine genaue Liste der Mitreisenden beigelegt. Daran hält sich Frau Brenner.

»Gut gewogene, zahlungskräftige Mäzene braucht das Marienstift«, sagt sie.

Da gibt es zum einen solche wie Herrn Dr. Adamski und dann auch wieder ganz andere, die ihre Spendenbereitschaft für alle sichtbar großzügig auskosten. Da wird dann zu einer Schecküberreichung gleich die örtliche Presse eingeladen, damit die Gutherzigkeit auch schwarz auf weiß am nächsten Tag in der Zeitung nachzulesen ist. Am liebsten sind Frau Brenner die, die keine oder nur unwesentliche Ansprüche an ihre Zahlungen stellen. Wie Herr Dr. Adamski. Oftmals wollen sie als Spender nicht einmal erwähnt werden. Sie halten sich ganz selbstlos, fast schon anonym im Hintergrund auf. Gründe für die Spendenfreudigkeit gibt es genug. Manchmal ist es einfach nur Profilierungssucht. Bei vielen privaten Spendern hingegen sind es in der Regel rein persönliche Beweggründe. Oft ist es das schlechte Gewissen, die eigenen Eltern, die eigene Mutter ins Altenheim abgeschoben zu haben, das irgendwie kompensiert werden muss. Da reicht es dann nicht, die Mutter einmal die Woche am Sonntag für zwei Stunden zu besuchen. Da sind die Geldzahlungen der wenig überzeugende Versuch, sich vom schlechten Gewissen zumindest teilweise freizukaufen. Frau Brenner ist es egal, von wem und aus welchem Grund das Geld für das Marienstift kommt. Sie weiß, dass es notwendig ist, um die ganzen Extras – Ausflüge, Weihnachtsfeiern, Oster- und Gartenfeste, auch die Neuanschaffungen von Hörkassetten, Büchern und Videos – zu finanzieren.

»Nach dem Frühstück Fahrt nach Berchtesgaden. Mittagessen im Gasthof Sonne. Anschließend mit dem Bus zum Obersalzberg. Besichtigung des Dokumentationszentrums und der Bunkeranlagen. Spaziergang auf dem Obersalzberg. Kaffee und Kuchen. Fahrt zum Königssee. Dann Heimreise«, fasste Frau Brenner bei der letzten Dienstplanbesprechung kurz und bündig die Tagesreise zusammen.

Natürlich wollten nicht nur die meisten Bewohner mit, auch fast alle Schwestern waren an einer willkommenen Abwechslung zum täglichen Pflegealltag interessiert.

»Schwester Johanna, Schwester Margarethe und Schwester Ivonne fahren mit. Und Herr Zacher.«

Ich wollte eigentlich gar nicht. Und als ich die Enttäuschung der nicht berücksichtigten Schwestern sah, bot ich an, meinen Platz bereitwillig zur Verfügung zu stellen.

»Wenn ich sage, *Sie* fahren mit, dann fahren auch *Sie* mit, verstanden!«, sagte Frau Brenner.

Ich nickte.

Das Essen in einem Landgasthof verläuft zunächst ganz friedlich. Bis Frau Grünwald an Herrn Zacharias gerät.

»Hier hätte ich früher auch gern gewohnt«, sagt Frau Grünwald.

»Ich nicht«, widerspricht Herr Zacharias, »lauter Nazis!«

»Na und, besser als Juden.«

»Halt's Maul, du alte Vettel«, schreit Herr Zacharias und springt vom Tisch auf.

»Das muss ich mir nicht länger anhören.«

»Beruhigen Sie sich doch«, sagt Frau Brenner. »Frau Grünwald meint das doch gar nicht so.«

»Das ist mir scheißegal, wie sie es meint, was sie sagt, ist entscheidend!«

Jetzt flüstert Frau Brenner so leise, dass es niemand außer

Herr Zacharias hören soll. »Die Frau Grünwald ist doch geistig nicht mehr ganz, Sie wissen schon.«

»Unzurechnungsfähig, meinen Sie das?«, brüllt Herr Zacharias unverändert laut.

»Ha, ich und unzurechnungsfähig«, keift jetzt auch Frau Grünwald, »dass ich nicht lache!«

»Bolschewisten-Schweine! Alles Bolschewisten-Schweine!«, kommt ihr Herr Wolfsohn zu Hilfe.

»Und der wohl auch, was?!«, schreit Herr Zacharias und verlässt die Gaststube. Frau Brenner geht ihm hinterher. Frau Grünwald lacht. Herr Wolfsohn sagt: »Denen haben wir's aber gezeigt!«

Nach dem Mittagessen fahren wir auf den Obersalzberg. Herr Zacharias schmollt noch immer, Frau Grünwald fühlt sich als Sieger in dem kleinen Scharmützel und Herr Wolfsohn zischt sein Mantra: »Alles Bolschewisten-Schweine!«

»Da oben hab ich ihn getroffen«, raunzt Frau von Hirschfeld, als wir auf dem Parkplatz des Dokumentationszentrums stehen, und zieht mich dabei am Ärmel. »Im Kehlsteinhaus.«

Ich bleibe stehen, schaue zur Bergspitze, wo ein einzelnes Haus zu sehen ist. »Wen?«

»Den Führer.«

»Oh Gott!«, zischt Johanna, schüttelt den Kopf und geht weiter.

Frau von Hirschfeld streckt ihr die Zunge heraus. Es ist eine weiß belegte, breite lappige Zunge – viel zu groß für den kleinen Mund. Am liebsten würde ich Johanna folgen, aber Frau von Hirschfeld hält mich weiter am Arm fest. Sie zieht mich jetzt noch näher zu sich heran.

»Hess hat mich ihm vorgestellt, auf seinen Wunsch hin.«

»Auf wessen Wunsch?«

»Des Führers«, flüstert Frau von Hirschfeld. »Mein Verlobter Rudolf wollte nicht, dass er mich sieht.«

»Warum nicht?«

»Na, dreimal dürfen Sie raten?«

»Weil er Ihnen verfallen wäre«, sage ich.

Frau von Hirschfeld guckt mich erstaunt an. »Wie wissen Sie das?«

Ich lächle wissend.

»Rudolf hatte Angst, mich an ihn zu verlieren.«

»Und hat er?«

»Aber nein. Ich bin ihm treu geblieben, bis in den Tod.«

Und offenbar sogar darüber hinaus, denke ich, als sie sagt: »Aber Eva war eifersüchtig. Und wie! Das können Sie sich gar nicht vorstellen.«

»Doch, doch«, sage ich. »Aber jetzt müssen wir zu den anderen, sonst verlieren wir den Anschluss.« Ich ziehe sie hinter mir her.

Wir stehen im Verbindungsgang des Dokumentarzentrums zur Bunkeranlage. Bevor es in die Bunkeranlage geht, kommt der aus Glas bestehende Eingangsbereich. Zum einen ist davon der Gang der Bunkeranlage zu sehen. Zum anderen kann man auch den abschüssigen Weg vor dem Glaspavillon erkennen.

»Da!«, schreit Herr Zacharias. »Da guckt mal!« Und dann: »Um Himmels willen!«

Vor dem Glasgebäudeteil rollt langsam ein Rollstuhl den abschüssigen Weg hinunter, genau am Glasrondell vorbei. Im Rollstuhl sitzt Herr Wolfsohn.

»Scheiße!«

Ich renne den Verbindungsgang entlang, hoch in den Ausstellungspavillon, von da den abschüssigen Weg hinunter. Herr Wolfsohn ist nicht mehr zu sehen. Nach dem Glasgebäudeteil fällt der Weg immer steiler ab, sodass Herr

Wolfsohn in seinem Rollstuhl nicht einzuholen ist. Ungefähr 100 Meter weiter unten im Tal sehe ich den Rollstuhl umgekippt an einem Felsvorsprung liegen. Nicht weit davon entfernt an einer anderen Felswand liegt Herr Wolfsohn. Er ist blutüberströmt. Die Schwestern sind keine zwei Minuten später ebenfalls am Unfallort.

»Er ist tot.«

»Wie konnte das passieren?«

Ich zucke mit den Schultern. Schwester Johanna ruft mit ihrem Mobiltelefon den Rettungswagen an. Während die Feuerwehr aus Berchtesgaden Herrn Wolfsohn auf einer Trage zum Dokumentationszentrum hochschleppt, stehen die Schwestern, ich und die Heimbewohner bei zwei Polizeibeamten, die unentwegt Fragen stellen.

»Wer war zuletzt bei Herrn Wolfsohn?«

»Ich. Er wollte in die Sonne geschoben werden. Ich habe ihn neben das Dokumentationszentrum gerollt, die Bremsen festgestellt und bin zurück in die Ausstellungshalle.«

»Sie haben ihn allein gelassen?«, schreit Frau Brenner.

»Ja, im Marienstift sitzt er doch auch immer allein in der Sonne.«

»Wir sind hier nicht im Marienstift, verdammt noch mal!«

So ärgerlich habe ich sie noch nie erlebt.

»Die soll sich doch nicht so haben. Insgeheim ist sie doch froh, dass ein Bett frei wird«, flüstert mir Schwester Johanna heimlich zu.

»Du meinst …«

»Ich mein gar nichts. Ich habe keine Meinung, nur Augen, die sehen.«

»War Herr Wolfsohn schwermütig?«, fragt einer der Polizeibeamten.

»Ich weiß nicht. Kann sein. Er hat oft geschimpft. Ständig Bolschewisten-Schweine geschrien«, sage ich. »Aber depressiv? – Das kann ich mir nicht vorstellen.«

»Sie können sich gar nichts vorstellen«, zischt Frau Brenner. »Herr Wolfsohn hat in der Vergangenheit öfters davon gesprochen, nicht mehr weitermachen zu wollen, vielleicht vor Ihrer Zeit.« Sie blickt mich böse an. »Ob er depressiv war, melancholisch oder wie Sie das immer nennen wollen – ich weiß es nicht. Auf jeden Fall gab es Momente in Herrn Wolfsohns Leben, solange er im Seniorenheim war, immerhin 14 Jahre, in denen er immer wieder vom Tod sprach und dass er vom Leben genug hätte.«

»Die spinnt doch«, flüstert Johanna.

»Kann das eine der anderen Schwestern bestätigen?«

»Nun ja, also, wenn ich es mir genau überlege«, versucht Schwester Margarethe die richtigen Worte zu finden, »dann, dann gab es da schon die ein oder andere Situation.«

Zufrieden macht sich der Polizeibeamte Notizen. Anschließend werden alle danach gefragt, wo sie in der Zeit waren, als der Rollstuhl am gläsernen Gebäudeteil vorbeigefahren ist.

»Ich war bei Frau Grünwald und Frau Weixelbaum«, sagt Schwester Johanna.

Frau Grünwald und Frau Weixelbaum nicken.

»Ich saß im Rollstuhl«, sagt Herr Zacharias, »den schob Schwester Margarethe.«

Schwester Margarethe bestätigt das.

»Bei Mami«, sagt Herr Wiedemann.

Der Polizist guckt irritiert.

»Herr Wiedemann hat Arteriosklerose, müssen Sie wissen«, sagt Schwester Margarethe.

Als der Polizeibeamte verständnislos um sich blickt, wischt Frau Brenner mit der Hand vor ihrem Gesicht. »Verstehen Sie?«

Der Polizist nickt.

»Und Sie?«, fragt der Polizeibeamte und meint Frau Ada.
»Die kann nicht sprechen«, sagt Johanna.
Der Polizeibeamte begreift nicht.
»Sie müssen ihr einen Stift geben.«
Frau Ada schreibt auf den Block des Polizisten: *Auf Klo*.
»Das stimmt, ich habe sie gesehen«, sage ich. »Als ich den Verbindungsgang hochrannte, kam sie gerade aus der Toilette.«
»Und wo waren Sie?«
»Beim Baby«, sage ich und zeige auf Herrn Wiedemann. Der lacht.

Die Fahrt zum Königssee wird gestrichen. Kaffee und Kuchen auch. Im Bus auf der Heimfahrt fehlt nicht nur Herr Wolfsohn, sondern auch Frau Brenner. Sie bleibt in Berchtesgaden, um die »noch aufkommenden Fragen«, wie sie sagt, zu klären und die Überführung von Herrn Wolfsohn zu veranlassen. Im Bus ist alles ganz still. Niemand redet. Ich sitze neben Frau Grünwald, die die ganze Zeit aus dem Fenster starrt. Ich glaube, sie weint leise vor sich hin. Schon lange gab es im Seniorenheim das Gerücht, dass Frau Grünwald und Herr Wolfsohn enger befreundet wären, als sie das nach außen hin zeigten. Es hieß auch, dass sie sich schon sehr lange kannten, noch bevor sie ins Altenheim kamen. Schwester Margarethe, die neben Frau Brenner am längsten im Altenheim ist, erzählte erst neulich im Personalzimmer, dass Frau Grünwald, als sie noch in ihrer eigenen Wohnung lebte, Herrn Wolfsohn immer im Altenheim besucht hatte.
»Da saß er noch nicht im Rollstuhl. Meistens machten sie dann kleine Ausflüge.«
Schwester Claudia sagte: »Das allein wird's nicht gewesen sein.«

Sie schlug eine Hand ganz schnell hintereinander auf die geballte Faust. Alle anderen lachten und wurden ein wenig rot.

»Damit ist's jetzt vorbei«, sagte Margarethe, was im Gelächter beinahe unterging.

Draußen wird es dunkel. Schwarze Wolken ziehen auf. In der Ferne blitzt es. Wir fahren in ein Gewitter, denke ich. Ich schließe die Augen. Immer wieder fährt mir der davonrollende Wolfsohn in den Hirnwindungen herum. »Bolschewisten, alles Bolschewisten-Schweine!«, dröhnt seine Stimme in meinem Kopf. Vor meinen geistigen Augen versuche ich mir die Situation, als ich Herrn Wolfsohn in der Sonne abgestellt habe, noch einmal genau zu vergegenwärtigen. Ich ging zurück in das Ausstellungsgebäude. Alle standen im gläsernen Gebäudeteil zum Eingang in den Bunker. Die Schwestern, Herr Zacharias, Frau Grünwald, Herr Wiedemann, Herr Maroni, Frau Weixelbaum. Nur Frau Ada war auf dem Klo. An alle kann ich mich erinnern. Nur an Frau Brenner nicht. Ich könnte es schwören, dass Frau Brenner nicht am Eingang zur Bunkeranlage stand. Aber wo war sie? Gut, es gibt viele Möglichkeiten, sich im Ausstellungsgebäude aufzuhalten. Ob Herr Wolfsohn die Bremsen selbst gelöst hat? Ich glaube es nicht. Wie denn? Sein linker Arm war gelähmt. Seinen rechten konnte er ebenfalls kaum bewegen. Dass er mit der rechten Hand die Bremse am rechten Rad gelöst hat, könnte ich noch nachvollziehen. Aber mit der rechten Hand über den Rollstuhl zu greifen und die Bremse am linken Rad zu lösen, war für Herrn Wolfsohn, so wie ich ihn in den letzten Monaten erlebt habe, unmöglich. Mit *einer* gelösten Bremse fährt aber ein Rollstuhl nicht los. Also muss jemand anderes die Bremsen gelöst haben. Aber wer? Wo war eigentlich der Busfahrer?

»Es waren die Juden.«

Ich reiße die Augen auf. Frau Grünwalds Gesicht ist ganz dicht bei meinem. Ich sehe ihre stark geschminkten, von Tränen verschmierten Augen. Die roten Äderchen in den Pupillen. Die Falten zwischen den Augenbrauen. Die prall gefüllten Tränensäcke. Die tiefen Krähenfüße. Die großen Poren auf der Nase. Die gelbliche, runzlige Haut. Sie sieht aus wie ein Reptil. Ich erschrecke.

»Es waren die Juden«, flüstert sie.

Ich rieche ihren Atem. Sie hat starken Mundgeruch. Zu viel Magensäure, denke ich. Oder die dritten Zähne waren schon lange nicht mehr im Wasserglas.

»Was für Juden?«

»Die zionistische Weltherrschaft.«

Das Reptil sieht aus, als ob es gleich zubeißen will.

»Wie wollen Sie das wissen?«

»Ich weiß es. Fragen Sie Frau Ada.«

»Die kann nicht sprechen.«

Sie ist irritiert, denkt nach, wobei sich die großen Augen zu Schlitzen verengen. Die Falten zwischen den Brauen wandern über die halbe Stirn.

»Glauben Sie mir.«

Ich kann mir vorstellen, dass Menschen, die für längere Zeit in der hermetisch abgezirkelten Welt eines Seniorenheims zu Hause sind, auf die seltsamsten Gedanken kommen. Aber die zionistische Verschwörungstheorie von Frau Grünwald scheint mir nun doch etwas zu abwegig zu sein. Sie zwinkert mir konspirativ zu. Ich nicke. Ich sage, damit sie schließlich Ruhe gibt: »Bestimmt haben Sie recht.«

Zufrieden blickt sie wieder aus dem Fenster. Der Übergang zwischen Dummheit und Alterssenilität scheint fließend zu sein. Ich blättere ein wenig im Dokumentationskatalog der Ausstellung *Die tödliche Illusion*. Ich sehe

Landkarten mit dem *nationalsozialistischen Lagersystem in Europa*. Konzentrationslager, Vernichtungslager, Große Stammlager und Durchgangslager. Ich sehe einen Plakatabdruck der *Gebirgstruppen der Waffen SS*. Im Vordergrund ein Soldat mit Gewehr auf dem Rücken. Im Hintergrund ein Bergmassiv. Sieht aus wie das Wettersteingebirge, denke ich, wo ich mit Opa oft in meiner Kindheit war. Dann Farbbilder: *Gehorsam bis in den Tod – die Hitlerjugend*. Pausbäckige, ahnungslose Kinder mit akkuraten Seitenscheiteln. Strahlend blicken sie unter einem Bild des prophetisch dreinschauenden Führers in ihr Unglück. Dann Fotos von Exekutionen, von Massakern, Judenverfolgung und den Vernichtungslagern. Nackte Leichen auf einem Haufen. *Gnadenschuss für nicht tödlich getroffene Opfer*. Mir wird schlecht.

»Alles Schwachsinn«, flüstert Frau Grünwald wieder.

»Was?«

Sie zeigt auf den Katalog auf meinen Knien.

»Judenhetzscheiße!«

»Frau Grünwald!«

Sie blickt wieder hinaus in die Nacht. Der Schritt von der Dummheit zum Fundamentalismus scheint vollzogen.

*

Immer wenn ich mit einem Mädchen schlafe, muss ich dabei an Celine denken. Manchmal denke ich nicht nur an sie; ich sehe sie auch vor mir. Ich liege im Bett, unter mir eine Kommilitonin, deren Gesicht sich bei jeder Bewegung verändert. Die Nase wird schmaler, der Mund voller, die blauen Augen plötzlich braun. Aus Anna wird Celine, aus Karin Celine. Aus dem dicklichen Körper mit den Hängebrüsten der schmale burschikose von Celine.

»Was ist?«

»Ich kann nicht!«

Ich drehe mich auf den Rücken, starre zur Decke. Die Risse und Wasserflecken ergeben ein Gesicht: Celine, die lacht. Die Kommilitonin begreift zuerst nicht, liegt ebenfalls auf dem Rücken und atmet laut vor sich hin.

»Aber warum …«

»Sei still!«

Die Kommilitonin steht auf, zieht sich an, geht zur Tür, dreht sich noch einmal um und sagt: »Schlappschwanz!«

Die Tür knallt.

Ich gehe zu einer Prostituierten. Die Adresse habe ich aus einem Stadtmagazin. Ich klingle an einer Tür in einem Hinterhaus, auf der *Michelle* steht. Michelle öffnet. Sie ist alt. Sie könnte meine Mutter sein. Nichts erinnert an Celine. Sie hat eine brennende Zigarette im Mundwinkel, trägt einen abgewetzten Satinbademantel mit Drachen auf dem Rücken und rosarote Plüschhauspantoffeln. Ich bin aufgeregt und schwitze.

»Na, was kann ich für dich tun, mein Süßer?«

Mein Mund ist trocken. Ich bringe kaum ein Wort heraus, schaue sie mit fiebrigem Blick an, lege 100 Mark auf den kleinen Glastisch neben den überfüllten Aschenbecher. Es ist ein kleines Zimmer, in dem mich ein puderiger Duft empfängt, der sich schnell verzieht. Jetzt riecht es nach Deodorant, nach zweimal getragenen Seidenstrümpfen, nach Polyesterpullover, nach Fußnägeln und Marmeladenbrote. Nach Milben. Riechen Milben eigentlich?, denke ich, wenn ja, dann so. Die Vorhänge sind zugezogen. Eine kleine Nachttischlampe wirft rötliches Licht ins Zimmer. An der Wand hängen zwei Bilder neben dem Bett. Auf dem einen ist eine nackte Frau von vorn abgebildet. Auf der anderen Seite dieselbe Frau von hinten. Michelle bemerkt meine Blicke.

»Das war ich, als ich noch jünger war, mein Schatz.«

Ich kann keinerlei Ähnlichkeit zwischen den Bildern und Michelle feststellen.

»Zieh dich aus.«

Michelle öffnet den Bademantel. Darunter ist sie nackt. Es erinnert noch immer nichts an Celine. Ich lege mich auf das große Bett, auf dem ein Handtuch liegt. Über mir an der Decke hängt ein Spiegel. Ich sehe mich selbst. Jämmerlich, denke ich, als Michelle ein Kondom über meinen Schwanz stülpt und anfängt, daran zu reiben. Ich sehe sie im Spiegel. Von hinten. Ich sehe ihren Rücken. Die Haut ist faltig und wölbt sich an den Seiten zu Speckwürsten. Auf dem rechten Schulterblatt ist eine Tätowierung. Ein Drache mit langer Zunge, die sich an der Wirbelsäule entlang bis zur Arschritze schlängelt. Irgendwie sieht sie missglückt aus.

»Ist das gut, mein Schatz?«

Sie nimmt ihren Mund zu Hilfe.

»Besser?«

Ich spüre ein Ziehen zwischen den Beinen und sehe ihren grauen Scheitelansatz inmitten der rot gefärbten Haare. Sie setzt sich auf mich. Ihre Brüste schlackern langsam hin und her. Die Haut am Hals ist gesprenkelt rot und wellig. Immer wieder sagt sie »Ja« und »Mmh« und »Gut«. Es soll verführerisch klingen. Es klingt einfach nur lächerlich.

Nach 20 Minuten steigt sie wieder von mir herunter und sagt: »Das war's, mein Schatz!«

Ich stehe auf, ziehe mich an und gehe. Sie steht an der Tür, wieder mit Satinbademantel, Hauspantoffeln und brennender Zigarette im Mundwinkel.

»Bis zum nächsten Mal«, ruft sie mir ins Treppenhaus nach.

Ich drehe mich nicht mehr um.

*

Frau Weixelbaum muss gleich einschlafen. Und tief träumen. Ich habe ihr heute Abend die dreifache Schlafmittelmenge verabreicht. Ohne ihr Wissen. Ich öffne leise die Tür. Im Zimmer ist es nicht ganz dunkel. Durch die nicht vollständig zugezogenen Vorhänge fällt Mondlicht herein. Frau Weixelbaum schnarcht.

»Frau Weixelbaum?«

Ich stehe neben ihrem Bett und rüttle an ihrem Arm. Sie reagiert nicht. Ich gehe zu ihrem großen Holzschrank, der in der Ecke neben dem Waschbecken steht, und öffne die Tür. Ich setze mich in den Schrank und schließe die Tür wieder von innen. Über mir hängen Röcke, Blusen und Mäntel. Es riecht nach Rheumasalbe, nach Kölnisch Wasser und ganz dezent nach Weinbrand. Ich warte. Lange passiert nichts, außer dass meine Beine einschlafen. Ich klopfe sie immer wieder wach. Ich blicke ständig durch das Schlüsselloch nach draußen ins Zimmer. Frau Weixelbaum schnarcht weiterhin. Plötzlich höre ich eine knarrende Tür. Es kommt jemand ins Zimmer. Im diffusen Mondlicht erkenne ich durch das Schlüsselloch Teile einer dunklen Silhouette, die sich dem Bett nähert. Die Person stoppt plötzlich und verschwindet wieder so schnell, wie sie aufgetaucht ist. Vielleicht hat der Eindringling den Braten gerochen, denke ich. Oder er hat etwas vergessen und kommt gleich wieder zurück. Ich warte erneut. Nichts passiert, außer dass jetzt nicht nur meine Beine, sondern ich selbst im Schrank sitzend einschlafe. Mein Kopf lehnt an der Tür, die plötzlich aufgeht.

»Was machst du denn hier drin?«

Johanna. Ich falle vornüber aus dem Schrank. Meine Beine lassen sich nicht bewegen.

»Spanner!«

Meine Beine sind eingeschlafen. Neben mir hängt aus

dem Schrank der weiße Gürtel eines Bademantels. Jetzt verstehe ich den abrupten Rückzug der Silhouette in der Nacht.

»Hilf mir!«

Die Beine kribbeln.

»Was?«

»Bitte.«

Auf Johanna gestützt verlasse ich mit schmerzverzerrtem Gesicht Frau Weixelbaums Zimmer, die noch immer schläft und schnarcht.

»Was ist denn mit dem los?«, fragt Schwester Margarethe, die uns auf dem Flur entgegenkommt.

»Schwächeanfall«, sagt Johanna.

»Danke«, sage ich, als Schwester Margarethe nicht mehr zu sehen ist.

»Was wolltest du im Schrank?«

»Spionieren.«

»Und was?«

»Verrate ich dir ein anderes Mal.«

*

Nach der Beerdigung von Herrn Wolfsohn schlendere ich mit Frau Ada am Arm und Herrn Zacharias an der Seite über den Friedhof. Während einige Männer in blauen Latzhosen gerade Gräber ausheben, werden andere Gräber von Männern in grünen Latzhosen gerade zugeschüttet. Sterben scheint ein umtriebiges Geschäft zu sein, denke ich, als Herr Zacharias plötzlich stehen bleibt. Er zeigt auf einen prachtvollen mit kleinen fliegenden Engeln verzierten Grabstein, auf dem goldene Buchstaben eingemeißelt sind: *Gudrun von Hirschfeld, geboren 18.8.1918, gestorben …*

»Die hat schon vorgesorgt«, sage ich und amüsiere mich darüber.

»Da schau!«, sagt Herr Zacharias, dreht sich fast um 360 Grad und zeigt auf einen anderen, etwas schlichteren Grabstein aus dunklem Quarzstein. »Friedrich Konrad Kahlenbach, geboren 26.11.1917, gestorben … Ruhe in Frieden!«, lese ich halblaut vor mich hin.

»Der auch«, sagt Herr Zacharias. Ich amüsiere mich jetzt weniger.

Wir gehen weiter, bis Frau Ada plötzlich stehen bleibt. Sie zeigt auf einen Grabstein. Es ist ein schlichter Stein aus Granit, auf dem weder ein Kreuz noch sonst ein christliches Symbol, wie sie bei fast allen Grabsteinen üblich sind, eingemeißelt ist. Auf dem Stein steht nur:

*Ada, *1935 + …*

Ich betrachte Frau Ada erstaunt. Herr Zacharias ebenso. Frau Ada lächelt. Also auch sie, denke ich, auch sie hat bereits Vorkehrungen getroffen.

»Und wo ist Ihres?«, frage ich Herrn Zacharias.

»Ich lass mich verbrennen. Die Asche soll in den Chiemsee gekippt werden.«

Ich lache.

»Was gibt es denn da zu lachen?«, empört sich Herr Zacharias. »Das ist mein voller Ernst. Meine Asche wird in den Chiemsee gestreut.«

Er schaut mich mit seinen durchdringenden Augen lange an. Mir wird es ganz unheimlich. Mich fröstelt.

»Versprichst du mir das?«

»Wer? Ich?«

Er nickt heftig. Frau Ada nickt auch.

»Aber Sie wollen doch nicht schon …«

Er schüttelt ebenso heftig den Kopf, Frau Ada auch.

»Also, was ist jetzt?«, fragt Herr Zacharias ungeduldig.

»Aber wie kann *ich* Ihnen denn versprechen, dass Ihre Asche im Chiemsee …«

»Indem *du* es tust!«, platzt Herr Zacharias dazwischen und hält mich dabei am Arm fest.

»Ich?«

»Ja!«

Wieder schaut er mich mit seinen durchdringenden Augen an und verstärkt den Griff am Arm.

»Entweder du versprichst es mir jetzt hier und augenblicklich oder …«

Er zögert, scheint nachdenken zu wollen, rückt noch näher an mich heran und zischt dann: »Oder ich sage Frau Brenner, dass du mich sexuell belästigt hättest.«

Ich lache hell auf und mache mich los.

»Das wird sie Ihnen nicht glauben.«

»Frau Ada ist Zeuge.«

Ich sehe zu Frau Ada und versuche zu lächeln. Es misslingt. Frau Ada blickt genauso argwöhnisch wie Herr Zacharias. Nichts ist mehr von ihrer gewinnenden Freundlichkeit in dem Gesicht. Offenbar haben sich die beiden gegen mich verschworen.

»Meinetwegen. Wenn Sie sterben, solange ich noch hier im Zivildienst bin, ist das kein Problem, dann schmeiße ich Sie einfach in den See!«

Frau Ada lacht jetzt lautlos, wobei ihre Lippen sich kaum auseinanderbewegen. Dann hält sie ihre kleine Schreibschiebetafel triumphierend hoch. *Noch 6 Monate* steht darauf.

»Na, dann muss ich mich aber beeilen«, sagt Herr Zacharias.

Jetzt lachen wir alle drei.

*

Mit Ralf fahre ich auf dem Mofa in die Diskothek. Ralf sitzt auf dem Gepäckträger, die Füße auf den Pedalen, die

Arme um meinen Bauch. Ich gebe ständig Vollgas, trotzdem schleicht das Mofa mit nicht viel mehr als Schrittgeschwindigkeit über die Straße.

»Morgen frisieren wir die Kiste«, schreit Ralf in den Wind.

Und wenn ich 18 bin, kaufe ich mir ein Motorrad, denke ich.

Die Diskothek sieht so aus wie alle Diskotheken um diese Zeit in der Provinz. Sie liegt außerhalb am Stadtrand, ganz am Ende des Industriegebiets, da wo nur noch Nutten in kleinen, mit roten Herzen beleuchteten Wohnwagen auf Freier warten. Über der Tanzfläche hängt eine spiegelnde Kugel, die sich langsam dreht und dabei die Tanzenden mit Lichtstrahlen bombardiert. Eine Lichtorgel mit verschiedenen Farbfiltern taucht die Disco, je nach Song, in unterschiedliche Stimmungen. Bei Liebessongs wird alles rot, orange und rosa. Bei Hardrock-Liedern ist Blau oder Grün an der Reihe. Manchmal wird auch für ein paar Sekunden das Schwarzlicht eingeschaltet, bei dem die Haut der Mädchen noch schöner aussieht, die Zähne ganz weiß schimmern und die eigene Jeans plötzlich so erscheint, wie man sie immer gerne hätte, aber nicht kaufen kann. Ralf und ich stehen am Rand der Tanzfläche, trinken Asbach Cola und sehen den Mädchen beim Tanzen zu. Meist tanzen sie zu zweit, oft mit zusammengekniffenen Augen und sicher im Takt. Während der einzelnen Songs, die ein Discjockey hinter zwei Plattenspielern auflegt, flüstern sie sich gegenseitig in die Ohren und zeigen verstohlen zu uns Jungs herüber; wir grinsen alle gleichzeitig dämlich zurück. Danach tanzen sie weiter. Johanna ist auch da. Sie tanzt allein und guckt nicht. Zumindest nicht zu uns. Nach zwei Asbach Cola fängt auch Ralf an zu tanzen. Etwas ungelenkiger als die Mädchen, aber erstaunlich sicher im Rhythmus der Musik.

Immer mehr Jungs strömen nach und nach auf die Tanzfläche, sodass die Mädchen am Ende der Songs gar nicht mehr herübersehen. Neben mir stehen nur noch ein ziemlich fetter Junge und einer mit einer Brille, deren Gläser so stark sind, dass seine Augen dahinter riesig wirken. Ich gehe zur Bar und bestelle mir eine weitere Asbach Cola. Als ich zurück an der Tanzfläche bin, tanzt Ralf mit Johanna. Ich stehe mittlerweile an einen Pfeiler gelehnt und traue mich selbst nach der vierten Asbach Cola nicht mitzutanzen. Beide schauen zu mir herüber und lachen. Ralf flüstert Johanna etwas ins Ohr. Johanna lacht noch ausgelassener. Dann flüstert Johanna Ralf etwas ins Ohr, woraufhin er so laut lacht, dass ich es trotz der lauten Musik hören kann. Es läuft gerade irgendein Schmusesong aus den Charts, sodass alle Tanzenden ein wenig zusammenrücken. Auch Ralf legt jetzt seine Arme um Johannas Schultern und beide bewegen sich gleichzeitig ganz eng beieinander im Takt. Meine Beine schmerzen und in meinem Kopf verschwimmen langsam die Bewegungen der Tanzenden. Die ganze Tanzfläche wird ein einziges Gewusel, in dem der Einzelne nicht mehr zu erkennen ist. Ich schaue zur Lichtkugel unter der Decke und versuche die Lichtstrahlen zu zählen. Mein Blick taumelt verloren zwischen dem Lichtstrahlenbeschuss und der sich immer heftiger bewegenden Masse. Dabei wird es mir ganz schummrig. Außerdem finde ich Schmusesongs zum Kotzen. Ich stelle das noch halb volle Glas auf dem Tresen ab und gehe. Draußen in der frischen Luft fühle ich mich plötzlich so betrunken, dass ich kaum mehr laufen kann. Geschweige denn fahren. Torkelnd schiebe ich das Mofa nach Hause, während es in Strömen regnet.

neun

Prof. Dr. Hermann Gerald Maroni. Er ist 1924 geboren, war viermal verheiratet und ist dreimal geschieden. Er hat mit allen vier Frauen Kinder. Insgesamt vier Töchter und fünf Söhne. Nachdem seine letzte, viel jüngere Frau, die ihn mehrere Jahre pflegte, vor ein paar Jahren bei einem Verkehrsunfall gestorben war, ist Herr Maroni ins Marienstift gezogen. Herr Maroni war Professor für Literaturwissenschaft mit einem Lehrstuhl in Heidelberg. Nach seinem dritten Schlaganfall ist von seiner einstmaligen geistigen Kapazität nicht mehr viel übrig. Herr Maroni ist halbseitig gelähmt, kann seine linke Hand gar nicht mehr und seine rechte nur unzureichend bewegen. Er verhält sich streckenweise wie ein Kleinkind. Trägt Windeln und brabbelt meist unverständliches Zeug. Manchmal hat er lichte Momente, in denen er versucht, entweder anzügliche Witze zu machen oder den Schwestern auffällig hinterherzupfeifen. Was beides in der Regel vorwiegend scheitert. Ab und zu schiebt Frau Ada ihn im Rollstuhl im Garten herum.

*

Die Ermittlungen im Todesfall Wolfsohn werden eingestellt. Eine Fremdeinwirkung, die zum Tod geführt hat, scheint ausgeschlossen. Herr Wolfsohn hat sich laut Abschlussbericht der Kriminalpolizei mit *an Sicherheit grenzender Wahrscheinlichkeit selbst das Leben genommen.*

»Schwachsinn!«, sagt Johanna. »Der doch nicht, dafür war der durch und durch auf den Endsieg eingestellt.

Quasi bis zum letzten Blutstropfen! Heil!« Johanna reckt kurz den rechten Arm hoch und lässt ihn gleich wieder sinken.

»Wie meinst du das?«

»Ich meine gar nichts. Das habe ich dir im Übrigen schon einmal gesagt. Ich habe nur Ohren, um zu hören.«

Wir kommen gerade aus einem Biergarten. Johanna ist betrunken, sie stakst schwankend mit ihren Stöckelschuhen neben mir her.

»Scheiß Kopfsteinpflaster«, sage ich.

Sie lacht und hakt sich bei mir unter. Ich bin ebenfalls stark alkoholisiert. Wir gehen auf dem Marktplatz am Brunnen vorbei, der auch noch in der Nacht kleine Fontänen in den schwarzen Himmel spritzt. Noch bevor Herr Wolfsohn unter der Erde ist, bemüht sich Frau Brenner, das freiwerdende Bett im Altenheim neu zu belegen. Bemühen ist zu viel gesagt.

»Es gibt eine offizielle und eine inoffizielle Liste«, sagt Johanna, »auf der sich potenzielle Bewerber eintragen lassen können. Alles ganz legal, das mit der offiziellen Liste. Die inoffizielle existiert nur in Annemarie Brenners Schublade. Damit die Bewerber von der inoffiziellen Liste auch auf die ersten Plätze der offiziellen gelangen und alle anderen Wartenden hinter sich lassen, gibt es natürlich Mittel und Wege.«

Sie bleibt stehen und reibt Daumen und Zeigefinger aneinander.

»Geld?«

»Und andere Zuwendungen. Damit das Söhnchen und sein Frauchen die Omi schneller ins Altenheim abschieben können.«

»Auch ein Grund für das Mäzenatentum?«

»Klar.«

»Es wird aber auch gemunkelt, dass die Brenner mitschneidet.«

»Quatsch!«

Johanna bleibt wieder stehen und lacht. »Du bist vielleicht ein Naivling!«

Ich werde rot. Im schummrigen Licht der Straßenlaternen ist das höchstwahrscheinlich nicht zu sehen.

»Woher weißt du das alles?«

»Du musst nur die Schublade mal aufmachen.«

Ich zünde mir eine Zigarette an, dann schwanken wir weiter.

»Beim Zacharias war es augenfällig«, fährt Johanna fort. »Der war auf keiner Liste. Dafür ist er berühmt und reich. Seine Alte wollte ihn loshaben. Da war plötzlich für ihn auch ein Heimplatz da, obwohl nicht mal ein Bett frei war. Wurden eben zwei andere Alte kurzzeitig zusammengelegt. Und die auf den Listen schauten in die Röhre.«

Sie rülpste leise vor sich hin.

»'tschuldigung.«

Wir bleiben vor einer Bar stehen.

»Los, einen Absacker nehmen wir noch!«

Widerspruch scheint zwecklos. Die Bar ist ganz in Rot gehalten. Licht, Barhocker, Stühle, Tische, alles rot. Nur die Frau hinter dem Tresen ist ganz in Schwarz. Wir setzen uns auf zwei Barhocker an den Tresen. Noch während ich die Karte studiere, sagt Johanna an die Bedienung gewandt: »Zwei Bloody Mary.«

»Und zwei Wasser«, füge ich hinzu.

Johanna lacht auffällig laut. Ich stecke mir eine Zigarette an.

»Und jetzt kommt der Hammer!«, sagt Johanna und macht eine kurze Pause, während die Bedienung das Wasser auf den Tresen stellt. Anschließend redet sie ganz leise weiter, sodass ich ein wenig näher an sie heranrücken muss, um alles zu verstehen.

»Einen Monat später fährt Annemarie Brenner mit einem nagelneuen BMW-Cabriolet vor. Ist doch komisch, oder?«

Sie nimmt einen Schluck aus dem Wasserglas.

»Kannst du dir die Alte mit 'nem Cabriolet vorstellen?«

Sie nimmt noch einen Schluck, lacht, verschluckt sich, hustet. Ich klopfe ihr auf den Rücken. Sie steht auf und verschwindet im Klo. Als sie länger als erwartet wegbleibt und ich kurz davor bin, nach ihr zu sehen, kommt sie wieder zurück. Die Bloody Marys stehen mittlerweile auf dem Tresen.

»Geht's wieder?«

»Ging noch nie besser!«

Sie lacht wieder ihr bezauberndes Lachen.

»Prost!«

»Prost!«

»Seit wann ist die Brenner eigentlich stellvertretende Heimleiterin?«

»Seit der Alte, ich meine Dr. Filbrandt, der eigentliche Leiter des Marienstifts, ins Krankenhaus kam. Der hat Krebs und macht's wohl nicht mehr allzu lange. Ein knappes Jahr ist das jetzt her. Da musste übergangsweise Ersatz her. Die Brenner kann zwar nichts, ist aber am längsten dabei. Also wurde sie eingesetzt. Seither läuft es nicht mehr rund.«

»Gab es keine Qualifizierteren?«

»Alle, fast alle sind qualifizierter.«

»Du auch?«

Sie verzieht argwöhnisch das Gesicht.

»Sag mal, willst du mich verarschen?«

Sie nimmt einen weiteren Schluck aus dem Cocktailglas.

»Ich habe 'ne Krankenschwester-, Altenpflege- und eine physiotherapeutische Ausbildung. Und einige Zusatzkurse noch dazu. Betriebswirtschaft, Yoga, medizinische Massagen und den ganzen Kram.«

Ich pfeife zur verrauchten Bar-Decke hoch.

»Ich bin hier ohnehin nicht mehr lange. Nächstes Jahr mache ich mich selbstständig. Ambulante Pflege und Rehabilitation. Sehr wahrscheinlich zusammen mit Kaha.«

Ich habe es mir beinahe gedacht, denke ich und nehme einen weiteren Schluck.

»Komme gleich wieder.«

Ich lasse mich vom Barhocker plumpsen und schwanke zum Klo. Mir ist schlecht. Im Spiegel kann ich mein Gesicht kaum erkennen. Das, was ich erkennen kann, ist furchtbar. Alles verschwimmt, alles dreht sich. Ich stütze mich über das Pissoir. Ich muss mich übergeben. Ich kotze in das Keramikbecken, bis es verstopft. Am Waschbecken spritze ich mir kaltes Wasser ins Gesicht. Dann wanke ich wieder zurück zum Tresen.

Zwei neue Bloody Marys stehen vor Johanna.

»Geht's wieder?«

»Es ging nie schlechter!«

Sie frohlockt.

»War das damals eigentlich dein Ernst mit der frigiden Fotze?«

Ich werde rot. Ich tue so, als ob ich nicht ganz verstünde.

»Na los, sag schon!«

»Ich war scharf auf dich.« Ohne dass ich es will, fallen mir die Worte aus dem Mund. Sie freut sich wieder.

»Damals«, sage ich.

Jetzt freue ich mich.

»Ich war auch sehr gekränkt, als du mit Ralf was anfingst.«

»Hast du Ralf in München getroffen?«

Ach so, da läuft der Hase lang, denke ich. Wusste ich es doch, sie will mich über Ralf aushorchen.

»Ralf ist ein Schwein«, sage ich.

»Ihr wart doch befreundet.«

»Befreundet? Hast du befreundet gesagt? Nie! Ralf ist ein Schwein.«

»Wie kommst du darauf?«

»Er vögelt sich durch die Betten und spannt anderen die Freundin aus.«

»He, he, ich war nie deine Freundin«, sagt Johanna jetzt.

»Ich meinte auch nicht dich.«

Sie guckt verdutzt. »Was, er hat dir …«

»Vergiss es!«

Sie schweigt, starrt in das Cocktailglas und rührt selbstvergessen mit der Sellerie-Stange im Bloody Mary herum.

»Du hast ihn geliebt, was?«

»Quatsch! Lass uns gehen.«

Draußen trennen sich unsere Wege. Insgeheim habe ich natürlich gehofft, dass sie mich mit zu sich nimmt. Allein, um Ralf eins auszuwischen.

»Ciao, bis morgen.«

Sie umarmt mich. Ich drücke mich fest an sie, will sie auf den Mund küssen. Sie weicht aus. Ich küsse ihre Wachsjacke.

»Was soll das?!«

Sie drückt mich weg von sich. Ich schwanke, stolpere und falle zu Boden.

»Einen Versuch war's wert.«

»Gescheitert!«

Ihre Augen erscheinen wässrig. Wenn ich nicht so betrunken wäre, könnte ich schwören, dass sie aussieht, als ob sie gleich weinen würde.

»Du liebst ihn noch immer, was?«

Sie tippt sich an die Stirn. »Du spinnst doch!«

Sie geht. Ich bleibe auf dem Boden sitzend zurück und blicke ihr nach.

*

Ich bin krank. Seit zwei Tagen liege ich im Bett. Ich habe Fieber, Schluckbeschwerden und Kopfschmerzen. Am zweiten Tag auch noch Durchfall. Von dem Tag an sitze ich mehr auf dem Klo, als dass ich im Bett liege. Manchmal fast eine Stunde am Stück. Schwester Claudia kümmert sich rührend um mich. Während ihrer Dienstzeit kommt sie mehrmals zu mir hoch, bringt mir Tee, leicht verdauliche Kost und Obst. Das Essen lasse ich, nachdem sie weg ist, im Schrank verschwinden. Ich glaube, Schwester Claudia macht sich Hoffnungen. Sie hat sich vor einem halben Jahr von ihrem Freund getrennt. Das sagte sie mir bei unserem ersten gemeinsamen Nachtdienst. Seitdem scheint sie auf der Suche nach einem Neuen. Manchmal kommt es mir so vor, als ob sie mich auserkoren hätte. Schwester Claudia ist nett, kollegial, integer und im Vergleich zu den anderen Schwestern gehört sie immerhin zu dem Drittel, das mit dem Etikett *Gut aussehend* versehen werden kann. Claudia ist aber nicht mein Typ. Aber was ist schon mein Typ? Celine? Johanna? Frau Brenner? Ich muss lachen. Das erste Mal wieder seit zwei Tagen. Außerdem riecht Claudia manchmal nach beißendem Schweiß. Meist am Abend. Nach einem anstrengenden Tag weht er in kleinen Schwaden unter ihren Achseln hervor. Ein Schweiß, der nach nasser Wäsche, alten feuchten Kleidern und Katzenpisse riecht. Jedes Mal wird es mir bei dieser Gelegenheit in ihrer Gegenwart schlecht. Vielleicht sollte ich ihr einen Salzkristall-Stift schenken. Oder ein auffälliges Deodorant. Vielleicht würde ein kurzer Wink reichen, dass es unter diesen olfaktorischen Bedingungen mit uns nie etwas wird. Johanna riecht manchmal auch nach Schweiß. Ihrer riecht ganz anders, ihr Geruch ist anziehend, betörend. Von dem Schweißgeruch Johannas kann ich nicht genug bekommen. Am Ende unseres Dienstes, nach allerhand Stress, Bettenmachen und der üblichen Hektik, stelle ich mich immer ganz dicht in ihre Nähe. Mein Gesicht ist dann meistens nur wenige Zentimeter von ihren Achselhöhlen entfernt. Ich schnuppere unauffällig und rieche diesen olfaktorischen Höhenrausch aus Schweiß, Rückständen von Parfüm und Feinwaschmittel. So lange, bis Johanna den Braten riecht und spöttisch vor versammelter Mannschaft im Personalraum »Na, wieder am Schnüffeln?« sagt. Das ist, glaube ich, das erste Mal, seitdem ich im Marienstift bin, dass mein Gesicht rot anläuft. Das Rot verfärbt sich sogleich von hell nach dunkel, als Johanna noch spöttischer nachlegt: »Wenn du willst, gebe ich dir mein Unterhemd mit!«

In einer großen Geste streckt sie ihren Arm nach oben zur Decke, neigt theatralisch den Kopf in Richtung Achsel und zieht den Duft laut und lang durch die Nase ein.

»Herrlich!«

Manche kichern.

»Vielleicht sollte ich einen Versand aufmachen! Unterhemden, Büstenhalter, Höschen – höchstbietend; dann müsste ich den Alten hier schon nicht mehr den Arsch abputzen.«

Jetzt lachen alle. Außer mir.

Im Nachhinein legt sich aber auch bei mir ein Schmunzeln um den Mund. Jetzt, das zweite Mal während der letzten beiden Tage. Die Freude vergeht mir jedoch schnell wieder, als mein Magen erneut anfängt zu grummeln. Ich stehe auf, schleppe mich aus meinem Zimmer und schließe mich im Klo ein. Auf der Schüssel sitzend lässt das Grummeln nach, wie immer. Ich warte. Als ich gerade wieder aufstehen möchte, geht die Toilettentür auf. Ich verharre. Schritte sind zu hören. Dann Geflüster. Ein Mann. Dann die geflüsterte, leise Stimme einer Frau. Die Kabinentür neben mir geht auf. Dann wird sie abgeschlossen. Leises Gestöhne, Kleidergeknister, Geknutsche.

»Nicht, Liebling, nicht! Nicht hier.«

Das klingt nach … Ivonne! Das ist die weichgespülte Stimme von Schwester Ivonne.

»Ich halte es ohne dich nicht mehr aus.«

Dellbrügg! Das klingt wie die Stimme von Dr. Dellbrügg, gebadet in einem Kübel voll Testosteron.

»Ich will dich für immer, Liebling.«

Das ist Dr. Dellbrügg, der jetzt in der Kabine neben mir sein versautes Herz ausschüttet. Ich ziehe die Beine an, damit meine Füße nicht zu sehen sind, wenn die beiden sich auf den Boden gleiten lassen. Mein Magen fängt plötzlich wieder an zu grummeln. Der Darm drückt. Ich kneife die Arschbacken zusammen. Wieder Kleidergeknister, Gefummel und Geknutsche.

»Ich begehre dich, mein Liebling!«

Dellbrügg scheint es wissen zu wollen! Tattriger Lüstling!

»Ich auch!«

Die frigide Schwester taut langsam auf.

»Wann können wir uns treffen, ungestört sehen, wann können wir uns lieben?«

»Morgen, nein, am Montag, nächste Woche.«

»Erst Montag, das halte ich nicht aus?«

»Bitte mein Schatz, wir müssen behutsam sein.«

»Ich verzehre mich nach dir, ich kann ohne dich nicht leben.«

»Nein, nein, nein, mein Schatz, wir müssen vorsichtig sein. Niemand darf etwas erfahren. Niemand, hörst du!«

»Ja, ja, ja, mein Liebling, wir werden vorsichtig sein.«

Wieder Kleidergeknister, jetzt heftiger, leises Gestöhne und Geknutsche. Der geile Dellbrügg ist kaum mehr zu zügeln. Schwester Ivonne scheint langsam zu köcheln und zeigt ihr zweites, bis dahin unbekanntes wollüstiges Gesicht.

»Nicht, bitte, nein, nicht hier.«

Der Druck in meinem Darm nimmt zu. Ich kann die Arschbacken kaum mehr zusammenhalten. Der Magen grummelt so laut, dass es nur noch eine Frage von Sekunden ist, bis mich die beiden nebenan hören. Oder riechen. Ich schwitze so stark, dass der Schweiß in kleinen Bächen die Rippen entlang läuft. Säuerlicher Schweißgeruch erfüllt die Kabine.

»Ich muss wieder zurück.«

Wilde, laute Küsse. Es klingt wie das Schmatzen von Herrn Kahlenbach am Mittagstisch.

»Denk daran, was wir besprochen haben.«

»Ja, ja, natürlich, Liebling, wir machen es, wie wir es geplant haben, du und ich.«

»Sei vorsichtig.«

»Du auch.«

»Ich liebe dich.«

»Ja.«

Die Tür der Kabine nebenan geht wieder auf, Schritte sind erneut zu hören. Die Toilettentür knallt zu. Mein Schließmuskel kapituliert.

*

Es blitzt und donnert. Oma betet. Vor ihr steht eine schwarze Wetterkerze, die die Wohnstube in ein gespenstisches Licht verwandelt. An den Wänden flackern Schatten, die Stühle sehen aus wie Skelette, das Sofa wie ein Sarkophag. Opa steht am Fenster und schaut in die Nacht hinaus. Immer wieder streicht er über seinen grauen Bart. Das macht er zumeist, wenn er besorgt ist. Es sieht aus wie eine heimliche Liebkosung, so wie er mir immer bei meiner Ankunft in Mittenwald über den Kopf streicht. Ich sitze in langen Unterhosen neben Oma, beiße mir auf die Unterlippe und habe Angst. Zwischen Blitz und Donner zähle ich. Meine Finger schnalzen aus der Faust. Einundzwanzig, zweiundzwanzig – es kracht. Das Gewitter kommt näher. Ich zittre. Es blitzt; Opas Gesicht ist plötzlich ganz hell. Er sieht erschreckend aus, bleich, steinern, wie eine hässliche Maske, den Verbrechern von den Plakaten aus *Aktenzeichen XY ungelöst* gleich. Mich schaudert. Oma legt ihre Hand auf meine Hände. »Der Herrgott ist immer bei uns.«

Es kracht wieder, lauter als zuvor. Es durchzuckt meinen Körper. Der Herrgott ist da, denke ich, ja, meinetwegen, aber trotzdem schlägt der Blitz ein. Wie letztes Jahr. Im Aussiedlerhof, nicht weit von hier entfernt. In wenigen Minuten brannte es lichterloh. Der Stall, die Scheune, das Wohnhaus. Opa half, den Brand zu löschen. Oma und ich schauten zu. Die Flammen erhellten die Nacht. Schwarzer Rauch stieg auf. Balken stürzten ein, Mauern kippten. Die Tiere schrien so laut, dass meine Ohren schmerzten. Meine Augen brannten und mein Bauch grummelte. Es stank nach Rauch und verbranntem Fleisch. Nach Kot. Ich hatte vor Angst in die Hose geschissen.

*

»Helau!«

Der Aufenthaltsraum ist wie für eine Prunksitzung dekoriert. Überall Luftschlangen und Konfetti. Luftballons. Aus den Lautsprechern singt Wendehals oder irgendeine andere dieser Stimmungskanonen. Die Bewohner trudeln langsam ein. Die meisten sind verkleidet. Auch das Personal hat sich kostümiert. Frau Brenner ist als Mann verkleidet. Sie trägt einen zweireihigen Anzug, eine Krawatte und einen angemalten Bart. Die Haare sind unter einer Melone verborgen. In der Hand einen Stock.

»Oh, Al Capone«, flüstere ich Johanna zu.

Frau Fiedler, die heute die Biene Maja gibt und eher aussieht wie ein Borussia-Dortmund-Fan nach zweistelliger Heimniederlage, macht gerade vor Frau Brenner einen Knicks und sagt: »Monsieur Brenner, darf ich bitten?«

Sie schnappt sich Frau Brenner zum Tanz. Schwester Claudia ist ein Dracula und geht jedem, der ihr näher als ein Meter kommt, sofort an den Hals.

»Blutsauger!«, kreischt Frau Grünwald. Sie nimmt ihren Schaumgummihammer und schlägt der Schwester mehrmals auf den Kopf.

Herr Kahlenbach ist wie immer Friseur; heute hat er zudem noch einen riesigen Kamm in der Hand, mit dem er jedem über den Rücken fährt. Frau Weixelbaum ist irgendetwas zwischen Burgfräulein und Hexe.

»Wer ist denn das?«, ruft Frau von Hirschfeld, mit einem Schleier vor dem Gesicht, deren Figur ebenfalls der Sparte von Frau Weixelbaum anzugehören scheint, und zeigt auf eine Dame, die jetzt den Aufenthaltsraum betritt.

»Lady Macbeth«, sagt eine dunkle Stimme, die zu dieser Frau gehört.

Ich weiß natürlich sofort, dass unter dem Kostüm Herr Zacharias steckt. Für viele bleibt aber bis zuletzt Lady Macbeth unerkannt. Johanna ist als leichtes Mädchen mit Strapse, Mieder und weit ausgeschnittenem Dekolleté geschmückt. Herr Maroni, der wohl ein Gespenst im Rollstuhl sein soll, versucht ihr hinterherzupfeifen. Es bleibt beim Versuch, dafür spuckt er sich auf das Bettlaken.

»Und was bist du?«, fragt Claudia und beißt mir dabei liebevoll in den Hals.

»Ein Arschloch«, sage ich und gucke wie immer.

Johanna lacht. Lady Macbeth auch. Margarethe, die eine rote Perücke trägt und als Clown geschminkt ist, wischt mit der Hand vor dem Gesicht. Ivonne entfernt sich. Jetzt erst sehe ich, dass sie einen langen Schwanz hinter sich herzieht.

»Das soll wohl eine Katze sein«, sage ich und gurre.

Johanna guckt verführerisch. Lady Macbeth macht: »Muh! Muh!« Frau Ada kichert.

»Und die Maus kommt auch schon!«

Dr. Dellbrügg stößt, als Ritter mit Säbel in der Hand, zu der illustren Faschingsgesellschaft in Begleitung von Pfarrer Neuhus.

»Ich bin ein Geistlicher«, ruft er und findet das ganz besonders originell. Die meisten lachen.

Frau Ada sieht, neben mir, wie immer aus. Nur dass sie zwei kleine Hörnchen auf dem Kopf hat.

»Und was sind Sie, wenn ich fragen darf?«

Der Teufel steht auf der Schreibschiebetafel. Und schon ist Schwester Claudia zur Stelle und beißt ihr in den Hals. »Nam, nam, nam!«

»Alaaf!«

Eigentlich kenne ich Fasching ja nur aus dem Fernseher. Die Prunksitzungen in Mainz und Düsseldorf waren neben *Aktenzeichen XY* und dem *Musikantenstadl* der dritte Pfeiler der Abendunterhaltung in meinem elterlichen Wohnzimmer. Papa lachte viel und trank dabei noch mehr Bier. Mama saß bisweilen als Prinzessin oder Braut verkleidet vor dem Fernseher und klatschte, wenn der Tusch erklang. Ich saß als Indianer oder Cowboy neben Mama und warf beim Applaus mein Tomahawk in die Luft. Einmal traf ich die Wohnzimmerlampe, woraufhin die Birne kaputt und das Licht ausging. Später saß ich dann nur noch abseits im Hintergrund und dachte, kurios, das Ganze. Papa versprach jedes Mal: »Das nächste Mal fahren wir hin! Das nächste Mal sind wir live mit dabei!« Am Ende war ich froh, dass es nie dazu kam.

»Helau!«

Der Physiotherapeut Karlhans kommt mal wieder zu spät. Dafür ist sein inszenierter Auftritt umso augenscheinlicher. Er ist als Indianer verkleidet. Wobei viel von der Verkleidung nicht zu sehen ist. Nur ein Lendenschurz aus Leder verdeckt das Notwendigste. Ansonsten ist Karlhans nackt. Sein muskulöser Oberkörper mit Waschbrettbauch, bei dem sich jeder Muskel einzeln abzeichnet, ist mit irgendeinem Fett eingerieben, damit er noch eindrucksvoller glänzt. Auf dem Kopf trägt er einen Federschmuck. Das Gesicht ist mit Kriegsbemalung versehen.

»Angeber«, zische ich leise, doch laut genug, dass es auch Johanna hören muss.

»Geil!«, antwortet sie und springt dem Indianer wie eine Squaw um den Hals. Der schleudert das leichte Mädchen hoch in die Luft und fängt es dann wieder wie einen Hula-Hoop-Reifen auf. Die anderen klatschen. Frau Grünwald betastet Karlhans' Muskeln und Lady Macbeth spottet: »Gedopt«, und: »Alles künstliche Hormone!«

Ich pflichte nickend bei.

»Und mit 35 ist er impotent!«

Ich grinse.

»Du bist ja bloß neidisch«, sagt Johanna und wirft mir einen Kussmund zu.

»Alaaf!«

Noch kurioser als die heimische Faschingschose zeigt

sich jetzt die Polonaise. Während dieser unsägliche Wendehals aus den Boxen kreischt, greifen Hände an Schultern und Menschen torkeln laut singend dicht hintereinander her durchs Seniorenheim. Menschen in Rollstühlen, Gehbehinderte an Stöcken, angetrunkene Senioren und debile Alte sowie kostümierte, kichernde Schwestern; vornweg ein Mafia-Boss, der den Gehstock im Takt wie ein Funkenmariechen schwingt, dicht gefolgt vom Pfarrer, der jetzt auch ohne Schminke ganz rote Bäckchen hat. Dahinter der Ritter mit dirigierendem Schwert. Fasching. Fasnacht. Karneval. Tolle Tage. Närrisches Treiben – vor allem! Ich bilde mit Frau Ada, Lady Macbeth und Johanna das Ende der Schlange. Dabei greife ich dem verruchten Luder vor mir unauffällig von hinten über die Schulter an den schlanken Hals. Nach zwei Runden durchs Seniorenheim spiele ich mit den Fingern am nackten Dekolleté die ersten Takte vom Wohltemperierten Klavier.

»Du bist kein Arschloch«, johlt Johanna in dem Lärm. »Du bist ein Virtuose!«

»Alaaf!«

Sie dreht sich um und küsst mich auf die Wange.

»Helau!«

»Kannst du auch die zweite Strophe?«

War das jetzt ein Wink mit dem gar nicht so wohltemperierten Flügel oder spielt sie mit mir einmal mehr das Spiel, bei dem ich immer wieder irgendwann auf dem Feld lande, auf dem *Gehe zum Start zurück* steht. Noch ehe ich richtig in die Tasten greifen kann, endet die Polonaise.

»Schade«, sagt Johanna, »vielleicht ein anderes Mal!«

Karlhans guckt jetzt, als ob er auf Kriegsfuß mit mir stehen würde. Sein Tomahawk fliegt ungeduldig von der einen in die andere Hand. Johannas Haut glänzt vor Schweiß. Ein atemberaubender Duft geht von ihr aus.

Lady Macbeth flüstert mir zu: »Das sieht doch schon ganz gut aus!«, und: »Dranbleiben!«

Frau Ada lächelt wieder ihr verständnisvolles, allwissendes Lächeln.

Nicht verzagen!, steht auf ihrer Schiebetafel. Und dann: *Noch fünf Monate!*

»Sie meinen, da ist jede Nuss zu knacken«, murmle ich ihr zu.

»Was gibt es denn da zu tuscheln?«, fragt Johanna, die wieder am Hals von Winnetou herumturnt.

»Alaaf!«

Helau, steht auf der Schreibschiebetafel.

*

Jede Woche gibt es eine Dienstbesprechung im Personalzimmer. In der Regel sind fast alle Schwestern anwesend. Die Sitzung leitet Frau Brenner. Der Pflegealltag wird durchdekliniert. Dienstpläne werden erstellt und über Patienten wird gesprochen. Meistens nicht allzu gut. Vor allem kommen die Schwierigkeiten mit den Senioren zur Sprache. Lösungen werden diskutiert und gesucht.

»Wie kann Herr Kahlenbach daran gehindert werden, die Nacht im Schrank zu verbringen?«, fragt Frau Brenner in die Runde.

»Wir könnten den Schrank abschließen«, sagt Schwester Claudia.

»Dann klettert er in die Kommode oder legt sich unters Bett. Nein, nein, das ist nicht die Lösung des Problems«, sagt Johanna.

»So, dann mach du doch mal 'nen besseren Vorschlag«, sagt Ivonne und scheint an Claudias Stelle eingeschnappt zu sein.

»Ich habe keinen. Aber keinen zu haben, heißt doch noch lange nicht, einen beschissenen zu akzeptieren.«

»Also, ich finde den Vorschlag gar nicht *so beschissen*«, sagt Schwester Margarethe.

»Ich auch nicht«, kommt es von Schwester Ivonne.

»Einen Versuch ist es wert«, meint Claudia.

»Wer ist dagegen?«, fragt Frau Brenner.

Johanna meldet sich. Ich hebe halbherzig aus Solidarität für die Minderheit den Arm.

»Angenommen«, sagt Frau Brenner. »Zum nächsten Punkt.«

So geht das Punkt für Punkt weiter. Bis schließlich nach der Problemanalyse und den aufgetischten Lösungen für die Senioren die Schwierigkeiten der Schwestern untereinander auf den Tisch kommen. Die eine Schwester findet die andere unkollegial, die andere die eine zu unfreundlich und so fort. Jeder hat im Prinzip am anderen irgendetwas auszusetzen. Es ist wie in einer großen Familie mit ganz vielen, ganz kleinen Kindern eben. Ich langweile mich meistens schon nach fünf Minuten, sodass ich der ganzen Besprechung gar nicht mehr folgen will und kann. Sehr häufig schalte ich ab, hefte meinen Blick auf die enorme Oberweite von Frau Brenner, während sie die meiste Zeit spricht, und lasse mich von meinen erotischen Gedanken forttragen. Nicht selten stehe ich inmitten der Besprechung auf, entschuldige mich für einen Moment, gehe völlig erotisiert aufs Klo und masturbiere. Wenn ich dann zurückkomme, ist die Stimmung meistens auf dem Tiefpunkt angelangt. Als Sündenbock für die unbefriedigenden Streitereien der Schwestern bin ich gerade rechtzeitig wieder zurück. Kaum sitze ich, ist die Reihe der Beschwerden und Klagen, der Beschuldigungen und Vorwürfe bei mir angekommen. Schwester Ivonne findet es unmöglich, dass ich mitten in der Sitzung aufstehe und den Raum verlasse.

»Schwache Blase«, sage ich und denke, damit ist das Problem vom Tisch. Weit gefehlt. Schwester Margarethe stört es nun, dass ich für jede Anschuldigung eine Erklärung oder Entschuldigung habe.

»Du kannst nie etwas zugeben«, sagt sie und blickt mich dabei böse an.

Schwester Ivonne nickt zustimmend.

»Ich bitte euch, was erwartet ihr? Dass ich die Wahrheit sage?«

Die Schwestern sehen mich erwartungsvoll an.

»Okay, ich war auf dem Klo und hab gewichst!«

Manche Schwestern werden rot, andere blicken betroffen zu Boden. Frau Brenner räuspert sich. Johanna schmunzelt in sich hinein.

»Verarschen können wir uns selber«, sagt schließlich Schwester Ivonne.

Wenn man einmal die Wahrheit sagt, denke ich, glaubt es einem dann doch keiner.

»Das meine ich«, echauffiert sich Schwester Margarethe, als müsse sie die Röte in ihrem Gesicht übertünchen. »Der Franz ist nie ernsthaft. Nie sagt er, was Sache ist.«

»Entweder er zieht es ins Lächerliche oder er hat eine Ausrede«, ergänzt Ivonne.

»Oder er geht einfach darüber hinweg«, meldet sich das erste Mal Schwester Isabelle zu Wort.

»Genau, das sage ich doch, du kannst nie etwas zugeben«, sagt Schwester Margarethe.

Sie haben sich gegen mich verschworen. Und noch ehe ich etwas sagen kann, kommt mir Johanna zu Hilfe.

»Du aber auch nicht«, sagt sie. »Oder kann sich jemand erinnern, dass Margarethe jemals einen Fehler zugegeben hätte?«

Alle sehen sich nachdenklich an.

»Was für einen Fehler denn?«, entgegnet Schwester Margarethe empört.

»Oh, Verzeihung, ich vergaß, du machst ja keine.«

Die meisten kichern. Nur Ivonne verkneift es sich.

Nachdem jede ihren Unmut über mich losgeworden ist, wird die Sitzung beendet.

Mit »Herr Zacher, bleiben Sie noch einen Moment hier« hindert mich Frau Brenner, den Personalraum zu verlassen.

Was soll das denn, denke ich, warum diese Geheimniskrämerei? Warum kann sie mir das, was sie mir offenbar unter vier Augen mitteilen will, nicht vor versammelter Belegschaft sagen? Oder kommt jetzt wieder die Wäscherei-Nummer? Ich bleibe sitzen.

»Es ist jetzt über vier Monate her, dass ich mit Ihnen ein ernstes Wörtchen geredet habe.«

Dieses Mal lässt sie das vertrauensvolle Gequassel aus und kommt gleich zur Sache.

»Was für ein ernstes Wörtchen?«, sage ich und gebe mich ahnungslos.

»Herr Zacher, keine Spielereien!«

Frau Brenner scheint dieses Mal die direkte, schonungslose Variante zu wählen. Keine Taktik, keine strategische Gesprächsführung, sondern gleich mit dem Finger direkt in die Wunde.

»Sicher erinnern Sie sich an die Beschwerde von Frau von Hirschfeld und Schwester Ivonne.«

»Verjährt«, sage ich und schmunzle.

Meine Position der stellvertretenden Heimleiterin gegenüber hat sich seit ihrem Übergriff in der Wäscherei erheblich verbessert. Schon in den ersten Wochen danach habe ich gemerkt, wie die selbstherrliche, überhebliche Art von Frau Brenner mir gegenüber bröckelt. Wenn sie mir begegnet, habe ich das Gefühl, dass sie sich nicht richtig wohl in ihrer Haut fühlt. Sie wirkt unsicher, fahrig und versucht mir aus dem Weg zu gehen. Mir ist klar, dass auch ihr klar sein muss, dass sie sich mit der weihnachtlichen Vergewaltigung, als nichts anderes kann man es sehen, womöglich ein riesiges Problem beschert hat. Ihre Ankündigung, ihre Drohung, wenn ich was sage, fliege ich, lässt sich natürlich auch umdrehen: Wenn sie mich schikaniert, packe ich aus. Dann fliegt sie womöglich nicht nur, sondern steckt knöcheltief im juristischen Schlamassel. Das nutze ich unerbittlich aus. Seither signalisiere ich ihr jederzeit – durch Gesten, Bemerkungen, mein ganzes Auftreten –, dass diese sexuelle Nötigung den Bereich des Erlaubten weit überschritten hat. Wobei es sicherlich schwer sein wird, ihr das nachzuweisen. Aber aufsehenerregend und somit für ihr Image nicht gerade förderlich ist es allemal.

»Jetzt kommt eine weitere Anschuldigung hinzu.«

Ich lehne mich in meinem Stuhl zurück, verschränke die Arme vor der Brust und gebe mich betont locker, entspannt und zuversichtlich.

»So, dann schießen Sie mal los.«

Frau Brenner ist ob meiner kaltschnäuzigen Ausdrucksweise irritiert. Ich merke, wie sie überlegt, ob sie mich disziplinieren oder es weiterhin dulden soll. Ich sehe, wie sie gedanklich abwägt. Ihr Gesicht wird zum Rechenschieber.

»Frau Grünwald behauptet, Sie würden ihr Angst machen.«

»Frau Grünwald behauptet auch, Herr Wolfsohn wäre von der zionistischen Weltmacht umgebracht worden.«

»Was hat das damit zu tun?«

»Nichts, außer dass Frau Grünwald zwei Behauptungen aufstellt, die beide absurd sind.«

Ich komme in Fahrt. Ich merke, wie ich das erste Mal gegenüber Frau Brenner in einem Gespräch an rhetorischem Boden gewinne, wie ich die Konversation diktiere, sie verunsichere und aus dem Konzept bringe.

»Sie würden ihr drohen«, sagt Frau Brenner jetzt weniger forsch, »wenn Sie weiterhin Pralinen esse, würde sie tot umfallen.«

»Ich habe ihr nicht gedroht, ich habe ihr auf spielerische Art aufgezeigt, was passieren kann, wenn man zu ausschweifend ist.«

Ein Seitenhieb, der sitzt. Die Kugeln der Rechenmaschine geraten durcheinander.

»Spielerische Art nennen Sie das?! Sie haben ihr einen Todeskampf vorgespielt. Das ist eine Pietätlosigkeit, Herr Zacher.«

»Das war ein Witz, Frau Brenner.«

»Da kann ich aber gar nicht darüber lachen.«

»Sie sollen auch nicht lachen, es reicht, wenn Frau Grünwald schmunzelt.«

»Das tut sie nicht.«

»Das ist bedauerlich. Hätte ihr der Weihnachtsmann mal lieber ein Päckchen Humor gebracht als ein Fläschchen Kölnisch Wasser.«

Ein weiterer Seitenhieb, der Frau Brenner taumeln lässt. Es macht mir Spaß, sie langsam zu zerlegen. Ich komme mir wie ein Metzger vor, der ein fettes Schwein zerhackt.

»Sie ist im Gegenteil sehr besorgt, hat Angst und kann nicht mehr richtig schlafen. Wenn sie das so ihrem Sohn erzählt, dann wird er binnen zweier Minuten bei mir im Büro stehen. Und was soll ich ihm dann sagen, Herr Zacher?«

»Sagen Sie einfach nichts. Werfen Sie ihn auf den Boden. Ziehen Sie Ihren Rock hoch und setzen Sie sich auf sein Gesicht. Dann hält er schon sein Maul.«

Sie wird rot. Ringt um Worte, wird sprachlos. Sieht mich

verlegen, aber auch empört an. Ich genieße ihre Bestürzung, ihre Sprachlosigkeit und sage dann leise und im freundlichsten Ton, der mir über die Lippen kommt: »Frau Brenner, Sie müssen mich schon noch sechs Monate ertragen, wenn Sie nicht wollen, dass das Personal, die Bewohner, das ganze Marienstift und die Stadt erfahren sollen, dass in der Wäscherei nicht nur Bettlaken gewaschen und gebügelt, sondern auch Zivis zu Dingen gezwungen werden, die das Strafgesetzbuch verbietet.«

Jetzt ist Frau Brenner ganz blass im Gesicht.

»Das wird Ihnen niemand glauben.«

»Es muss mir niemand glauben. Die Information, die Behauptung reicht! Sie reicht aus, um Schlagzeilen zu produzieren, die Ihnen das Genick brechen werden, Frau Brenner.«

»Ist das eine Drohung?«

»Ein Stillhalteabkommen. Sie lassen mich in Ruhe und ich lasse Sie in Ruhe. Ist doch fair, oder? Seien Sie froh, dass ich nicht andere Bedingungen stelle.«

»Was für Bedingungen?«

»Ich könnte Sie zwingen, mir jeden Morgen vor Dienstantritt einen zu blasen, Frau Brenner.«

Ihr Mund bleibt offen stehen. Sie guckt mich an wie eine Kuh mit der Schnauze am Elektrozaun.

»Keine Angst, Frau Brenner, das will ich meinem Schwanz nicht zumuten. Schönen Tag noch.«

*

Zum dritten Mal sitze ich neben der gleichen Kommilitonin im Hörsaal. Das kann kein Zufall sein.

»Hallo!«

Sie lächelt mich an. Das Lächeln ist schön, der Rest

nicht mein Geschmack. Sie wirkt altmodisch. Gepflegt, aber hausbacken. Scheint ein wenig übergewichtig zu sein. Und bestimmt jünger als ich. Ihr Parfüm riecht gut. Es erinnert mich an frisch gemähte Wiesen, an Heublumen, an die Sommerferien in Mittenwald.

»Hallo.«

Sie schreibt alles mit. Ich nichts. Ich sehe auf die Bilder an der Wand vom Overhead-Projektor und träume. Der histologische Schnitt durch diverse Drüsen sieht aus wie expressive Kunstwerke. Der Schnitt durch die Cervix uteri wie ein weit aufgerissenes Maul. Oder ein Edelweiß, das bei Opa immer am Revers steckte. Ich kneife die Augen zusammen und höre den Dozenten ins Mikrofon mümmeln: »Tubulöse, verzweigte Schleimdrüsen im Halsteil der Gebärmutter. Sie bilden einen Schleimpfropf, der als Infektionsschutz und für die Spermienwanderung bedeutsam ist. Sekretstau führt zu tastbaren Retentionszysten ...«

Ich habe mich ganz in der Cervix uteri verloren, taumle umgeben und geblendet von gleißendem Licht auf den Zacken des Edelweißes umher. Aus dem Taumeln wird ein Wandern, mit Kniebundhose und Bergstiefeln. An meiner Hand Opa, an seiner die Gebirgsjäger, mit Gewehr, Uniform und Hut auf dem Kopf. Wir summen, wir singen, wir sind fröhlich und vergnügt. Bis ich ausrutsche, auf dem Edelweiß, aus heiterem Himmel und Opas Hand loslasse. Ich stürze in ein Cervix-uteri-Loch, will schreien. Anstatt eines Schreis höre ich eine Glocke. Es klingelt. Ich schlage die Augen auf. Meine Banknachbarin hat Stift, Block und Lehrbuch schon eingepackt.

»Tschüss!«

Ich blicke ihr hinterher. Ihr Hintern ist groß, aber schön geformt.

»Tschüss.«

Ich gehe in die Mensa. Hole mir das Tagesgericht 2 und setze mich an einen freien Tisch an der großen Fensterfront. Eigentlich habe ich keinen Appetit. Ich stochere ein wenig in den Kartoffeln herum, nehme einen Bissen von dem harten Brötchen und schiebe eine Gabel Erbsen in den Mund.

»Ist hier noch frei?«

Vor dem Tisch steht, mit einem Tablett in der Hand, die Banknachbarin aus dem Hörsaal.

»Klar.«

Sie setzt sich und beginnt sofort mit scheinbar großem Appetit zu essen. Ich schaue ihr fasziniert zu. Wie kann man diesen Fraß nur so in sich hineinschlingen, denke ich und frage: »Schmeckt's?«

»Dir nicht, was?«

»Vielleicht hätte ich auch das Seelachsfilet nehmen sollen.«

»Willst du mal probieren?«

Sie hält mir eine Gabel voll hin. Unschlüssig zögere ich.

»Na, mach schon!«

Sie führt die Gabel an meinen Mund.

»Und?«

»Nicht schlecht.«

»Wir können tauschen, wenn du willst.«

»Nein, lass mal, ich habe ohnehin keinen Hunger.«

Während sie isst, erzählt sie. Vom Seminar, dem Dozenten, diesem »eingebildeten Schnösel«, und anderen Kommilitonen, die mir noch gar nicht aufgefallen sind. Dann legt sie das Besteck zur Seite, wischt sich den Mund ab und sagt: »Und was machst du heute noch?«

»Nichts.«

Überrascht schaut sie mich an.

»Wirklich, keine Ahnung.«

»Darf ich dich einladen?«

»Einladen? Wozu?«

»Ich habe Geburtstag und niemanden, der mit mir feiert.«

Ist das jetzt eine billige Anmache oder pure Verzweiflung, denke ich. Oder mache ich einen so einsamen und mitleidvollen Eindruck, dass sie nur, um mir einen Gefallen zu tun, dieses Angebot unterbreitet?

»Hast du Lust?«

Eigentlich habe ich keine Lust. Aber erstens traue ich mich nicht, ihr das zu sagen. Und zweitens kenne ich den Umstand, allein zu sein und keinesfalls allein sein zu wollen. Also willige ich ein.

»Ich heiße Ruth.«

»Franz.«

»Gehen wir?«

»Okay.«

Sie schlägt Kino vor. Ich widerspreche nicht. Wir sitzen nebeneinander, starren auf die Leinwand. Ich kann mich nicht auf den Film konzentrieren. Rieche die frisch gemähte Wiese, die Heublumen und sehe überall die Cervix uteri. Ich schließe die Augen, bis das Licht wieder angeht.

»Schön!«

»Ja, bisschen kitschig, aber sonst ganz gut.«

Anschließend gehen wir zu ihr. Sie wohnt im Glockenbachviertel ganz in der Nähe des Kinos und hat, wie sie lächelnd sagt, »ein paar Flaschen im Schrank«. Ihr Lächeln ist wirklich bezaubernd. Mit dem Rest ist mein Geschmack gerade dabei, sich anzufreunden.

Ihre Wohnung ist winzig. Kleine Küche, noch kleineres Bad und nicht viel größeres Zimmer. Couch, Bett, Schreibtisch. Ich setze mich auf die Couch, sie holt zwei Gläser und eine Flasche Batida de Coco.

»Darf man hier rauchen?«

»Klar!«

Sie zündet eine Kerze an, holt einen Aschenbecher und schenkt die Gläser voll. Sie redet, ich höre zu. Gemeinsam stoßen wir an und trinken, trinken immer mehr, bis mehr weißes Zeug in unseren Mägen ist als in der Flasche. Ruth bekommt rote Bäckchen und lacht jetzt pausenlos. Mit jedem Glas Batida de Coco wird Ruth schöner. Schlussendlich ist sie so schön, dass mein Geschmack getroffen ist. Sie küsst mich, ich küsse sie. Zuerst auf die Wange, dann auf den Mund.

»Prost!«

»Prost!«

Am Morgen wache ich in ihrem Bett auf. In meinem Gedächtnis fehlen die letzten Stunden. Ich kann mich noch daran erinnern, im Bad auf dem Klo gewesen zu sein. Ich sah einen Rasierapparat auf dem Bord, daneben zwei Zahnbürsten in einem Becher, eine rote und eine blaue. Und einen Spiegel, in dem verschwommen ein Gesicht auftauchte, das mit viel Fantasie meins sein könnte. Mehr weiß ich nicht mehr. Ich hebe das Plumeau ein wenig an; ich bin nackt darunter. Neben mir liegt niemand. Die Wohnung ist ruhig. Auf dem Sofa in der Ecke liegen meine Kleider verstreut. Daneben andere Kleidungsstücke, die ich nicht kenne. Ein Büstenhalter hängt über der Lehne. Auf dem Boden liegt ein ausgewaschenes Höschen. Ich stehe auf, ziehe mich an und gehe ins Bad. Der Rasierapparat ist verschwunden, die beiden Zahnbürsten sind noch da. Ich sehe mich selbst im Spiegel. Unter den Augen dunkle Ringe. Am Hals ein weinroter Fleck, so groß wie ein Kaugummi. Ich pisse in die Kloschüssel und vergesse zu spülen. Auf dem Küchentisch liegt ein handgeschriebener Zettel.

Ich habe einen Arzttermin, bin um 12 wieder zurück. Kuss, Ruth.

Jetzt ist es elf. Ich gehe und ziehe die Tür leise hinter mir zu.

zehn

Josefine Weixelbaum. Sie ist am 23. Januar 1922 geboren. Kinderlos. Bevor sie 1990 ins Marienstift kommt, lebt sie in Österreich. Sie führt bis zum Tod ihres Mannes eine Schneekugelfabrik in Wien. Ihr Großvater soll der Erfinder der Schneekugel sein, mit der er Anfang des 20. Jahrhunderts viel Geld verdient. Er investiert in mehrere Immobilien, die er, als er in den 50er-Jahren stirbt, seiner einzigen Tochter vermacht. Frau Weixelbaum übernimmt mit ihrem Mann auch den Betrieb, der von dem Tag an allerdings immer schlechter läuft. Die Schneekugel bekommt aus dem asiatischen Raum billige Konkurrenz. Mitte der 90er-Jahre verkauft Frau Weixelbaum die Fabrik und alle Immobilien und geht mit ihrem zwei Jahre jüngeren Mann auf Weltreise. In Afrika wird ihr Mann bei einer Dschungel-Safari vermisst und angeblich von einem Schlangenbiss getötet. Frau Weixelbaum kehrt nach Deutschland zurück und kauft sich ins Marienstift ein. Das Marienstift wird mit ihrer großzügigen Spende und der von anderen Mäzenen Ende der 90er-Jahre zu einer Senioren- und Pflegeresidenz umgebaut. Frau Weixelbaum hat einen kleinen Sprachfehler. Alles, was sie sagt, klingt dadurch ein wenig komisch. Sie ist klein, schmächtig und isst schlecht. Dr. Dellbrügg verschreibt ihr Vitamine – und Aufbautabletten. Meistens sitzt sie im Rollstuhl, weil sie das Gehen zu sehr anstrengt.

*

Ich habe Nachtdienst. Zusammen mit Schwester Ivonne. Ivonne schläft auf der Couch nebenan. Ich döse vor mich hin, nicke immer wieder ein, schrecke hoch und döse erneut ein. Seit Stunden geht das so. Bis die Notsignallampe auf dem Pult im Personalzimmer plötzlich leuchtet. Es kommt öfters vor, ein, zwei Mal die Nacht, dass ein Bewohner auf den Knopf drückt und nach Hilfe verlangt. Manche müssen aufs Klo und schaffen es nicht allein. Andere haben Durst und können die Wasserflasche nicht finden. Wieder andere haben einfach nur Angst und möchten nicht allein sein. Oder können nicht schlafen, haben Schmerzen. Oft verlangen sie nach Schlaf- oder Schmerzmitteln. Jetzt klingelt Zimmer 21, Frau Grünwald. Ich schleppe mich aus dem Personalzimmer, höre, wie Ivonne nebenan leise schnarcht, und gehe die Stufen in den zweiten Stock hoch. Als ich Frau Grünwalds Zimmer betreten möchte, ist die Tür nur angelehnt. Ich schiebe sie auf, mache das kleine Licht an und sehe sie im Bett liegen. Sie sieht komisch aus. Ihre Augen sind offen, der Mund auch.

»Frau Grünwald?«

Sie antwortet nicht.

»Was ist mit Ihnen?«

Ich nähere mich ihr. Sie atmet nicht. Ich rüttle an ihrer Schulter. Sie rührt sich nicht, macht einen leblosen Eindruck. Ihr rechter Arm fällt aus dem Bett. Ich erschrecke.

»Scheiße, die ist tot!«, murmle ich vor mich hin, als ob ich es selbst nicht wahrhaben will.

»Was ist los?!«

»Mein Gott, hast du mich erschreckt!«

Ivonne steht an der Tür.

»Frau Grünwald, ich glaube, Frau Grünwald ist tot.«

Ohne jegliche emotionale Regung, geradezu kühl nimmt Ivonne meine Worte auf. Sie tritt an das Bett heran, versucht den Puls von Frau Grünwald zu fühlen und legt ihre linke Hand gleich wieder zurück auf das Plumeau.

»Jetzt hat sie es endlich hinter sich.«

Völlig benommen starre ich auf die tote Frau Grünwald, dann auf Schwester Ivonne. Routiniert, als ob die Bewegungen einstudiert wären, schließt sie Frau Grünwalds Augen.

»Jetzt haben die Qualen ein Ende, sind die Schmerzen vorbei.«

Was für Schmerzen, denke ich. Frau Grünwald hat, seit ich hier bin, selten über Schmerzen geklagt. Hin und wieder Kopfschmerzen, ein Kribbeln in den Beinen, aber sonst? Schwester Ivonne bindet mit einem Nylonstrumpf ihren braun verschmierten Mund zu. Sie muss kräftig ziehen und zwei Knoten auf dem Kopf machen, damit der Mund geschlossen bleibt.

»Leg den Arm auf das Bett«, sagt sie zu mir und zeigt auf den herunterhängenden Arm von Frau Grünwald.

Ich nehme ihre Hand und erschaudere. Sie ist kalt. Die Hand ist kalt. Frau Grünwald muss schon länger tot sein. Als ich den Arm auf das Plumeau lege, fällt ein Schokoladenherz aus ihrer Hand. Auf dem Nachttisch liegt eine leere Schokoladenherz-Packung von Milka. Ihr Gebiss schwimmt daneben in einem Gurkenglas. Daneben ein gerahmtes Foto, auf dem ein Soldat in Uniform zu sehen ist. Ihr Mann, mit dem sie über 40 Jahre verheiratet war und der starb, bevor sie ins Altenheim kam.

»Na, was ist jetzt? Leg die Hand zur anderen!«

Schwester Ivonne klingt genervt. Ich kann nicht verstehen, dass sie so routiniert, ohne jegliche Anteilnahme ihre Arbeit verrichten kann. Vielleicht unterscheidet das den professionellen Pfleger von dem zeitlich beschränkten.

»Na, was ist los? Bist ja ganz bleich. Noch nie 'ne Tote gesehen?«

»Noch keine, die vor ein paar Stunden noch quietschfidel war.«

»Quietschfidel? Spinnst du? Die Grünwald war ein Wrack. Die war 79. Da ist jeder Tag ein Tag zum Sterben.«

»Warum Tag?«

»Was?«

»Sie ist doch in der Nacht gestorben, oder?«

Schwester Ivonne sieht mich an, als ob ich oder sie völlig auf der Leitung stünde.

»Steh hier nicht so blöd rum, du bist nur im Weg. Na los, mach schon, geh und ruf Dr. Dellbrügg an.«

Ich verlasse Frau Grünwalds Zimmer. Als ich auf dem Flur stehe, höre ich eine andere Zimmertür ins Schloss schnappen. Hier auf der Station. Neben Frau Grünwald liegen noch sieben weitere Zimmer auf dieser Etage. Hier wohnen Herr Wiedemann, Herr Zacharias, Frau Ada, Frau von Hirschfeld, Frau Weixelbaum, Herr Maroni und Herr Kahlenbach. Einer von ihnen ließ gerade eben eine Tür ins Schloss fallen. Ich gehe ins Personalzimmer zurück und verständige Dr. Dellbrügg. Es ist 4.10 Uhr. Es ist nichts Ungewöhnliches, dass in einem Senioren- und Pflegeheim nachts ein Mensch stirbt. Es ist auch nicht sonderlich befremdlich, dass Stunden zuvor keinerlei Anzeichen eines späteren Ablebens zu erkennen waren. Seltsam ist jedoch, dass die Tote kurz vor ihrem Tod eine Schachtel Milka-Schokoladenherzen verspeist hat. Und höchst verwunderlich ist es, dass die Tote, nachdem sie gestorben ist, die Nachtglocke betätigt. Ich würde sogar sagen, das ist nahezu ausgeschlossen. Tote drücken keine Nachtglocken. Also, wer war es dann? Vermutlich jemand von derselben Station.

*

Wir sind in der Werkstatt, da wo die ganzen Maschinen stehen, mit denen Opa immer, meist abends, arbeitet. Bandsäge, Tischkreissäge, Stichsäge, elektrischer Hobel, Bohrmaschine, Schwingschleifer, Flex. Hier flickt er all das, was in der Pension, auf dem Bauernhof oder im Haushalt kaputtgeht. Opa kann alles reparieren. Stühle, Kommoden, Fahrräder, den Alibert im Bad, Stehlampen. Selbst Schuhe flickt er wieder zusammen. Ab und an schreinert er auch mal ein Regal oder kürzt eine Tür, weil sie nicht mehr richtig schließt. Opa ist ein Tüftler. Die Werkstatt ist neben dem Gaul Evi Opas Heiligtum.

»Geh nie allein in die Werkstatt«, sagt Opa immer mahnend mit erhobenem Zeigefinger, »hörst du, das ist für Kinder viel zu gefährlich.«

Dabei zeigt er immer auf die scharfen Sägeblätter, wenn ich ihm beim Basteln zuschauen darf.

»Du bist doch nicht allein«, sagt Anneliese und feixt, als sie die Tür leise hinter sich schließt.

»Und wenn er uns erwischt?«

»Angsthase!«

Anneliese macht sich sofort ans Werk. Sie stöbert in den Kisten, Schubladen und Regalen. Ich stehe daneben und spüre, wie mir der Schweiß unter den Achseln zusammenläuft. Auf dem Boden liegen Hobelspäne. Es riecht nach frischem Holz, nach Leim und Sägemehl.

»Der ist abgeschlossen«, sagt Anneliese plötzlich und rüttelt an einem Hängeholzschrank, der mit ausgebleichten Bauermalereien verziert ist. Ich habe ihn schon öfters gesehen, aufgefallen ist er mir noch nie.

»Was dein Opa darin wohl versteckt?«

Ich zucke mit den Schultern und schiele zum Fenster hinaus, in der Erwartung jeden Augenblick Opa die Treppe hochkommen zu sehen.

»Irgendwo hat er bestimmt den Schlüssel versteckt, oder?«

Ich blicke Anneliese an, als ob ich keinen blassen Schimmer hätte.

»Guck doch nicht so blöd, denk nach!«

»Vielleicht am Schlüsselbrett«, sage ich, weil mir nichts Besseres einfällt. Mit einem Ausdruck von Verachtung, gepaart mit Verblüffung, fischt Anneliese auf Zehenspitzen mehrere Schlüssel neben der Tür von einem Brett, auf dem *Morgenstund hat Gold im Mund* steht.

»Passt!« – die Verachtung weicht gänzlich der Verblüffung.

Anneliese steht auf einem Hocker und öffnet den Schrank. Darin sind allerhand Werkzeuge aufgehängt. Schraubendreher, Schraubenschlüssel, Hobel, Zangen, Hammer, Bolzenschneider, Stechbeitel. Alles ordentlich nach Größe sortiert.

»Was ist das denn?!«

Anneliese zeigt auf die Innenseite der Schranktür. Ich werde rot, mein Herz rast, als wollte es davonspringen. An der Schranktür hängt ein Kalender, so groß wie ein Schulheft. Auf dem ersten Kalenderblatt ist eine Frau abgebildet. Nackt. Sie liegt auf einer Motorhaube eines Sportwagens. Sie hat große Brüste, die aussehen, als wären sie aufgepumpt, und ein schwarzes Dreieck zwischen den Beinen.

»Hast du so was schon mal gesehen?«

Ich schüttle energisch den Kopf und würde am liebsten dem Herz hinterherlaufen. Anneliese feixt wieder und blättert langsam im Kalender. Auf jedem Blatt ist eine andere Frau zu sehen. Alle sind nackt, haben große Brüste, ein schwarzes Dreieck zwischen den Beinen und liegen auf Motorhauben von verschiedenen Sportwagen herum.

»Ob deine Oma auch so einen Busen hat?«

»Glaub nicht.«

»Und ich?«

»Ne.«

»Willste sehen?«

»Ne!«

Das scheint Anneliese aber nicht abzuhalten. Sie zieht ihr hellblau geblümtes Sommerkleid hoch. Ich sehe zwei kleine Knospen, die wie Rosenkohl aussehen. Und erschrecke. Diese winzigen Brustknöllchen von Anneliese und die großen Ballons auf dem Kalender haben so viel gemeinsam wie meine selbst gemachten Holzschwerter mit den echten von Ben Hur aus dem Fernseher.

»Gefällt dir das?«

Wieder schüttle ich energisch den Kopf.

»Deinem Opa aber schon.«

»Glaub nicht!«

»Warum hängt er sie dann auf?«

Anneliese lässt ihr Kleid wieder sinken und zeigt auf die Kalenderblätter. Ich zucke mit den Schultern und schiele wieder zum Fenster hinaus.

»Wenn du es nicht weißt, dann frage ich ihn eben selber.«

»Nein!« Ich schaue sie entsetzt an. »Bitte nicht.«

»Vielleicht mag er sie, weil Oma keine hat«, sage ich und hoffe, dass ihr das als Erklärung genügt. Anneliese scheint nachzudenken. Ihre Augenbrauen ziehen sich zusammen.

»Kann sein.«

»Bestimmt.«

Sie reißt das oberste Kalenderblatt ab, faltet es zusammen und steckt es in die Tasche ihres Kleides. Dann schließt sie den Schrank wieder ab und springt vom Stuhl.

»Wenn das Opa erfährt …«

»Nie, wenn du es ihm nicht erzählst.«

Anneliese macht einen Schritt auf mich zu. Sie steht jetzt ganz dicht bei mir. Sie ist einen halben Kopf größer als ich. Ich rieche den Atem aus ihrem Mund. Er riecht wieder nach Leberwurst.

»Schwör's!«

»Ich schwöre.«

*

»Manchmal weiß ich wirklich nicht, ob Sie mich nicht veräppeln, Herr Zacharias.«

Herr Zacharias sitzt in seinem Lehnstuhl, hat die Augen geschlossen und erzählt mal wieder unglaubliche Geschichten. Natürlich von Frauen, von jungen Frauen, die alle hinter ihm her waren. »Wie der Teufel nach dem Weihwasser.«

Ich überziehe sein Plumeau neu, lege ein Stück weiße Plastikplane unter das Leintuch. »Für alle Fälle. Wenn in der Nacht der Harndrang kommt und Sie nicht rasch genug auf die Toilette kommen.«

Herr Zacharias schlägt die Augen auf.

»Du meinst, damit ich, wenn ich ins Bett pisse, nicht die Matratze ruiniere, was?«

»Na ja, so kann man es auch ausdrücken.«

»Schon mal daran gedacht, mir 'nen Katheter anzulegen?«

»Herr Zacharias!«

Ich gebe mich entrüstet. Obgleich ich weiß, dass bei anderen inkontinenten Heimbewohnern gern auf einen Katheter in der Nacht zurückgegriffen wird. Aus Bequemlichkeit. Oder Faulheit, am nächsten Morgen unter Umständen nicht das Laken wechseln zu müssen.

»He, Zacher, komm mal her.«

»Ich bin doch schon da.«

»Näher!«

Ich beuge mich zu ihm hinunter.

»Wo würdest du dich verstecken, wenn du nicht gefunden werden wolltest?«

»Weiß nicht.«

Er hält mich am Ärmel fest. Sein Griff ist erstaunlich fest. »Das gilt nicht.«

»Ist das ein Spiel oder was?«

»Fühlt sich das so an?« Er drückt noch stärker zu.

Ich denke nach. Opa fällt mir ein, meine Kindheit. Das Allgäu.

»In Mittenwald auf dem Hohen Brendten. In einer Berghütte, vielleicht.«

Er lässt mich los.

»Nicht schlecht.«

»Zumindest im Winter, Frühjahr und Sommer.«

»Und im Herbst nicht?«

»Nein. Mein Großvater hatte da eine Jagdhütte. Im Herbst, wenn sie auf die Reh- und Hasenjagd gehen, wimmelt es da nur so von Jägern.«

Jetzt scheint Herr Zacharias nachzudenken. Er schließt wieder die Augen und schmatzt leise vor sich hin.

»Und Sie?«, frage ich.

Er scheint eingeschlafen zu sein.

»Herr Zacharias?«

»Wo mich niemand vermutet.«

»Gute Idee«, sage ich. »Auf dem Mond?«

»Warum nicht. Oder ziemlich nahe am Himmel.« Er lacht.

»Aber warum wollen Sie sich überhaupt verstecken?«

Er sieht mich an, als ob er mich nicht verstünde oder für völlig bescheuert hielte.

»Sie würde doch ohnehin niemand vermissen, erst recht nicht suchen.«

Jetzt schaut er so aus, als ob er ernsthaft darüber nachdenken wollte.

»Glaubst du?«

»Sicher! Höchstens die alte Brenner.«

»Sag mal, ist die eigentlich scharf auf dich?«
»Wie kommen Sie denn darauf?«
»Sieht man. Alter Kennerblick, verstehst du?«
»Nein.«
Ich werde ein wenig rot. Er lacht.
»Ich muss, Frau Ada wartet.«

*

Es ist Ostern. Im Marienstift sind alle ganz aufgeregt.
»Der Osterhase kommt«, sagt Herr Kahlenbach.
Der Osterhase ist schon da, denke ich. Der Osterhase bin ich. Einstimmig, mit einer Enthaltung von Frau Brenner, wurde beschlossen, dass ich, aufgrund der überzeugenden Darbietung als Weihnachtsmann, auch den Osterhasen spielen soll. Natürlich habe ich mich gewehrt, aber gegen die geballte Macht von acht Frauen in weißen Kitteln ist nichts zu machen. Ich schlüpfe in das Ganzkörperhasenkostüm und schlendere durch den Seniorenheimgarten. Unter dem Polyesterfell schwitze ich, dass nach wenigen Minuten mein T-Shirt am Rücken klebt und die Unterhose an den Arschbacken. Ich verstecke Geschenkkörbchen hinter Sträuchern, Baumstämmen, schiebe Schokoladenosterhasen unter die weißen Gartenstühle oder lege sie in Buchsbaumhecken. Ich fühle mich an meine Kindheit erinnert. Auch da wurden im Garten die bemalten Ostereier und Schokoladenhasen versteckt. Von meinem Vater. Entweder hat er die Eier und Hasen so schlecht versteckt, dass ich ohne zu suchen darauf gestoßen bin, oder so gut, dass Mama mir jedes Mal helfen musste sie aufzuspüren, sonst hätte ich sie nie gefunden. Manche Eier habe ich dann auch erst Monate später durch Zufall entdeckt.
Gespannt wie Kinder sitzen die Senioren im mit Palm-

zweigen und angemalten Hühnereiern geschmückten Aufenthaltsraum und warten. Die Vorhänge sind zugezogen.

»Damit mir ja keiner spickt«, droht Schwester Margarethe.

Nachdem alle Körbchen so versteckt sind, dass die Alten sie ohne größere Anstrengung finden müssten, trete ich durch die Terrassentür in den Aufenthaltsraum, wo mich die Schwestern mit einem erstaunten »Ah, der Osterhase ist da« empfangen. Manchen ist anzusehen, dass sie hinter der um Ernsthaftigkeit bemühten Fasson kichern. Die Bewohner klatschen.

»Und hat er uns was mitgebracht?«

Ich nicke, zeige mit der Hand in den Garten, woraufhin Schwester Margarethe die Vorhänge aufzieht und durch die Fenster die ersten bunten Ostereierkörbchen zu sehen sind. Jetzt stürmen alle, oder zumindest die, die noch laufen können, durch die Terrassentür in den Garten. Die anderen werden in ihren Rollstühlen von den Schwestern hinterhergeschoben.

»Ich hab's!«, schreit Frau Weixelbaum und hält ein Körbchen mit bunt bemalten Eiern hoch. Sie freut sich wie ein Kind.

Alle beteiligen sich an der Ostereiersuche, außer Herrn Zacharias. Desinteressiert steht er dabei, schüttelt immer wieder den Kopf und murmelt Unverständliches vor sich hin.

»Wollen Sie nicht auch, dass der Osterhase zu Ihnen kommt?«, fragt ihn Schwester Claudia mit lachendem Gesicht.

Herr Zacharias sieht sie an, als ob *er* der Osterhase wäre und gleich alle Eier zu Rührei verwandeln wolle.

»Der Osterhase kann sich seine Eier in den Arsch schieben. Oder in Ihren!«

Das Lachen verschwindet aus Schwester Claudias Gesicht und taucht jetzt in Herrn Zacharias' Gesicht auf.

Nachdem alle, mit Unterstützung der Schwestern, ihr Körbchen gefunden haben, gibt es Kaffee und Kuchen. Gebackene Osterlämmer. Danach wird gesungen.

Ich verdrücke mich in mein Zimmer aus Angst, dass Frau Brenner nicht nur auf Weihnachtsmänner steht, sondern saisonbedingt auch auf Osterhasen.

Es klopft. Ich stelle mich tot. Ich sitze in nasser Unterhose und T-Shirt auf dem Bett. Das Kostüm liegt wie ein Bettvorleger davor. Es klopft abermals, etwas lauter und fordernder als zuvor. Noch ehe ich etwas sagen kann, wird die Türklinke nach unten gedrückt. Ich verfluche mich, dass ich nicht abgeschlossen habe. Die Tür geht auf, Johanna ist im Türspalt zu sehen. Ich bin erleichtert.

»Was gibt's?«

»Hast du jemand anderen erwartet?«

»Klar!«

»Darf ich reinkommen?«

»Du bist ja schon fast drin.«

»Ich muss mit dir reden.«

»Schieß los.«

Sie setzt sich auf die Bettkante und sagt: »Irgendetwas stimmt hier nicht.«

»Wo?«

Sie schaut mich an, als ob ich tatsächlich auf dem Schlauch stehen würde.

»Im Marienstift.« Sie macht eine Pause und heftet ihren Blick an das Osterhasenkostüm. Als sie keinerlei Anstalten macht, weiter zu sprechen, sage ich, mehr aus Verlegenheit als aus Überzeugung: »Du meinst den Unfall mit Frau Weixelbaum im Zoo und den Tod von Herrn Wolfsohn?«

Johanna schaut mich mit ernstem Blick an und nickt dann zaghaft.

»Und das mit Frau Grünwald war auch nicht gerade …«

»Du glaubst nicht an Zufälle, nicht wahr?«

Sie zuckt ebenso zaghaft mit den Schultern. »Du?«

»Weiß nicht. Aber was dann?«

»Weiß auch nicht.«

»So viel Nichtwissen ist allerdings eine schlechte Ausgangsbasis«, sage ich und versuche zu grinsen. Es misslingt.

»Wofür?«

»Für Nachforschungen.«

Wieder heftet Johanna den Blick auf das Osterhasenkostüm und schweigt vor sich hin. Aber noch ehe ich das Gespräch wieder aufnehmen kann, schaut sie mich plötzlich erneut mit ernstem Blick an und sagt, leise, konspirativ: »Hast du einen Verdacht?«

Ich erschrecke.

»Ich? Ne! Du?«

Sie denkt lange nach, ziert sich, will nicht so recht raus mit der Sprache. Sie räuspert sich mehrmals und lässt ihren Blick im Zimmer umherschweifen.

»Na los, sag schon!«

»Zacharias!«

Ich muss lachen. Johannas ernster Blick wird auf einmal böse.

»Ich glaube, Zacharias führt was im Schilde.«

»So, so und was?«

Sie zuckt mit den Schultern, aber nicht mehr so zaghaft wie zuvor.

»Zacharias ist vielleicht ein wenig kirre, aber doch kein …«, ich stocke.

»Mörder?«

Wieder grinse ich und denke: Nur weil er Johanna als frigide Fotze bezeichnet hat, ist er doch nicht gleich ein Killer.

»Wer dann?«

»Du glaubst also tatsächlich, dass …«

Johanna zuckt wieder mit den Achseln. Ich sehe tellergroße Schweißflecken unter ihren Armen auf dem weißen Kittel. Gleichzeitig rieche ich ihren betörenden Geruch. Sie scheint es zu bemerken, steht auf, geht zur Tür und dreht sich noch einmal um.

»Halt die Augen offen!«

Ich nicke.

»Du bist doch der, der mit ihm am vertrautesten ist.«

Als sie schon draußen ist, streckt sie den Kopf noch einmal durch die Tür.

»Franz?«

»Ja.«

»Geh duschen, du stinkst!«

*

Ich bin im Ferienlager. Opa und Oma sind enttäuscht.

»Warum kommt der Junge nicht mehr zu uns?«, fragt Oma betrübt und auch ein wenig vorwurfsvoll am Telefon.

»Der Junge kommt schon wieder zu euch«, sagt Mama, »nur dieses Mal geht er mit seinen Freunden eben ins Ferienlager.«

»Ins Ferienlager?«, fragt Oma ungläubig.

»Das müsst ihr doch verstehen.«

Sie verstehen es nicht. Sie können es nicht verstehen, dass ich das Ferienlager dem allzeit geliebten Mittenwald vorziehe, wenn auch nur für eine Woche. Die Folge ist, dass ich die ganze Woche im Ferienlager in der fränkischen Schweiz ein schlechtes Gewissen habe. Obgleich für genügend Ablenkung gesorgt ist. 50 bayerische Kinder im Alter von zehn bis zwölf Jahren zelten im Wald unter Aufsicht von einer Handvoll Seelsorger. Bei Geländespielen soll nicht nur der Gemeinschaftswille, sondern auch der Glaube gestärkt werden. In den Rucksäcken ist nur das Nötigste. Ein paar Unterhosen, Wanderschuhe, ein Taschenmesser, zwei Handtücher, eine Zahnbürste, ein paar T-Shirts und kurze Hosen, mehr nicht. Die Zehn-Mann-Zelte werden von den Pfadfindern gestellt und müssen selbst aufgebaut werden. Sie riechen nach Gummi, Moder und nasser Wäsche. In der Mitte steht das Versorgungszelt. Daneben die Feuerstelle und der riesige Grill. Meistens laufen die Seelsorger in knappen Badehosen herum und brüllen herrische Befehle. »Alle antreten! Und eins und zwei und drei und vier …«

Sie machen es vor, wir Kinder müssen es nachmachen. In der Nacht haben einige Heimweh. Manche weinen sogar. Auch ich denke an Zuhause, dann an Opa und dass er stolz auf mich wäre bei den Übungen und dem Herumrobben im Wald. Tagsüber finden Geländespiele und Schnitzeljagden statt. Bei den Schnitzeljagden sind die einen die Guten, die anderen die Bösen.

»Wie im Leben«, sagen die Seelsorger und lachen.

Ich gehöre zu den Bösen und bekomme ein blaues Band um den Bauch. Wir bekommen zehn Minuten Vorsprung, um uns im Wald zu verstecken.

»So gut, dass ihr nicht gefangen werden könnt«, sagen die Seelsorger und pfeifen zum Start durch eine Trillerpfeife so laut, dass es in den Ohren schmerzt.

Der Wald ist dunkel und unheimlich. Wir gehen in Dreiergruppen und verstecken uns hinter Baumstümpfen, auf Hochsitzen oder im Unterholz – und werden schnell gefunden. Ich bin froh darüber, mache aber dennoch ein böses Gesicht. Abends sitzen wir dann alle um das Lagerfeuer herum und starren in die Glut. Es werden Rostbratwürste gegrillt, Bluna getrunken und viel erzählt. Von Zuhause, der Schule, was man schon erlebt hat und noch erleben möchte. Ich erzähle von Mittenwald. Den Umzügen auf dem Hohen Brendten. Alle staunen und ich bin mächtig stolz. Dann spielt ein Seelsorger auf der Gitarre und wir Buben singen dazu. »Wir lagen vor Madagaskar und hatten die Pest an Bord …«

Am vorletzten Tag kehren zwei Böse von der Schnitzeljagd nicht mehr zurück. Kurzerhand werden alle anderen Bösen zu Guten erklärt und auf die Suche geschickt. Am Schild *Deutsche Demokratische Republik* werden wir fündig. Die zwei Bösen haben wider besseres Wissen die Grenze überquert und waren jetzt in den Händen von noch Böseren; für die sind die zwei Zehnjährigen gemeine Spione.

»Das sind doch Kinder«, sagen die Seelsorger und hoffen auf Verständnis.

»Umso schlimmer«, sagen die Grenzpolizisten und sehen dabei so aus, wie nur ganz Böse aussehen können. »Jetzt werden schon Kinder missbraucht!«

Die Seelsorger werden rot, bitten, flehen.

»Das ist doch ein Missverständnis«, sagen sie, bitten wieder, flehen und verhandeln.

Wir Kinder stehen abseits, die zwei Bösen weinen. Dann kommen sie endlich frei. Wie hoch der Preis ist, wird uns verheimlicht. Wir müssen schwören, dass wir von dem Ganzen niemandem etwas verraten.

»Auch euren Eltern nicht, ist das klar?«

Wir nicken im Gleichklang.

»Das ist nur *unser* Geheimnis, verstanden!«

Aus 50 Kinderkehlen dringt ein zaghaftes »Ja«.

Vielleicht sind es diese kindlichen Erfahrungen, die mich schließlich dazu bringen, den Dienst mit der Waffe zu verweigern.

*

Frau Ada ist nicht in ihrem Zimmer.

»Frau Ada?«

Ich rufe den Flur entlang. Sie meldet sich nicht. Schwester Claudia ist auf dem Weg in Zimmer 22. Die rote Lampe über dem Zimmer brennt. Es ist Frau Weixelbaums Zimmer.

»Ich habe sie draußen gesehen. Ich glaube, sie wollte zur Post.«

Zur Post, denke ich, wem schreibt Frau Ada? Sie hat meines Wissens keine Verwandten. Alle diejenigen, die sie kennt, wohnen im Marienstift. Nachdem Schwester Claudia im Zimmer 22 verschwindet, gehe ich zurück in ihr Zimmer.

»Kommeno, Kommeno«, krächzt der Beo.

»Halt die Klappe!«

Er beobachtet mich. Wie gut kann das Mistvieh sprechen, denke ich. Ob er Frau Ada erzählt, was ich hier mache? Ich muss grinsen. Mein Gott, das ist ein dämlicher Vogel, der höchstens alles nachplappert, was man ihm vorsagt. Völlig ausgeschlossen, dass er von sich aus etwas erzählen kann, oder? Bisher habe ich ihn noch nichts anderes als seinen Namen krächzen hören. Egal. Ich öffne zuerst ihre Nachttischschubladen. Sie sind leer. Dann sehe ich in der Kommode unter den Strümpfen und Oberteilen nach. Nichts, was interessant scheint. Ich weiß nicht, was ich finden will, und dennoch habe ich das Gefühl, Frau Ada verbirgt etwas. Ihr Zimmer unterscheidet sich von denen der anderen Bewohner grundlegend. Die Zimmer von Frau von Hirschfeld, Herrn Maroni oder Frau Weixelbaum und allen anderen Senioren sind mit allem möglichen Zeug voll gestopft. Meist Erinnerungen an frühere und bessere Zeiten. In Frau Adas Zimmer ist dergleichen nicht zu sehen. Ähnlich leer ist nur noch Herrn Zacharias' Zimmer. Es stehen nur die Möbel des Seniorenheims wie Sessel, Nachttisch, Bett, Kommode und Schrank in ihrem Zimmer. Sonst gibt es nichts, was auf Frau Adas vergangenes oder jetziges Leben hinweisen könnte. Bis auf ein Schwarz-Weiß-Foto, das neben ihrem Bett in einem goldenen Glasrahmen hängt. Darauf ist eine Großfamilie abgebildet. Vater, Mutter und neun Kinder. Es scheint ein Foto zu sein, das zu Beginn des letzten Jahrhunderts aufgenommen wurde. Als ich sie einmal frage, ob das ihre Familie sei, nickt sie. Und dann zeigt sie auf ein Mädchen, das in der hintersten Reihe ganz links außen steht.

»Das sind Sie?«, frage ich. Wieder nickt sie.

Vom ersten Tag an, als ich im Marienstift bin, verstehe ich mich sehr gut mit ihr. Frau Ada ist ein Mensch, der nie Probleme macht, kooperativ ist, freundlich und gebildet. Könnte sie sprechen, würde man mit ihr lange und interessante Gespräche führen können. Da sie nicht reden kann – die Ausdrucksweise über die Schreibschiebetafel doch beschränkt ist –, weiß ich wenig über sie. Sie ist nur ein paar Tage vor mir ins Marienstift gekommen und angeblich sehr vermögend. Alles andere bleibt im Ungefähren. Sie hat nie Besuch, ist sehr selbstständig und viel unterwegs. Seit ich im Marienstift bin, ist mir Frau Ada mit ihren lustigen Augen und den gekräuselten grauen Haaren richtig ans Herz gewachsen, einerseits. Andererseits ist sie für mich auch ein großes Geheimnis. Ein Buch mit sieben Siegeln. Eines davon möchte ich jetzt zumindest knacken.

Ich öffne den Schrank. Kleider und Röcke hängen darin.

In den Fächern liegen Pullover und andere Kleidungsstücke. Im untersten Fach entdecke ich ein Foto.

»Kommeno! Kommeno!«

»Halt's Maul!«

Ich kann es gar nicht richtig betrachten, weil ich von draußen auf dem Flur plötzlich Schritte höre. Ich nehme das Bild an mich und stecke es in meine Hosentasche. Ich schließe gerade den Schrank, als Schwester Claudia das Zimmer betritt.

»Was suchst du?«

»Nichts. Ich habe nur dem Vogel ein paar Worte beibringen wollen.«

»Und was für welche?«

Ich sehe sie an und versuche zu schmunzeln.

»Ich find dich geil!«

Claudia wird rot und sieht zum Beo.

»Und, kann er's?«, fragt sie verlegen.

Der Vogel schweigt.

»Ich glaube, der ist zu blöd und nur auf sich fixiert.«

Ich gehe zur Tür, Claudia folgt mir. Der Vogel krächzt: »Kommeno, Kommeno!«

*

Ruth nervt. Ohne Batida de Coco ist sie noch immer nicht mein Geschmack. Ich kann sie nicht mehr sehen. Ich gehe ihr aus dem Weg. Wenn sie mich anruft, stehe ich neben dem Anrufbeantworter und höre ihr zu.

»Franz, wir müssen uns sehen. Wir müssen reden. Du kannst doch nicht einfach so abtauchen. Ich muss dich sehen. Bitte.«

In die Uni gehe ich nicht mehr. Wenn sie vor meiner Wohnungstür steht, mache ich nicht auf. Ich weiß nicht, woher sie meine Adresse hat. Ich kann mich nicht erinnern, sie ihr gegeben zu haben. Sie klopft an die Tür, zuerst leise, dann immer lauter, ruft schließlich: »Franz, mach auf, ich muss mit dir reden. Was habe ich dir getan?«

Dann ist Ruhe, zwischenzeitlich. Bis ich sie weinen höre. Dann geht sie. Ich höre die Treppe knarren, lösche das Licht und schaue am zugezogenen Vorhang vorbei nach draußen. Sie bleibt vor dem Haus stehen und blickt nach oben. Ich ducke mich weg. Irgendwann bekomme ich einen Brief von ihr. Ich werfe ihn ungeöffnet weg und fühle mich nicht einmal kalt, herzlos oder schlecht dabei. Ich fühle gar nichts mehr. Außer Trauer um Celine. Und Selbstmitleid. Ich muss mein Leben ändern, denke ich und weiß nicht wie. Ich trinke, bleibe im Bett liegen und rauche von morgens bis abends. Dann packe ich meinen Wanderrucksack und fahre nach Mittenwald. Abstand gewinnen, auf andere Gedanken kommen. Celine vergessen und an Ruth nicht denken. Wandern. Es ist Sommer, die Luft ist warm, die Berge sind grün; nur die Spitzen sind in weiße Mäntel gehüllt. Am Wegrand Enzian, Disteln, selten ein Edelweiß. Ich laufe, bis Blasen an meinen Füßen entstehen. Ich schwitze, rieche mich selbst. Ich setze mich auf eine Holzbank. An der Lehne eingeritzte Liebeserklärungen. *Hans liebt Steffi*, darum herum ein Herz. Daneben liebt Roger Camilla. Darunter gesteht Heiner, dass er am *9.7.1999* hier war.

Ich sehe in die Wolken, versuche an nichts zu denken. Ich denke an Opa. An früher. An unsere schweigenden Wanderungen und die Nacht im Schneesturm.

»Schön hier, nicht wahr?«

Ein Wanderer in Kniebundhosen, kariertem Hemd und Stock steht neben mir. Ich nicke.

»Diese Aussicht! Man fühlt sich wie in einer anderen Welt, nicht wahr?«

Wieder nicke ich.

»Ich muss weiter, zum Gipfel, von da oben ist alles noch schöner.«

»Wiedersehen.«

»Das Glück liegt nicht auf dem Rücken der Pferde, sondern auf den Gipfeln der Berge.«

Er lacht, anscheinend amüsieren ihn seine Worte sehr.

»Noch viel Vergnügen!«

»Ja.«

Er geht weiter, ich schaue wieder ins Tal.

Ich könnte glücklich sein. Ich bin bedrückt, trotz der Berge, der Aussicht und der Erinnerungen. Ich fahre zurück.

*

Anneliese ist im Fernseher. Sie sitzt hinter einem Pult und liest Nachrichten vom Blatt ab. Sie sieht gut aus. Offenbar weiß sie das auch. Ihr Selbstbewusstsein scheint jeden Moment in Arroganz umschlagen zu wollen. Ein galantes Lächeln zwischen den Nachrichten soll Vertrauen erwecken. Es hinterlässt bei mir allerdings das Gegenteil. Ich kenne sie zu gut. Obgleich ich seit fast zehn Jahren nichts mehr mit ihr zu tun habe, weiß ich, dass dieser Frau kein Wort zu glauben ist. Sie spielt mit den Zusehern wie früher mit mir auf dem Heuboden. Jetzt ist es nicht mehr der kleine Franzi, sondern die große Welt. Kein Popo-Klatschen, sondern Wirbelsturm-Meldungen. Keine Quälereien mit Einmachgummis unter Kindern, sondern brutale Terrordrohungen mit anschließend zig Toten durch Terroristen. An der Nahtstelle noch immer Anneliese, die das Blatt in der Hand hält und mit ihrer Stimme den Ton angibt. Unten am Bildschirmrand steht ihr Name eingeblendet. Ich muss lachen. Sie nennt sich jetzt nicht mehr Anneliese, sondern Alise.

»Das Verfahren um die Verbrechen der Wehrmacht in Kefalonia, Griechenland, soll eröffnet werden«, sagt sie und schaut dabei in die Kamera wie damals in Mittenwald, als sie auf dem Heuboden stand, ihr Röckchen lupfte und »Schau mal, was da ist?« sagte. Sie stand direkt über mir, die Beine neben meinem Kopf, und hatte keine Unterhose an. Langsam ging sie in die Knie und kam mit ihrem entblößten Unterleib meinem Gesicht immer näher. Als sie fast meine Nasenspitze berührte, nahm sie ihr Röckchen, schleuderte es mir mehrmals über mein Gesicht und sagte: »Das gefällt dir, was, du Schweineigel!«

Dann stand sie abrupt auf und zwang mich, ohne Hose und mit nacktem Arsch wie ein Hund vor ihr herzulaufen. Während sie immer wieder »wau, wau« machte. Ein anderes Mal lief *sie* wie ein Hund vor mir her und *ich* musste sie mit einem ausgerupften Sonnenblumenstängel antreiben. Anneliese ist eine der jüngsten Nachrichtensprecherinnen im deutschen Fernsehen. Sie gilt unter den seriösen Berichterstattern als die Moderatorinnen-Hoffnung. Bei den Klatschreportern ist sie als berechnendes Luder verschrien, die alle ihre Reize einsetzt, um an ihr Ziel zu kommen. Anscheinend ist sie, wie die Boulevardpresse immer wieder verlauten lässt, mit einem berühmten, viel älteren Fernsehmoderator liiert, von dem es mal hieß, dass er schwul sei. Ob sich Anneliese heute auch gern auf sein Gesicht setzt und sich anschließend mit Begeisterung von ihm schlagen lässt?

»Die Dortmunder Staatsanwaltschaft will das angebliche Verbrechen, das im Zweiten Weltkrieg auf verschiedenen griechischen Inseln von deutschen Soldaten verübt worden sein soll, aufklären. So wurden zum Beispiel 1943 in Kefalonia mehr als 5.000 italienische Soldaten hingerichtet. Es gilt als eines der schwersten Kriegsverbrechen der Wehrmacht.«

Mit meinem Wissen über ihre Vergangenheit wäre ich für die Klatschblätter der Boulevard-Journaille bestimmt ein gern gesehener Informant. Sicher ließe sich da ein kleines Zubrot zum bescheidenen Zivildienstsold herausschlagen.

»Und nun zum Wetter.«

Es ist zu kalt für diese Jahreszeit, denke ich.

»Es ist zu kalt für diese Jahreszeit«, sagt sie.

»Wau! Wau!«

*

»Der Alte ist verschwunden!«

Johanna steht im Dienstzimmer. Sie ist außer Atem, der Kopf rot, die Augen ruhelos. Ärgerlich sieht sie noch begehrenswerter aus. Ein Schmunzeln legt sich mir um den Mund.

»Lach nicht so blöd!«

Zum Verlieben, denke ich und verstehe noch immer nicht.

»Zacharias!«

»Scheiße«, sagt Claudia und springt vom Stuhl auf.

Ivonne geht aufgeregt auf und ab.

»Ich habe gewusst, dass der was im Schilde führt«, brummt Johanna vor sich hin.

»Bestimmt wieder im Puff«, sage ich und bleibe ruhig sitzen.

Claudia wird rot. Ivonne steht noch immer. Beide schauen mich verwundert an.

»Glaub nicht«, sagt Johanna nachdenklich.

Und noch ehe Claudia, Ivonne oder ich fragen können warum, sagt sie: »Er hat das Foto mitgenommen.«

»Das an seiner Wand?«, fragt Ivonne.

»Hat er sonst noch eins!«, zischt Johanna.

»Scheiße«, sagt Claudia.

»Dann ist vielleicht er …«, murmle ich wie vor mich hin.

»Was?«, fragt Ivonne.

»Halt's Maul!«, entgegnet Johanna.

»Ich ruf jetzt Frau Brenner an«, sagt Claudia.

»Warte«, sage ich, »lass ihm wenigstens noch einen kleinen Vorsprung.«

»Spinnst du!«, schreit Ivonne.

»Und wer spielt jetzt den Kreon?«, fragt Claudia. »In einer Woche ist Premiere!«

»Du«, sagt Johanna und zeigt auf mich.

»Du spinnst doch!« Ich tippe mit beiden Zeigefingern an meine Stirn.

*

Es schneit. Seit Tagen fällt Schnee. Die Berge sehen aus, als wären sie mit Zuckerguss überzogen. Sie wirken auf mich unwirklich; einerseits anmutig, andererseits aber auch bedrohlich. So viel Masse auf einem Haufen macht mir Angst. Manchmal schließe ich die Augen und stelle mir vor, dass sie gar nicht da sind. Oder beim Augenaufschlag plötzlich verschwunden, dass der Blick bis zum Horizont reicht. Und in Gedanken noch weiter. Bis zum Meer, und dann zum anderen Ufer. Bis nach Afrika. In der Nacht träume ich von Giraffen, Löwen und Krokodilen, die träge im Wasser liegen, die Mäuler weit offen halten und sich von emsigen Vögeln die Zähne säubern lassen. Ich träume vom Dschungel, der Wüste, wo es keinen Schnee gibt, keine Berge, kein Mittenwald, keine Pension, keinen Opa und auch keine Oma. Nur schwarze Menschen in Lendenschurz. Und Fremde. In der ich herumirre und etwas suche, von dem ich gar nichts weiß.

Ich wache auf und bin froh, als Oma »Guten Morgen« sagt. An den Fenstern sind Eisblumen. Draußen schneit es noch immer. Die Pension ist ausgebucht. Oma hat viel zu tun. Opa auch. Sie haben wenig Zeit für mich. Meistens beschäftige ich mich mit mir selbst. Ich füttere die Hasen, spiele mit den Schweinen im Stall oder bastle auf der Werkbank große Holzschwerter. Anschließend renne ich den Hühnern im Garten hinterher und versuche sie als Teil einer feindlichen Armee mit den Waffen zu erlegen. Was mir nie gelingt. Entweder sind die Hühner zu schnell oder ich bin viel zu langsam und zu schnell erschöpft. Ab und an helfe ich auch meinen Großeltern. Bei der Zimmerreinigung. Oder bei der Vorbereitung des Frühstücksbüfetts. Wenn Oma viel zu tun hat, ist sie mürrisch und kaum ansprechbar. Nicht zu den Gästen, nur zu mir und Opa. Zu den Gästen ist sie immer gleich; gleich freundlich, gleich zuvorkommend, gleich einnehmend.

»Oma ist ein Original!«, sagen die Gäste. Opa auch. Und ich bin ihr schüchterner Enkel, der aussieht: »wie dem Opa aus dem Gesicht geschnitten.«

Opa ist dann immer ganz stolz, streicht mir über den Kopf, dann über seinen Bart. Und Oma lacht. Auch wenn sie mürrisch ist. Wenn Oma Stress hat und ich sie etwas frage, antwortet sie, ohne die Arbeit zu unterbrechen, meist nur ganz kurz mit »Ja« oder »Nein«. Erst abends, wenn es ruhig wird im Haus, die Gäste auf ihren Zimmern sind, scheint sie wieder gelöster und entspannter zu sein. Dann sagt sie von Zeit zu Zeit: »Manchmal weiß ich gar nicht, wo mir der Kopf steht vor lauter Arbeit.«

»Oma braucht mal Urlaub«, sage ich, woraufhin sie gequält lacht. Opa sagt: »Gute Idee, vielleicht vier Wochen Afrika.«

Jetzt lachen Opa und ich, weil wir uns beide gleichzeitig

vorstellen, was Oma für eine Figur in Afrika macht. Oma schüttelt den Kopf.

»Das würde euch Mannsbildern so passen, was? Die Oma in die Wüste schicken, damit ihr hier sturmfreie Bude habt, was?«

Jetzt lacht auch Oma.

Manchmal fahre ich mit Opa auf dem Gummiwagen zum Bahnhof, wir bringen Gepäck hin oder holen welches ab. Dann sitze ich mit Opa auf dem Kutschbock und darf hin und wieder die Zügel halten. Wenn wir durch Mittenwald fahren, bleiben die Menschen oft stehen und grüßen Opa. Opa hebt dann ebenfalls die Hand oder lupft den Hut. Ich nicke nur, weil ich ja mit beiden Händen die Zügel halte. Auch Anneliese ist mit ihren Eltern wieder da. Wie jedes Jahr. Dieses Jahr bekommt Anneliese ihr eigenes Zimmer. Die Jahre zuvor schlief sie in einem Beistellbett im Zimmer der Eltern.

»Das Mädchen ist jetzt alt genug«, sagt ihre Mutter und zwinkert der Oma zu.

»Und wir wollen auch mal unsere Ruhe«, sagt der Vater und zwinkert der Mutter zu. Anneliese sagt nichts und zwickt mich in den Po.

Nach dem Frühstück sagt Anneliese: »Heute gehen wir rodeln!«

Wieder zwickt sie mich in den Po.

»Gehst du mit?«

Ihre forsche Stimme lässt mir eigentlich keine Wahl, obwohl ich überhaupt keine Lust habe, rodeln zu gehen. Schon gar nicht mit ihr. Ich schaue zu Oma und hoffe, dass sie sagt, sie brauche mich. Oma sagt nichts. Ich schaue zu Opa. Opa streichelt seinen Bart.

»Na, was ist jetzt?«

Annelieses Stimme wird fordernder. Die Eltern schauen

mich erwartungsvoll an. Sie sind seit Jahren Stammgäste in der Pension.

»Zu Stammgästen muss man besonders freundlich sein«, sagt Oma immer.

Also gehe ich eben mit. Ich ziehe meine Zipfelmütze auf und die Fäustlinge an.

»Mach deinen Anorak zu«, schreit mir Oma vom Fenster aus hinterher. »Sonst wirst du wieder krank.«

Warum sagt sie *wieder*, denke ich. Ich war doch noch gar nicht krank, zumindest nicht hier bei ihnen in Mittenwald. Zu Hause hatte ich dieses Jahr schon eine Mittelohrentzündung und Husten. Sicher hat Mama ihr das erzählt. Einmal die Woche telefonieren sie, meistens am Wochenende und abends. Da besprechen sie alles, was sie die Woche über erlebt haben und was passiert ist. Manchmal gibt Mama auch Papa den Hörer, der hält sich aber zumeist ganz kurz, gibt sich einsilbig. Papa telefoniert nicht gern. Er sagt: »Immer, wenn ich in einen Hörer sprechen muss, fällt mir nichts ein.« Mir geht es ähnlich. Weswegen Oma bisweilen, wenn sie mit mir spricht, fragt: »Bist du noch dran?«

»Du sollst deinen Anorak zumachen«, sagt Anneliese und hält mich am Ärmel fest.

Ich erschrecke, noch ganz in Gedanken. Ich tue, was sie sagt. Auf dem Weg zur Rodelbahn kommt es mir so vor, dass ihre Eltern mich nur deswegen mitnehmen, damit Anneliese sich nicht so sehr langweilt. Sobald wir auf der Rodelbahn sind, kümmern sich die Eltern nicht mehr um mich. Um Anneliese auch nicht. Ihr scheint es recht zu sein. Mir ist es egal. Anneliese und ich teilen uns einen Schlitten. Sie bestimmt wieder und ich mache, was sie sagt.

»Ich sitze hinten, du vorne!«

Sie drückt sich eng an mich. Ihre Arme legt sie um meinen Bauch. Ihr Kopf ist in meinem Nacken. Ich rieche ihren

Atem. Wieder riecht er nach Leberwurst. Wir fahren den Steilhang hinunter. Ich lenke mit den Füßen, sie kreischt mir ins Ohr. Als wir unten sind, bin ich fast taub. Jedes Mal kippt sie den Schlitten zur Seite, sodass ich in den Schnee falle. Sie fällt auf mich drauf und bleibt so lange liegen, bis ich mich mühsam unter ihr hervorwinde.

Nach fünfmal Rodeln habe ich am ganzen Körper blaue Flecken. Außerdem ist mir schlecht.

elf

Richard Wiedemann. Er ist 1918 geboren, fast zwei Meter groß und für sein Alter in ziemlich gutem gesundheitlichem Zustand. Er stammt aus München. War verheiratet mit Lotte Wiedemann geborene Kaiser. Mit ihr hat er vier Söhne und eine Tochter, die aber alle, bis auf die Tochter, mittlerweile gestorben sind. Die Tochter wohnt am Starnberger See und kommt mit ihrem Mann, emeritierter Rechtsprofessor an der Maximilians-Universität, jedes Wochenende auf Besuch. Herr Wiedemann war nach dem Krieg in der Forschungsabteilung von Siemens tätig, spricht angeblich mehrere Sprachen und war viel im Ausland unterwegs.

Er ist seit 22 Jahren im Marienstift. Anfänglich, so die Erzählung, galt er als schwierig, rechthaberisch und streitsüchtig. Er war ein Eigenbrötler, der den Kontakt zu den anderen Bewohnern mied. Vor fünf Jahren soll er ein kurzes, aber heftiges Verhältnis mit Frau Grünwald gehabt haben. Wird Frau Grünwald darauf angesprochen, dementiert sie jedes Mal hysterisch mit dem Kommentar: »Doch nicht mit der blinden Nuss!«

In den letzten zwei Jahren hat Herr Wiedemann geistig nicht nur stark abgebaut, sondern ist auch sehr kommunikativ geworden. Die Schwestern führen das darauf zurück, dass er, wie sie behaupten, völlig verkalkt ist. Ich habe da so meine Zweifel. Er lacht viel, ist sehr umgänglich und macht, was man ihm sagt. Meistens sagt er nicht viel, wenn doch, dann spricht er immer wieder von seiner Frau Lotte oder seiner Mutter. Am meistes spricht er von sich selbst als Lotte oder Mutter. Wenn ich mir dann an die

Stirn tippe, lacht er entzückt, als ob er ganz genau wüsste, was ich meine. Angeblich war er in russischer Kriegsgefangenschaft und hat im Krieg sein linkes Auge verloren und vier Zehen. »Meine Babys«, sagt er immer, wenn er auf seinen rechten Fuß zeigt. »Meine Babys sind weg!« Dann lacht er oder weint.

*

Herr Zacharias ist noch immer nicht gefunden. Seit einer Woche gibt es keine Spur von ihm. Der taucht schon wieder auf, sagen die Polizisten und zwinkern mir zu. Es sind dieselben, so scheint es mir, wie damals in der Nacht, als Herr Zacharias von der Polizei aus dem Bordell nach Hause gebracht wurde. Vielleicht täusche ich mich aber auch. In der grünen Uniform scheinen alle Polizisten irgendwie gleich auszusehen. Frau van der Beeken, Herrn Zacharias' Ehefrau, die am nächsten Tag aus München extra angereist kommt, scheint sogar erleichtert zu sein, als ihr Frau Brenner im schwarzen Kostüm, mit belegter Stimme und einem Gesichtsausdruck, als wäre Herr Zacharias schon tot, alles genau erzählt. Frau van der Beeken sieht aus, als überschlüge sie im Kopf, wie viel sie sparen würde, wenn ihr Mann für immer verschwunden bleibt.

»Ich zahle natürlich die nächsten drei Monate den Heimplatz weiter«, sagt sie. »Wenn mein Mann dann noch immer nicht aufgetaucht ist, dann sollten wir die gegenseitige Vereinbarung als aufgelöst betrachten.«

Mir scheint, sie redet von ihrem Mann wie von einem rostigen Oldtimer kurz vor einem Termin beim TÜV und Frau Brenner ist dabei die Automechanikerin.

»Selbstverständlich, gnädige Frau.«

Sicher geht Frau Brenner jetzt in Gedanken die inoffizielle Liste durch und freut sich auf den neuen Flachbildschirm.

»Hatte jemand näheren Kontakt zu meinem Mann?«, fragt Frau van der Beeken und blickt in die Runde.

»Du«, sagt Johanna und feixt hinterhältig. Ich zucke mit den Achseln.

»Kann ich Sie einen Moment sprechen?«

Die anderen schauen, als hätte sie ein heimliches Verhältnis mit mir.

»Unter vier Augen.«

»Aber selbstverständlich«, antwortet Frau Brenner anstelle meiner und scheucht die Schwestern aus dem Personalraum.

Frau van der Beeken setzt sich auf den Stuhl von Frau Brenner und steckt sich eine dünne extra lange Zigarette an. Sie nimmt einen tiefen Zug und bläst ihn wie einen dünnen Strahl in meine Richtung.

»Hier ist Rauchverbot.«

»Na und.«

Ihre Stimme klingt jetzt verändert, aggressiver, direkter, als ob sie gleich zur Sache kommen will.

»Was wissen Sie über meinen Mann?«

Sie ist mir unsympathisch. Ich merke, wie sie mit jedem Zug ihrer Zigarette unsympathischer wird. Ich habe plötzlich das Gefühl, sie auf der Stelle beleidigen zu wollen. Sie öffnet ihre Handtasche und zieht ein paar Geldscheine heraus.

»Fällt ihnen jetzt etwas ein?«

»Er konnte Sie nicht ausstehen«, sage ich und schaue sie an, als spräche er durch mich.

Sie lächelt.

»Er sagte, Sie wären eine frigide Fotze, würden im Intimbereich stinken und hätten Schweißfüße.«

Jetzt lacht sie nicht mehr.

»Das hat er gesagt?«

Sie wirkt plötzlich nachdenklich. Ich nicke wie selbstverständlich. Innerlich lache ich. Sie vergisst zu rauchen. Die Zigarette brennt vor sich hin. Die Asche wird immer länger und droht jeden Augenblick abzufallen.

»Ihre Asche.«

Die Asche fällt auf ihren Rock. Sie bemerkt es nicht.

»Wo ist er?«

Ich zucke mit den Achseln. Sie legt zu den Scheinen noch welche dazu.

»In Afrika.«

Sie staunt. Ich staune. Mir fällt das erste Mal auf, dass ich ihn vermisse.

»Was macht er um Himmels willen in Afrika?«

Sie klingt entsetzt.

»Neger ficken.«

Sie legt ihre Hand vor den Mund.

Um ihren Zweifel zu zerstreuen, hebe ich die rechte Hand, spreize drei Finger und sage: »Ich schwör's.«

Unter ihrer Hand wird sie rot. Ich triumphiere innerlich. Äußerlich bleibe ich ganz ruhig. Ich nehme die Scheine vom Tisch, reiße sie ganz langsam in der Mitte durch und werfe sie in die Luft. Sie schaut mich an, als ob ihr Mann nie weg gewesen wäre und jetzt leibhaftig vor ihr stehen würde. Sie zuckt zusammen. Ein heller Seufzer dringt aus ihr. Ich stehe auf, schlendere zur Tür hinaus und fühle mich richtig gut.

*

Die Notsignallampe leuchtet. Zweiter Stock. Ich schaue auf die Uhr. Kurz nach vier. Ivonne schläft auf der Couch im Nebenzimmer. Sie hat sich vor einer knappen Stunde niedergelegt; bis zur Frühschicht bin ich mit der Aufsicht dran. Ich schäle mich aus dem Sessel, schlüpfe in meine Turnschuhe und schlendere gemächlich die Treppen hoch. Es kommt schon mal vor, dass einer der Bewohner nachts aufs Klo muss, nicht selbst aus dem Bett kommt und über das Notsignal Hilfe anfordert. Nicht selten ist er dann wieder eingeschlafen, bis der Nachtdienst bei ihm eintrifft. Seitdem abends vor dem Schlafengehen verstärkt Schlafmittel ausgegeben werden, sind die nächtlichen Klobesuche erheblich zurückgegangen. Die Tür zu Frau von Hirschfelds Zimmer ist nur angelehnt. Die Nachttischlampe brennt.

»Frau von Hirschfeld?«

Sie liegt im Bett und rührt sich nicht. Doch wieder eingeschlafen, denke ich und will gerade die Nachttischlampe ausschalten, als ich eine leere Schokoladenherzpackung am Boden neben dem Nachttisch liegen sehe.

»Frau von Hirschfeld?«

Ich beuge mich über sie, das Ohr dicht an ihrem Mund. Es ist kein Atem zu hören, auch nicht zu spüren. Ich rüttle sie am Arm. Der Arm ist kalt. Frau von Hirschfeld ist tot. Irgendwie kommt mir plötzlich alles ziemlich bekannt vor, wie ein Déjà-vu. Jetzt erst fallen mir die Parallelen zu Frau Grünwalds Tod auf. Das kann kein Zufall sein. Beide Damen sterben in der Nacht, liegen bereits erkaltet im Bett und dann ertönt das Notsignal. Ausgeschlossen. Tote klingeln nicht. Aber wer war es dann?

*

Warum hasst du mir nicht gesagt, das dein Alter eine verfickter Nazi war? Z. steht auf einer Postkarte, die aus Mittenwald abgeschickt wurde. Sie ist von Zacharias. Ich erkenne seine Schrift. Er ist auf dem Hohen Brendten! In Opas Jagdhütte! Das sind die ersten Gedanken, die mir durch den Kopf schießen. Erst nachdem ich die Postkarte mehrmals hintereinander durchlese, als ob die krakelige Schrift mit den drei Rechtschreibfehlern ein Geheimnis bereithielte, das sich mir offenbart, wenn ich nur lange genug daraufstarre, denke ich über den Inhalt der Worte nach. Opa war Gebirgsjäger, aber doch kein Nazi. Ich kann mich auch nicht daran erinnern, dass er irgendetwas in dieser Richtung von sich gab. Ich habe auch nie Nazi-Devotionalien bei ihm gesehen. Ich kann mich auch nicht daran erinnern, in Mittenwald irgendetwas bemerkt zu haben, was darauf hätte schließen lassen. Die Gebirgsjäger-Treffen an Pfingsten, ja; aber war daran nicht ganz Mittenwald beteiligt? Sogar der Ministerpräsident! Gehörte das nicht zu Mittenwald, wie woanders in Bayern der Maibaum oder der Friedhofsbesuch an Allerheiligen. Bestimmt. Oder?

»Na, wer schreibt dir denn?«, fragt Johanna und will von hinten nach der Karte greifen. Ich kann sie gerade noch wegziehen.

»Oh, Geheimnis?!«

»Großes Geheimnis.«

»Weiblich?«

Johanna flüstert verschwörerisch in einer Mischung aus Ironie und Neugierde, in der ich sogar ein wenig Eifersucht aus ihrer Stimme herauszuhören glaube.

»Davon hast du mir ja gar nichts erzählt.«

Sie legt einen Arm kumpelhaft um meine Schulter.

»Na, wie ist sie?«

Ich ziere mich.

»Jung?«

Ich nicke.

»Hübsch?«

»Sehr hübsch!«

»Große?«

Sie deutet Kreise vor ihrer Brust an.

Wieder nicke ich.

»Intelligent?«

»Geht so.«

»Und im Bett?«

»Gut!«

»Kenne ich sie?«

Ich zucke geheimnisvoll mit den Achseln.

»Lass mich raten.«

Sie denkt nach, legt ihre Stirn dabei auffällig in Falten und greift sich mehrmals an den Mund. Dann sagt sie, als ob es bei allem Für und Wider nur eine Person gibt, die auf die Beschreibung passt: »Frau Brenner!«

Sie prustet vor Lachen, schlägt mir mehrmals auf die Schulter und wischt sich anschließend die Tränen aus den Augen.

»Ne«, sage ich ganz trocken, als sie sich wieder beruhigt hat. »Schwester Claudia.«

*

Opa schneidet mir die Haare. Opa schneidet mir immer die Haare. Je älter ich werde, umso weniger bin ich von Opas Frisierkunst überzeugt.

»Du siehst aus wie ein Arsch mit Haaren«, sagt Anneliese und lacht.

Dafür hasse ich sie. Ich werde rot. Dafür hasse ich mich.

Am Sonntag ist die Kirchen-Prozession. Opa zieht seinen besten Janker an und Oma ihr Sonntagskleid. Ich gehe mit neuer Frisur, in kurzen Hosen und neuen schwarzen Schuhen hinterher. Ganz Mittenwald ist auf den Beinen. Viele der Jungs in meinem Alter sind Ministranten und gehen vornweg mit dem Pfarrer und dem Messdiener, der das Kreuz trägt. Die Mädchen in weißen Kleidern Blumen streuend hinterher. Dann kommen die Erwachsenen; Oma und Opa mit mir an der Hand. Alle singen *Oh, Maria hilf.*

Der Pfarrer schwenkt das Weihrauchfass. Es dampft und riecht nach verbrannten Reisighaufen, nach kokelndem Bauschutt und auch ein bisschen nach lang getragenen Wollsocken. Mir wird schlecht. Alle Straßen werden abgelaufen. Der Pfarrer segnet mit einem Wedel, eingetaucht in Weihwasser, die Häuser, Scheunen und Ställe. Dann betet er für eine gute Ernte, dass Blitz und Donner die Menschen verschone und keine Katastrophen über Mittenwald kommen. Die Menschen bekreuzigen sich, sagen »Amen« und singen wieder. Ich schwitze und spüre die feuchte Hand von Opa.

Ich bin froh, als die Prozession zu Ende ist und wir wieder zurück sind. Meine Füße schmerzen von den engen neuen Schuhen. Als ich die Socken ausziehe, sehe ich an jeder Ferse eine Blase. Am meisten freut mich aber, dass Anneliese nicht mit dabei war.

»Ihre Eltern glauben nicht an Gott«, sagt Oma und ich weiß, Anneliese auch nicht. Anneliese macht sich sogar darüber lustig.

»Gott«, sagt sie, »Gott ist doch was für Ärsche mit Haaren«, und lacht.

*

»Was führt Sie zu mir?«

Frau Brenner zeigt auf den Sessel neben ihrem Schreibtisch. Ich bleibe stehen.

»Der Tod von Frau von Hirschfeld.«

Frau Brenners Gesicht legt sich in Falten. Sie sieht zum Fenster hinaus.

»Ich glaube, Frau von Hirschfeld ist nicht eines natürlichen Todes gestorben.«

Frau Brenner dreht sich mir wieder zu. Die Falten sind verschwunden.

»So, glauben Sie?«

»Und Frau Grünwald ebenfalls nicht.«

Frau Brenner setzt sich an ihren Schreibtisch, faltet die Hände und stützt die Ellbogen auf der Tischplatte auf. Sie fixiert mich.

»Der Tod hat nichts mit Glauben zu tun, Herr Zacher. Das, was danach kommt, vielleicht, aber nicht der Tod.«

Frau Brenner weicht aus ins philosophische Fach, denke ich, obgleich sie gar nicht der Typ dafür ist. Das allein ist verdächtig.

»Der Tod ist Realität. Der Tod ist Fakt. Und um das ein für alle Mal zu dokumentieren, gibt es Totenscheine. Und die Totenscheine werden nicht von Ihnen oder von mir ausgestellt, sondern von Fachpersonal, von Ärzten. Im Marienstift ist das Dr. Dellbrügg. Dr. Dellbrügg ist ein erfahrener Arzt, der nicht nur *eine* Leiche in seinem Leben gesehen hat, sondern eine Vielzahl. Der durchaus entscheiden kann, ob es bei einer Toten Auffälligkeiten gibt, die einen unnatürlichen Tod nicht ausschließen. Er hat sowohl bei Frau von Hirschfeld als auch bei Frau Grünwald zweifelsfrei *natürlicher Tod* angekreuzt.«

Frau Brenner reiht ruhig und konzentriert einen Gedanken an den anderen. Mir scheint, als wäre sie auf dieses Gespräch gut vorbereitet.

»Er könnte sich irren«, sage ich.

»Irren ist menschlich, ja«, gibt Frau Brenner zu.

Sie lächelt, reibt sich mit den Fingern die Stirn, als hätte sie Schwierigkeiten, sich zu konzentrieren.

»Aber dann müssen Sie mir auch verraten – wenn Frau

von Hirschfeld und Frau Grünwald nicht eines natürlichen Todes gestorben sind –, wer den unnatürlichen zu verantworten hat?«

»Ivonne.«

Ich erwarte, dass Frau Brenner einen hysterischen Anfall bekommt. Aber das Gegenteil ist der Fall. Sie sagt zunächst nichts, als wollte sie darüber nachdenken, als wäre es gar nicht so abwegig, dass eine ihrer Angestellten die Bewohner dezimiert. Und ich denke, vielleicht machen die beiden, Ivonne und Frau Brenner, auch gemeinsame Sache. Die eine murkst die Alten ab, während die andere von den neuen Bewohnern der inoffiziellen Liste die Kohle einstreicht. Dann antwortet Frau Brenner wieder ganz ruhig und bedächtig.

»Ich weiß, Ihre Sympathie Ivonne gegenüber ist sehr bescheiden. Sie haben sich über sie geärgert. Ivonne hat Sie angeschwärzt. Sie ist manchmal vielleicht ein wenig intrigant. Aber sie deswegen des zweifachen Mordes zu bezichtigen, also Herr Zacher, bei allem Verständnis, das ist nicht nachvollziehbar. Im Übrigen haben Sie doch selbst gesagt, Ivonne hat geschlafen, als Sie die Leiche kurz nach vier gefunden haben.«

»Die Leiche war kalt. Die Leiche war schon Stunden tot.«

»Frau Grünwald starb kurz vor vier. Frau von Hirschfeld auch! So steht es im Totenschein von Dr. Dellbrügg.«

»Das kann nicht sein.«

»Sie verdächtigen nicht nur die Schwester, Sie misstrauen auch dem Arzt.«

Wieder lächelt Frau Brenner und reibt jetzt mit den Fingern die rechte Schläfe.

»Wissen Sie, wie man das nennt, was Sie gerade machen?«

Sie lässt wieder eine Pause. Ich höre den Rasenmäher im Garten.

»Denunziation. Oder auch Verleumdung«, sagt sie und schließt das Fenster. Der Rasenmäher ist kaum mehr zu hören.

»Herr Zacher, ich möchte nicht, dass Sie das Marienstift mit Ihren Verdächtigungen in Verruf bringen. Ich möchte, dass Sie vernünftig werden und das Ganze vergessen.«

Jetzt spricht sie wie eine Mutter zu ihrem rebellischen Sohn.

»Und auch ich behalte Ihre Anschuldigungen gegenüber Ivonne besser für mich. Sonst wird die verbleibende Zeit für Sie hier unerträglich.«

»Sehr rücksichtsvoll.«

Eins zu null für sie, denke ich – und dann im Hinausgehen schon an das Rückspiel.

*

Herr Zacharias ist tot. Abgestürzt, so lautet die offizielle Variante. In Mittenwald. Auf dem Hohen Brendten. Er hat sich tatsächlich nach Mittenwald abgesetzt. Vielleicht hat er sich aber auch vom Berg gestürzt. Absichtlich. Die letzte Rache an seiner Frau. Bei Selbstmord wird die siebenstellige Lebensversicherungssumme nicht ausbezahlt. Die Agenten haben sich schon im Seniorenheim angekündigt. Für Selbstmord spräche auch, dass Herr Zacharias offenbar ein Testament in der Jackentasche hatte. Wer der oder die Nutznießer sind, darüber wird bereits wild spekuliert. Frau Brenner hofft natürlich, dass das Seniorenheim bedacht wird. Die ein oder andere Schwester hätte sicher auch nichts dagegen, die Urlaubskasse mit dem Geld des Alten aufzustocken. Nur Frau van der Beeken ist mit dem Verlauf der Ermittlungen nicht zufrieden. In den Boulevardblättern empört sie sich über die Vorgehensweise der Kriminalpolizei. Selbstbewusst stellt sie klar, dass ihr Mann zwar alt und ein wenig dement war, aber keineswegs lebensmüde gewesen wäre. Jeder, der Zacharias kannte, wusste, dass er sehr wohl alt, aber in keinster Weise dement, höchstens boshaft war. Das Marienstift war für ihn die Hölle. Wer will schon – freiwillig oder nicht – in der Hölle hausen, wenn der Himmel lockt. Deshalb ist ein Suizid durchaus naheliegend. Ab und an tauchen Journalisten und Fotografen im Marienstift auf. Sie bieten nicht unerhebliche Geldbeträge für entblößende Auskünfte; die Höhe orientiert sich proportional zu den spektakulären Zeugnissen. Frau Brenner verhängt eine »Informationssperre nach außen«, wie sie sagt. Wer dagegen verstößt, muss mit Entlassung rechnen.

»Für 50.000 kann man schon mal entlassen werden«, spottet Johanna.

»So viel kannst du gar nicht wissen, dass dir jemand 50.000 in den Rachen wirft.«

»Wer spricht hier von Wissen? Erfinden, mein Lieber, erfinden!«

Sie lacht. Ich lache. Und wir überlegen uns die reißerischen Aufmacher, die Zacharias gefallen und Frau van der Beeken dem Wahnsinn nahe bringen würden.

»Sodom und Gomorrha im Marienstift! Zacharias treibt's jahrelang mit Schwestern und Zivis und verspricht ihnen dabei seine komplette Erbschaft.«

In der Presse lässt Frau van der Beeken seit dem Tod ihres Mannes unentwegt verkünden, dass es sich um einen tragischen Unfall handle, dass sie um ihren Mann trauere und ihm einen gebührenden Abschied bereiten wolle. Frau van der Beeken wird das Testament, wie immer es lauten wird, natürlich anfechten. Ob dann überhaupt jemand anderes als sie etwas von Zacharias' Millionen bekommt, ist fraglich. Sie hatte die Vormundschaft. Das Vermögen will sie laut der Boulevardpresse zum Teil in einer gemeinnützigen Stiftung anlegen.

Jetzt liegt Herr Zacharias in der Leichenhalle. Oder das, was noch von ihm übrig ist, und wartet darauf, verbrannt zu werden. Seine Frau möchte ihn hier, nicht weit vom Altenheim, auf dem Friedhof beerdigen lassen.

Als ich beim Mittagessen Frau Ada das Kartoffelpüree auf ihren Teller schaufle, zeigt sie auf ihre Schreibtafel. *Die Asche!*, steht darauf. Sie schaut mit ernstem Blick, als wollte sie mich an mein Versprechen erinnern. Aus Wut lade ich ihr, trotz der abweisenden Handbewegung, noch einen weiteren Schöpflöffel auf den Teller. Was kümmert mich das Versprechen an einen Toten? Der letzte Wille eines Verstorbenen?

*

Ruth ist keine Ablenkung. Karen und Sophie auch nicht. Spätestens beim zweiten Treffen holen mich Celine und die Sehnsucht nach ihr ein. Vergleiche drängen sich auf. Auch wenn ich nicht daran denken will, halte ich Celine, wie früher beim Auto-Kartenspiel, als Trumpf in der Hand und messe sie mit den anderen. Hubraum, PS, Spitzengeschwindigkeit, Gewicht. In allen Kategorien liegt Celine vorn. Der Idealismus verklärt. Krankhafte Sehnsucht lässt aus einem klapprigen Vorkriegsmodell, das womöglich gar nicht selbstständig läuft, sondern ständig geschoben werden muss, ein Supermodel werden. Gegen das Ruth, Karen und Sophie in Wirklichkeit vielleicht sogar richtige Flitzer sind. Und dennoch hilft dieses Wissen nichts. Das Gefühl weiß nichts. Der emotionale Schlamassel ist beschränkt. Die Liebe dumm. Und ich bin ihr verfallen. Sehe was, was es gar nicht gibt. Spiele mit geschönten Karten und stehe am

Ende ohne etwas in der Hand da. Oma würde jetzt sagen: »Jetzt hilft nur noch Beten.«

Annelieses bildhafter Vergleich fällt mir ein. Ich schmunzle; das erste Mal wieder seit Tagen. Trotz der Kirchgänge und Prozessionen in Mittenwald, trotz der vergangenen Schicksalsschläge blieb Gott in all den Jahren bei mir nicht hängen. Als ob Opa das wüsste, würde er sagen: »Beiß die Zähne zusammen – und dann durch.«

Aber auch das wäre wenig Trost. Das erste Mal müsste ich ihm widersprechen.

*

Normalerweise trinke ich keinen Alkohol. Wenn, dann nur bei besonderen Anlässen. Bei der Weihnachtsfeier war ich betrunken. An Ostern auch. Regelmäßig an meinem Geburtstag. Und als ich mit Johanna nachts in der Stadt unterwegs war, ebenso.

Ehrlich gestanden halte ich nicht viel von Alkohol. Die Wirkung ist unberechenbar und meistens sind die Folgen am anderen Tag unerträglich. Ich bevorzuge bisweilen andere Drogen, deren Folgen ich tagtäglich an Frau Weixelbaum ablesen kann. Frau Weixelbaum strahlt oft und macht einen ausgeglichen glücklichen Eindruck – wenn sie die rosaroten Pillen nimmt.

Hin und wieder, wenn es mir schlecht geht, wenn mir die Decke auf den Kopf zu fallen droht, borge ich mir eine Tablette von Frau Weixelbaum. Auch ich strahle dann, fühle mich ausgeglichen und bin für Momente glücklich – oder fühle mich zumindest so. Meistens liege ich dann auf dem Bett, starre mit weit geöffneten Pupillen an die Decke, als befände sich dort das Tor in eine andere Welt, und schmunzle selbstvergessen vor mich hin. Manchmal stehe ich auch am geöffneten Fenster und blicke in den abendlichen Garten hinunter. Der Rasen wirkt unter Zuhilfenahme der Pillen von hier oben wie ein flauschiger Teppich, der sich mit jedem Windstoß wellt. Kleine Wogen bewegen sich geschmeidig durch den Garten und hinterlassen kurzzeitig ein Muster, das aussieht wie das Wettersteingebirge. Oder ein See, grün wie Waldmeisterbowle, in dem eine Frau ganz in Weiß wie Jesus auf dem Wasser wandelt. Sie blickt sich immer wieder hektisch um, als ob sie nicht gesehen werden möchte. Dann taucht sie kurzzeitig im See unter. Meine Augen suchen das Wasser, den Rasen, den Garten ab. Sie ist verschwunden. Nicht vom Erdboden verschluckt, sondern vom grünen See verschlungen. Als ich nicht mehr damit rechne, taucht sie plötzlich wie ein Haubentaucher an einer anderen Stelle aus dem Grün wieder hervor. Diesmal ist sie nicht allein. Ein Mann ist bei ihr. Er schmiegt sich dicht an sie, aus zwei Gesichtern werden eins, aus zwei Leibern einer, als wollten sie sich ineinander auflösen. Sie verschmelzen vor meinen Augen, werden zu einer weißen Symbiose. Mein Mund steht vor Erstaunen offen. Die Augen tränen. Die rosaroten Pillen leisten ganze Arbeit. Ich wische mir übers Gesicht. Die Personen sind verschwunden. Der grüne See wieder ein Garten. Die Wirkung der Pillen dahin. Und trotz einer kleinen Zugabe wollen sie jetzt nicht mehr so recht wirken. Der Grund ist der Kloß in meinem Bauch, der mich daran erinnert, dass ich die Asche von Herrn Zacharias an mich nehmen muss. Natürlich ist es auf der einen Seite albern. Andererseits habe ich es ihm versprochen. Ich muss mich nicht daran halten; wer will das jetzt noch einfordern? Wer will mich dazu zwingen? Selbst Frau Adas Schreibtafel, auf der ich immer wieder im Vorbeigehen *Die Asche!* lese, könnte ich mit einem ironischen Lächeln ignorieren. Dennoch lässt mich der Gedanke nicht los, dass ich dem Alten etwas schuldig bin. Und wenn es nur seine letzte Rache an seiner Frau ist. Schon allein um Frau van der Beeken eins auszuwischen, sodass ihr nichts von ihrem Mann bleibt – außer seinem Geld –, sehe ich mich gezwungen, die Asche in den Chiemsee zu kippen.

Von dem Tag an kreisen meine Gedanken ständig um Herrn Zacharias und seine Überreste. Es gibt zwei Möglichkeiten, an den pulverisierten Zacharias zu gelangen. Entweder ich eigne mir seine Asche vor der Bestattung an, wenn sie noch in der Urne im Leichenhaus steht. Oder nach der Beerdigung. Wenn sich die Asche bereits im Urnengrab befindet. Nach reichlicher Überlegung und diversen Abwägungen steht fest, dass es erheblich einfacher sein müsste, vor der Beerdigung an die Asche zu gelangen. Einfacher, aber wie mir scheint, dennoch kompliziert genug. Mir wird nichts anderes übrig bleiben, als widerrechtlich ins Leichenhaus einzudringen, die Urne zu öffnen, um die Asche von Herrn Zacharias in eine Dose oder Plastiktüte umzufüllen. Damit wäre dann sein letzter Wille zu großen Teilen erfüllt. Wann ich die Asche letztendlich in den See kippe, bliebe mir ganz allein überlassen.

Bei all diesen Überlegungen wird mir schlagartig klar, dass ich das allein nicht schaffe. Ich brauche Unterstützung. Es gibt nur eine, die mir dabei helfen kann.

*

Ich messe den Blutdruck. Bei den meisten ist er zu hoch. Bei wenigen zu niedrig. Manche haben heute gar keinen, weil heute Mittwoch ist. Mittwoch ist Kaha-Tag, und da wird alles andere, auch Blutdruckmessen, unwichtig.

»Heute kommt Kaha«, zirpen die Schwestern in aller Herrgottsfrüh im Personalzimmer aufgeregt durcheinander.

Mir scheint, die ein oder andere hat sich heute auch extra schön gemacht. War Schwester Margarethe beim Frisör? Trägt Claudia eine neue Bluse unter dem weißen Kittel? Und Johanna? Scheint sie nicht auffälliger geschminkt als sonst? Selbst Ivonne lächelt heute früh, was sonst nie vorkommt; weder in der Früh noch sonst wann. Ich versuche, die Schwestern nicht zu beachten, und widme mich Herrn Maroni. Er hat mal wieder sein Gebiss verlegt.

»Mami, ist heute Dienstag oder Mai?«, fragt er nachdenklich und kratzt sich mit seiner intakten linken Hand am Kopf. Na ja, er fragt es eigentlich nicht. Er sagt etwas, das ohne Gebiss so ähnlich klingt. Mit viel Fantasie lässt sich das, auch wenn es noch so absurd klingt, zusammenreimen.

»Heute ist Mittwoch«, sage ich, und: »Wo ist Ihr Gebiss?«

Er lacht. Im Mund hat er es auf jeden Fall nicht. Ich suche sein ganzes Zimmer danach ab. Dann den Aufenthaltsraum.

»Wo waren Sie heute überall schon?«

Mir geht die Sucherei auf die Nerven. Herr Maroni. Das ganze Seniorenheim. Der Geruch, die Rollstühle, die Alten, die Schwestern. Alles. Vor allem Kaha. Herr Maroni scheint nachzudenken. Es dauert ziemlich lange, bis er schließlich ein kaum verständliches »Eischelaum« aus dem Mund quetscht.

Das kann alles heißen und noch mehr bedeuten, denke ich und entschließe mich für »Weixelbaum?«.

Er nickt. Ich gehe in Frau Weixelbaums Zimmer. Frau Weixelbaum ist nicht da. Auch sie liegt jetzt sicher unter Karlhans' Händen und lässt sich den Rücken bei esoterischer Musik und duftenden Zitrusölen mit seinen »zarten Fingerkuppen« massieren. Ich durchsuche ihr Zimmer. Das Gebiss finde ich nicht. In ihrer Nachttischschublade liegt ein kleines Fotoalbum, das ich aus Neugierde aufschlage.

Darin Frau Weixelbaum in jungen Jahren. Sie war damals schon keine Schönheit, denke ich und blättere weiter. Ich sehe lauter Bilder von einem Mann in Uniform. Ihr Mann? Höchstwahrscheinlich. Der junge Mann trägt auf allen Bildern dieselbe Kleidung, manchmal mit, manchmal ohne Mütze. An der Mütze ein Hakenkreuz. Auf allen Bildern lacht er in die Kamera. Ein lustiger Geselle, denke ich, als ich plötzlich hinter mir eine keifende Stimme höre: »Was machen Sie da?«

Ich drehe mich um. Frau Weixelbaum steht jetzt dicht hinter mir. Ich habe sie nicht kommen hören. Offenbar hat Karlhans heute mit seinen »flinken, langen Fingern« schneller massiert als sonst.

»Ich suche Herrn Maronis Gebiss«, sage ich und schiebe die Schublade zu.

Frau Weixelbaum sieht gar nicht so ausgeglichen und entspannt aus, wie Karlhans das Ergebnis seiner Massagen immer anpreist. Im Gegenteil, ihr Gesicht ist verkniffen, ihre Fäuste ballen sich zusammen.

»Vielleicht hat es ja der kleine Nazi versteckt«, sage ich scherzhaft, um die angespannte Situation etwas aufzulockern, zeige auf den Nachttisch und grinse.

Sie scheint den kleinen Spaß nicht zu verstehen und blickt mich noch feindseliger an.

»Raus!«

*

Ich habe zusammen mit Schwester Claudia Nachtdienst. Sie liegt im Personalzimmer auf der Couch und röchelt leise vor sich hin. Ich klatsche kurz in die Hände. Sie röchelt unverändert weiter. Ich drehe die Lautstärkeregulierung der Notsignallampe auf Null und schließe die Tür. Ich gehe in den vierten Stock. Noch ehe ich an Frau Adas Zimmertür klopfen kann, öffnet sie. Frau Ada ist fix und fertig. Sie trägt ein Kopftuch, schwarze Kleider und dunkle Turnschuhe. In der Hand hält sie eine Taschenlampe.

»Alles klar?«

Sie nickt und lächelt.

Ich ziehe mir meine Kapuze über den Kopf. Es nieselt. Die Turmuhr der Elisabethkirche schlägt zwei Mal. Wir schleichen aus dem Seniorenheim.

Ein leichter Nebel liegt über dem Friedhof. Ich komme mir vor wie in einem schlechten B-Movie. Das Eisentor am Friedhof ist abgesperrt. Über die Mauer zu klettern scheint für Frau Ada unmöglich. Selbst für mich ist die fast zwei Meter hohe Mauer unüberwindlich.

»Was machen wir jetzt?«, sage ich, ärgere mich und denke, wie kann man nur so schlecht vorbereitet sein, als Frau Ada ein kleines Lederetui öffnet und einen L-förmig gebogenen Draht herausnimmt. Damit stochert sie im Schein der Taschenlampe im Schloss des Eisentors herum. Ich staune. Das Tor ist nach wenigen Sekunden auf. Wir schleichen über den Friedhof an den Gräbern vorbei. Auf manchen Gräbern brennen rote Lichter. Es sieht gespenstisch aus. Wenn uns hier jemand sieht, ist ein Disziplinarverfahren unumgänglich. Und Frau Ada wird von ihren Angehörigen höchstwahrscheinlich entmündigt. Ich weiß nicht einmal, ob sie welche hat. Seit ich im Marienstift bin, hat sie noch keinen Besuch bekommen. Die Leichenhalle befindet sich mitten auf dem Friedhof. Die Tür ist natürlich ebenfalls abgeschlossen. Der Draht von Frau Ada scheint für das Sicherheitsschloss zu dick. Während sie noch immer ehrgeizig am Schloss hantiert, gehe ich um das Gebäude herum. Auf der Rückseite entdecke ich ein kleines, gekipptes Fenster. Ich eile zu Frau Ada zurück.

»Sie warten hier, stehen Schmiere und ich versuche durch das Fenster zu kommen, einverstanden?«

Sie nickt. Auf ihrer Stirn glänzt Schweiß. Ich nehme ihre Taschenlampe in den Mund und versuche über den Sockel an der Mauer zum Fenstersims hochzuklettern. Als ich am geöffneten Fenster auf dem Steinsims sitze, überfällt mich plötzlich ein Gedanke, der mich mehr beunruhigt als die dunkle Leichenhalle unter mir. Wie soll Frau Ada mich von draußen bei Gefahr eigentlich warnen? Sprechen kann sie nicht. Pfeifen? Vermutlich bringt sie keinen Ton heraus. Zumindest habe ich von ihr noch keinen gehört. Als ich in die Leichenhalle springe, hallt der ganze Raum dumpf und laut. Mein rechter Fuß knickt beim Aufprall um. Mein kurzer Schrei hallt noch lauter. Höllische Schmerzen umspannen mein überdehntes Fußgelenk. In der Leichenhalle ist es kühl. Ein schwerer, süßlicher Duft erfüllt den Raum. Wenn ich nicht wüsste, dass es Leichen sind, die für diesen Geruch sorgen, könnte man denken, hier würde Schokolade produziert. Der Lichtkegel meiner Taschenlampe tastet sich langsam, von meiner Hand abgeschirmt, auf dem Boden entlang. Blumensträuße und Kränze tauchen in meinem Blickfeld auf. Kranzschleifen aus Stoff, darauf goldene Buchstaben. *Von Familie Dammbacher* steht auf einer. *Gott ist mit Dir. Josefine.* Und *Ruhe in Frieden. Onkel Klaus* auf anderen. Vor den Blumen steht ein aufgebahrter weißer Sarg. Der Deckel liegt wie ein gestrandetes Ruderboot daneben. Im Sarg erscheint ein Gesicht im Licht. Ich erschrecke. Eine junge Frau blickt zur Decke. Die Augen sind geschlossen, das Gesicht glänzt wie aus Wachs. Die schwarzen Haare sind toupiert und um den Kopf drapiert, als wäre es eine Föhnhaube. So eine, unter der Mama am Samstagabend immer in der Küche saß und ihre Dauerwellen nach dem Baden trocknete. Auf der weißen Zudecke gucken die

Hände heraus, gefaltet zum Gebet. Die Fingernägel sind rosa lackiert, die Finger lang und schmal und ebenfalls wie aus Wachs. Mein Blick pendelt zwischen dem Gesicht und den Händen, bis er schließlich an diesem jungen bleichen Gesicht hängen bleibt und sich in diesem ausdruckslosen Antlitz verliert. In dieser schönen Leichenmiene. Eine gelassene, entspannte Atmosphäre geht von ihr aus. Meine Nervosität legt sich. Ich stehe vor dem Sarg, schaue in das hell erleuchtete Gesicht der Toten, während mir Gedanken über den Tod, die tödliche Ursache, das endgültige Ende und das ewige Leben durch den Kopf geistern. Meine Sezierstunden in der Universität fallen mir ein. Professor Homberg, das Schwein. Der Drang, die Leiche zu berühren, nimmt von Sekunde zu Sekunde zu. Ich traue mich zuerst nicht. Dann strecke ich schließlich den Zeigefinger aus und nähere mich ihrem Gesicht, bis meine Fingerkuppe ganz behutsam über ihre Wange streicht. Es fühlt sich kalt an, und hart, gar nicht wie Fleisch, wie ein Mensch. So fühlt sich der Tod an, denke ich, das Nichts und dann ist plötzlich wieder Herr Zacharias in meinem Kopf. Wo haben sie ihn hingestellt? Die Urne? Die Asche? Das wenige, was von ihm noch übrig ist? Die Gelassenheit ist dahin. Ich reiße mich von der Leiche los, folge dem Lichtkegel an der Wand entlang. Auf einem Regal hinter dem Sarg stehen mehrere Urnengefäße. Die kitschige, goldglänzende könnte die von Herrn Zacharias sein; der Geschmack von Frau van der Beeken. Sein Name steht tatsächlich eingraviert auf dem Metall. Ich stelle mich auf einen Stuhl und hole die Urne vom Regal. Ich schwitze. Vorsichtig drehe ich am Deckel und versuche sie zu öffnen. Der Deckel sitzt stramm. Ich drehe mit noch mehr Kraft, ziehe und zerre, fluche leise – bis der Deckel schließlich in hohem Bogen von der Urne segelt und scheppernd auf dem Steinboden landet. Das muss auf dem ganzen Friedhof zu hören sein, denke ich. Und darüber hinaus. Der Pfarrer wohnt im Pfarrhaus gleich nebenan. Bei offenem Fenster schreckt ihn der Lärm bestimmt aus dem Schlaf. Ich halte den Atem an. Panik macht sich in mir breit. Nichts wie raus, denke ich. Ich hole eine Plastiktüte aus der Jackentasche und schütte die Asche aus der Urne hinein. Die Tür! Die Tür der Leichenhalle knarrt. Die Tür der Leichenhalle geht auf! Ich lösche das Licht und krieche unter die Metallkonstruktion der Aufbahrung, über der ein Tuch liegt. Ich hocke direkt unter dem Sarg und versuche, meinen Atem zu beruhigen. Schritte sind zu hören. Dann nicht mehr. Jemand muss genau neben dem Sarg stehen. Ich hebe das Tuch ein wenig an und erkenne Schuhe. Der Pfarrer? Turnschuhe! Ich hebe das Tuch noch höher und greife nach dem Fuß. Ein kurzer, spitzer Schrei ertönt. Frau Ada! Sie blickt mich entsetzt an.

»Los, raus hier.«

Wir entkommen durch die von ihr geknackte Tür.

»Alles in Ordnung?«

Frau Ada grinst und blickt, als ob sie mich dasselbe fragen wolle. Ich hebe die Plastiktüte hoch und schüttle sie.

»Da ist er drin, der alte Schlawiner.«

*

Als meine Eltern tot sind, bin ich nicht einmal traurig. Am Morgen kommen zwei Polizeibeamte zu mir.

»Ihre Eltern sind bei einem Verkehrsunfall ums Leben gekommen«, sagt einer. Er hält seine Polizeimütze in der Hand und hat drei Sterne auf den Achselklappen. Dann macht er eine Pause und blickt mich gespannt an. Als ob er eine Reaktion erwarten würde. Der andere Beamte mit nur einem Stern auf den Klappen schaut zu Boden. Auch er hat die Polizeimütze in der Hand, die er langsam kreisen lässt. Ich bin zu keiner Reaktion imstande. Weder Tränen, Schluchzen, noch hysterisches Geschrei. So wie man es aus Filmen kennt. Die Hinterbliebenen brechen zusammen, schlagen die Hände vor das Gesicht, schreien oder trommeln völlig außer sich auf die Tischplatte ein, bis ein Notarzt kommt und ihnen beruhigende Mittel spritzt. Nichts dergleichen bei mir. Ich schaue in die ausdruckslosen, leeren Gesichter der Beamten. In einem ist ein kleiner rötlicher Fleck am Mund zu sehen. Marmeladenrest vom Frühstück, denke ich. Als ich noch immer keine Reaktion zeige, räuspert sich der mit der kreisenden Mütze, während der andere sagt: »Wäre es vielleicht möglich, dass Sie Ihre Eltern unter Umständen identifizieren?«

Welche Umstände, denke ich.

»Einen Moment.«

Ich ziehe mich an. Die beiden Beamten warten an der Tür.

Einmal rufe ich den Hausflur entlang, ob sie nicht reinkommen möchten.

»Nicht nötig«, schreien sie gleichzeitig zurück.

Dann fahre ich mit ihnen, im Polizeiauto auf dem Rücksitz, ins Gerichtsmedizinische Institut der Universität. Niemand sagt etwas. Der Beamte mit dem Fleck räuspert sich mehrmals. Der andere schaut auffällig oft in den Rückspiegel. Ich blicke zum Seitenfenster hinaus.

»Wir sind da«, sagt der mit dem Fleck erleichtert.

Im Keller empfängt uns ein kahlköpfiger Gerichtsmediziner. Vor mir stehen zwei blecherne Wannen.

»Sind Sie bereit?«, fragt der Gerichtsmediziner.

Die Beamten machen einen Schritt zurück. Langsam deckt er zuerst das eine, dann das andere Gesicht der Leichen auf. Die Beamten im Hintergrund werden unruhig. Einer räuspert sich wieder. Der Gerichtsmediziner blickt mich aufmerksam an. Das sind nicht die Gesichter von Mama und Papa, denke ich, zumindest nicht die, die ich zuletzt gesehen habe. Das sind keine Gesichter, das sind Schlachtfelder des Todes. Der Gerichtsmediziner blickt mich jetzt gespannt an. Die Beamten ebenso.

»Ja, könnte sein«, sage ich.

Die Beamten sehen verwundert aus. Zuerst schauen sie sich gegenseitig an, dann den Gerichtsmediziner, und zuletzt mich.

»Sie sind nicht sicher?«

»Verzeihen Sie«, sage ich etwas genervt. »Wenn das meine Eltern sind, dann schauen sie jetzt ganz anders aus als noch vor ein paar Stunden.«

»Kein Wunder«, sagt der Gerichtsmediziner ähnlich genervt. »Sie haben ja auch einen schweren Aufprall hinter sich.« Er scheint zu lächeln. Die Beamten blicken böse.

»Besteht die Möglichkeit, dass Sie unter Umständen an irgendwelchen Merkmalen Ihre Eltern einwandfrei erkennen könnten?«, fragt der Beamte mit den drei Sternen.

Welche Umstände, denke ich wieder. Dann fällt mir Papas Tätowierung am linken Unterarm ein. Und Mamas Brandfleck am Bauch.

»Kann ich die Leichen ganz sehen?«

»Aber natürlich«, sagt der Gerichtsmediziner.

Er deckt die nackten Körper auf. Die Beamten schauen weg.

»Das sieht nicht schön aus, nicht?«, fragt der Gerichtsmediziner und blickt mich wieder gespannt an. Sicher erwartet er jetzt eine Reaktion von mir. Ohnmacht, Weinkrampf. Dann hätte er in der Mittagspause etwas zu erzählen. Den Gefallen tue ich ihm nicht. Auf dem Unterarm der einen Leiche ist ein Anker und ein Herz zu sehen, darin der Name *Rosie*.

»Das ist Papa.«

Am Bauch der anderen Leiche prangt ein vernarbter Brandfleck, der die Form von Italien hat.

»Das ist Mama.«

»Na, Gott sei Dank«, höre ich den Beamten im Hintergrund leise flüstern.

Der Gerichtsmediziner deckt die Leichen wieder zu. Seine Enttäuschung steht ihm ins Gesicht geschrieben.

»Kann ich jetzt gehen?«

»Selbstverständlich.«

*

Schwester Claudia schläft. Sie liegt auf der Couch in der Kammer neben dem Personalzimmer. Ich lasse ein Buch auf den Boden fallen und beobachte sie dabei. Sie reagiert nicht. Offenbar schläft sie tief und fest. Dann drehe ich die Lautstärkeregulierung der Notsignallampe auf Null und werfe noch einmal einen Blick zu Schwester Claudia. Sie liegt unverändert auf der Couch. Als ich die Tür so leise es geht schließe, warte ich noch fünf Minuten. Danach gehe ich vom Personalzimmer durch die kleine Küche in den Vorraum, in dem in großen Drahtständern Prospekte über das Altenheim Marienstift stehen. Ich schleiche mich durch das Treppenhaus in den dritten Stock und stehe vor der Tür zum Büro von Frau Brenner. Die Tür ist verschlossen. Es ist eine alte Holztür mit einem Schloss für einen Schlüssel mit großem Schaft und Schwanz. Wäre es ein Zylinderschloss, wäre ich chancenlos. Ich nehme den von Frau Ada entliehenen aus einem Drahtkleiderbügel selbst gebastelten Dietrich aus der Hosentasche und führe ihn vorsichtig ins Schloss ein. Diese Bewegung, wie auch alle folgenden, habe ich in den letzten Tagen am Schloss meiner Zimmertür bis zum Erbrechen geübt. Ich muss den Dietrich so lange von links unten nach rechts oben drehen, bis sich der Draht aufgrund eines auftretenden Widerstands nicht mehr weiterdrehen lässt. Dann muss ich mit einer kurzen Hebelwirkung und verstärktem Druck den Widerstand zurückschieben. Wenn alles richtig funktioniert, springt das Schloss auf. Nach dem fünften Mal ist die Tür noch immer zu. Ich schwitze. Unter den Achseln sammelt sich Schweiß und rinnt unter dem T-Shirt an den Rippen entlang in die Hose. Als ich das letzte Mal den Dietrich in das Schloss einführe, den Draht nach oben drehe und gegen den Widerstand drücke, macht es *klack* und das Schloss ist auf. Ich drücke die Klinke von Frau Brenners Bürotür nach unten, öffne die Tür und schließe sie hinter mir wieder. Ich bin schweißnass. Im Büro ist es dunkel. Der Schreibtisch, die Regale und Stühle sind nur schemenhaft zu erkennen. Ich traue mich nicht, das Licht anzumachen. Ich taste mich zum Fenster und ziehe die Vorhänge auf. Durch die Straßenlaternen fällt ausreichend Licht in das Büro, sodass ich alles gut erkennen kann. An der Wand stehen Leitz-Ordner nach Jahreszahlen aufgereiht. Der letzte Ordner – *2002* – fehlt. Er liegt auf dem Schreibtisch. Unter der Rubrik *Todesfälle* sind die Totenscheine und der Bericht von Dr. Dellbrügg als Kopie abgeheftet. Bei Frau Grünwald steht: *Frau Grünwald starb in der Nacht vom 7. auf den 8. April.* Mehr nicht. Es ist keine genaue Uhrzeit vermerkt. Nirgends steht etwas von *kurz vor vier*, wie Frau Brenner behauptet hatte. Ich überlege, den Bericht an mich zu nehmen. Verwerfe es aber wieder. Ich schließe den Ordner, lege ihn an seinen Platz zurück und öffne die Schubladen des Schreibtischs. Die unterste offenbart eine kleine Überraschung. Unter sorgfältig drapierten Formularen liegt ein DIN-A6-großes Pornomagazin. Aber nicht die softe Variante, die man aus den Supermarkt-Zeitungsregalen kennt. Hardcore. Überall junge Burschen als

Weihnachtsmänner verkleidet, mit erigierten Schwänzen und Cumshots. Jetzt weiß ich, was Frau Brenner immer meint, wenn sie in ihr Büro verschwindet und sagt, sie ist die nächste halbe Stunde nicht zu sprechen. Kein Wunder, dass sie sich bei der Weihnachtsfeier selbst entglitt und nur noch rot sah, als ich ihr als Weihnachtsmann unter die Augen trat. Da waren nur noch Cumshots in ihrem Hirn und unter meinem Mantel ein Schwanz, der sie magisch anzog. Ich trenne eine Seite vorsichtig aus dem Magazin, um für spätere Auseinandersetzungen mit Frau Brenner noch bessere Argumente in der Hand zu haben. Dann schließe ich die Schublade, ziehe die Vorhänge zu und verlasse das Büro. Ich versuche, die Tür mit dem Dietrich zu verschließen. Es misslingt. Es ist wohl einfacher, eine Tür zu öffnen, als sie hernach wieder zu verschließen. Ich lasse die Tür unverschlossen und gehe zurück ins Personalzimmer. Claudia schläft noch immer.

*

»Sag mal, wie lange bist du jetzt eigentlich schon bei uns?«, fragt Johanna.

»Acht Monate.«

»Wie wäre es mit einer kleinen Spritztour?«

Ich verstehe nicht richtig.

»Am Sonntag vielleicht. Am Sonntag hast du frei. Ich auch.«

Wenn ich frei habe, bleibe ich meistens den ganzen Tag im Bett liegen, rauche, schaue fern.

»Wir könnten nach München fahren.«

In München war ich, seit ich im Marienstift bin, nicht mehr.

»Du und ich.«

»München?«

»Klar. Mit dem Motorrad.«

»Motorrad?«

»Ja!«

»Ich weiß nicht.«

Sie schaut mich mit zusammengekniffenen Augen an. »Du hast doch nicht etwa Angst?

»Ich?«

Natürlich habe ich Angst. Und wie. Aber zugeben kann ich das natürlich nicht. Ich will nicht auf einem Motorrad fahren. Weder selbst fahren noch mitfahren. Ich schüttle zaghaft den Kopf. Dabei kommt mir ein verdrängter Gedanke wieder in den Sinn.

»Also, was ist? Sei kein Spielverderber!«

Was soll das für ein Spiel sein, das ich ihr da verderbe, denke ich und nicke jetzt ebenso zaghaft und hoffe, dass es am Sonntag Hunde und Katzen regnet.

»Okay, aber nur wenn wir an den Chiemsee fahren.«

»Mir egal, Hauptsache, wir fahren!«

Es regnet nicht. Johanna sitzt ganz in Leder gekleidet auf ihrer knatternden 750 Kawasaki vor dem Eisentor des Seniorenheims. Der Lederanzug betont ihre ohnehin schon atemberaubenden Körperformen noch vorteilhafter. Ich dagegen eigne mich mit Jeanshose, Cordjacke und Plastiktüte eher für ein Mofa als für diesen nach Geschwindigkeit dürstenden Feuerstuhl. Durch die zwei kleinen weißen Pillen, die ich mir von Frau Fiedler geborgt habe, wirkt mein Gang jetzt noch holpriger, als er ohnehin schon ist.

»Steig auf«, sagt Johanna und reicht mir einen albernen Motorradhelm, der ganz gut zu meinem Äußeren passt.

»Und halt dich gut fest.«

Noch ehe ich »Wo soll ich mich festhalten?« fragen kann, gibt sie schon Gas. Johanna fährt, als ob sie ebenfalls mindestens zwei der kleinen Pillen im Körper hätte. Ich lege meine Arme um ihren Lederbauch. In der Hand festgekrallt die Plastiktüte mit der Asche von Herrn Zacharias. Ich lege meinen Kopf auf ihren Rücken und schließe die Augen, rücke gedanklich immer näher an Herrn Zacharias in der Tüte heran. Es scheint nur noch eine Frage der Zeit zu sein, bis auch ich, zwar nicht in einer Plastiktüte, aber ebenso pulverisiert über die Autobahn fliege.

Die Pillen wirken. Hinter den geschlossenen Lidern und mit dem Oberkörper an Johannas Rücken gedrängt, fangen in ähnlich rasender Geschwindigkeit, wie die Kawasaki über den Asphalt schwebt, in meinem Kopf die Gedanken und Bilder an, ihren Schabernack mit mir zu treiben. Herr Wolfsohn fährt mit seinem Rollstuhl wie ein Kleinkind lachend auf meinen Nervenbahnen herum. Frau Grünwald tanzt mit eindeutigen Hüftbewegungen und entblößtem Geschlechtsteil hinterher. Frau von Hirschfeld küsst einen Mann mit einem lächerlichen gestutzten Oberlippenbart und ruft immer wieder: »Heil, Heil, Heil!«

Ich möchte die Augenlider wieder öffnen – unmöglich. Entweder drückt der Fahrtwind aufgrund des fehlenden Visiers so stark ins Gesicht, dass es mir nicht möglich ist, die Augen zu öffnen. Oder aber die Pillen lasten so schwer auf den Lidern, dass mir nichts anderes übrig bleibt, als die Augen geschlossen zu halten und mich ganz und gar Herrn Wolfsohn, Frau Grünwald und Frau von Hirschfeld zu übergeben.

Als wir ankommen, ist mir schlecht. Ich bin ganz weiß im Gesicht, meine Augen tränen und die Knie zittern.

»Was ist das denn eigentlich?«, fragt Johanna und zeigt auf die Plastiktüte.

Jetzt erst bemerke ich, dass sie sich plötzlich ganz leicht anfühlt und als wäre kaum noch etwas darin. Es ist kaum noch etwas darin! Durch ein kleines Loch hat sich die Asche von Herrn Zacharias fast vollständig auf der Autobahn verteilt.

»Das war Herr Zacharias«, sage ich und schaue in die geöffnete Tüte, in der noch ein paar Aschespuren zu sehen sind.

Johanna steht natürlich auf dem Schlauch und wedelt mit ihrer Hand vor dem Gesicht.

Vor uns liegt der Chiemsee, kornblumenblau und friedlich wie ein glitzerndes Meisterwerk, von einem unbekannten Schöpfer geschaffen, in der Mittagssonne. Über uns steht die Sonne und strahlt, als wollte sie die Welt für immer in gleißendes Licht tauchen.

»Ist das nicht schön«, sagt Johanna und öffnet ihre Lederjacke. Ein Duft entweicht und droht sogleich, mich für Momente den Verstand verlieren zu lassen.

Wir leihen uns ein Boot und rudern auf dem Chiemsee entlang. Ich rudere und sie hält ihr engelhaftes Gesicht in die Sonne. Die Augen geschlossen. Ich schmeiße die Plastiktüte mit den letzten Überresten von Herrn Zacharias ins Wasser. Die Tüte füllt sich und geht unter.

»Frau Grünwald ist umgebracht worden«, sage ich, während die Ruder leise ins Wasser tauchen.

»Was?!« Johanna hat die Augen noch immer geschlossen.

»Und Frau von Hirschfeld auch.«

Sie schüttelt den Kopf. Ich versuche ihr meine Beobachtungen zu verdeutlichen. Sie lacht.

»Bleib mal auf dem Teppich!«

Es ärgert mich, dass sie meine Vermutungen so belanglos vom Tisch wischt. Zumal sie es war, die noch vor Monaten in Herrn Zacharias ein mordendes Monster gesehen hat.

»Ich sage nur Leim, du erinnerst dich?!«

»Du meinst die Morde im Altenheim Leim?«

Sie lacht wieder, öffnet dann die Augen und zwinkert mich an.

»Mensch Franz, Leim, das waren kaltblütige Morde. Da haben Schwestern mit Allmachtsfantasien über Jahre Gott spielen wollen. Sie haben sich über Leben und Tod erhoben. Die hatten 'ne Klatsche! Und waren abgebrüht. Das war nicht nur *eine* Schwester, das war ein Konglomerat des Todes. Deswegen konnte es so lange geheim gehalten werden, deswegen ist so lange nichts nach draußen gedrungen. Aber intern, intern müssen auch die anderen, die keine Todesengel waren, den Braten gerochen haben.«

»Und haben es mit angesehen.«

»Verdrängt haben sie es. Sie haben nichts gesehen, weil sie es nicht sehen wollten.«

»Wie du!«

»Jetzt reicht's aber! Du spinnst ja!«

Sie will aufstehen. Das Boot schaukelt. Sie überlegt es sich anders und setzt sich wieder. Sie dreht mir den Rücken zu und schaut auf den See.

»Hier ist das Marienstift und nicht Leim. Hier ist niemand kaltblütig. Und 'ne Klatsche hat nicht mal Ivonne. Ivonne ist unsympathisch, ja. Ich kann sie auch nicht leiden. Aber sie ist keine brutale Killerin. Das würde ich merken, glaub es mir. Du verrennst dich da in was.«

»Und die Brenner?«

»Die Brenner ist abgezockter, ja. Berechnender, pragmatisch in der Regel. Aber die würde einen Teufel tun, auch nur gedanklich ihr geliebtes Heim in Verruf zu bringen. Schlag dir das aus dem Kopf.«

»Dann eben jemand anderes. Jemand, der das ganze Leid nicht mehr ertragen kann. Der die dahinvegetierenden Alten von ihrem Schmerz und der Qual befreien möchte. Eine moderne Form der Sterbehilfe.«

»So, so, ist ja sehr interessant.«

Johanna wird ironisch.

»Und wer kommt da infrage? Wer ist denn derjenige, der das Leid der Alten am wenigsten erträgt?«

Ich überlege, zucke mit den Achseln.

»Vielleicht du?«, sagt sie jetzt ganz kalt.

»Spinnst du!«

»Nein, ich spekuliere nur. Wie du auch.«

»Ich meine es ernst und du machst dich lustig über mich.«

»Das ist doch alles Schwachsinn. Wenn jemand dem Leid ein Ende machen wollte, dann hätte er doch den Wiedemann über die Klinge springen lassen. Oder den Maroni. Die sind doch viel jämmerlicher dran. Aber die Grünwald? Die von Hirschfeld?«

»Der Herr Wolfsohn.«

»Das war ein Unfall«, schreit Johanna und dreht sich ruckartig um. Das Boot schaukelt wieder.

»Wird behauptet, ja.«

Johanna sieht mich fragend an.

»Sag mal, Franz, langsam glaube ich, wenn hier einer eine Klatsche hat, dann bist du das.«

*

Wir rauchen einen Joint auf der Toilette. Danach wird der Abi-Ball erträglich. Die Eltern sind nicht eingeladen. Auf ausdrücklichen Wunsch von uns Schülern. Es sind nur ein paar Lehrer da, die aber, nachdem die ersten Schüler unter Alkoholeinwirkung anfangen zu pöbeln, schnell die Feier verlassen.

»Das war kein guter Jahrgang«, werden sie später sagen und sich selbst bestätigt fühlen.

Die ganze Abi-Feier wurde zu einem einzigen Desaster

und endete in einem Besäufnis und einer Schlägerei. Wer gegen wen und warum konnte später nicht mehr rekonstruiert werden.

Mir sind kaum mehr Details im Gedächtnis. Auch wie ich nach Hause gekommen bin, ist mir schleierhaft. Ich finde mich morgens nur halb ausgezogen, mit schmerzender Stirn, verstauchtem Bein und einem Kater in meinem Bett wieder. Ich werde erst richtig wach, als es klingelt. Ich schaue aus dem Fenster. Zwei Polizisten stehen vor der Tür.

»Ich komme.«

*

Frau Brenner ist wütend. Im Personalzimmer sind alle Schwestern versammelt.

»Irgendetwas geht hier nicht mit rechten Dingen zu«, sage ich und gucke ganz besonders geheimnisvoll.

Frau Brenner brüllt. Ich habe sie noch nie brüllen hören. Es klingt imposant.

»Dr. Dellbrügg hat die Leiche in Augenschein genommen.«

Ich gebe mich wenig eingeschüchtert.

»Ivonne hat was mit Dellbrügg«, sage ich ganz ruhig und trocken.

Frau Brenner verstummt. Alle schauen zuerst mich an. Dann Ivonne. Schwester Ivonne wird schlagartig rot.

»Was?«

Frau Brenner versucht zu verstehen, dann zu lachen. Beides scheint zu misslingen.

»Herr Dr. Dellbrügg ist glücklich verheiratet und hat zwei kleine Kinder«, brüllt sie wieder, nicht mehr ganz so laut wie zuvor.

»Der spinnt doch«, schreit Ivonne umso lauter.

Sie stürzt augenblicklich auf mich zu.

»Du Schwein! Du Denunziant!«

Die anderen Schwestern gehen dazwischen.

»Jetzt reicht's, Herr Zacher«, sagt Frau Brenner, wieder gefasst und ruhig, wie man das von ihr gewohnt ist. »Wenn Sie nicht augenblicklich Ihre verleumderischen Verdächtigungen einstellen, wenn Sie nicht augenblicklich von Ihren kränkenden Beschuldigungen absehen, dann werde ich Sie auf der Stelle suspendieren.« Sie macht eine Pause und setzt dann eindringlicher als zuvor noch einmal an: »Und glauben Sie mir, ich werde es dem Bundesamt gegenüber durchaus zu begründen wissen.«

So gewählt hat sich die Brenner ja noch nie ausgedrückt, denke ich. Alle Achtung, sie scheint gut vorbereitet zu sein.

»Ganz egal, was Sie aus Rache, aus gekränkter Eitelkeit auch behaupten werden.«

»Sie meinen ...«

»Ich meine gar nichts«, geht sie jetzt wieder etwas lauter dazwischen. »Ich ordne an, Herr Zacher. Entweder Sie halten sich daran oder Sie können auf der Stelle zu dieser Tür da hinausgehen und Ihre Sachen packen.«

Sie zeigt demonstrativ zur Personaltür, die, als wäre sie für meinen Abgang schon präpariert, nur angelehnt ist. Alle starren mich an; bis auf Ivonne, die am Tisch sitzt, den Kopf auf die Hände aufgestützt hat und schluchzt. Ich überlege kurz. Ich habe bei kurzer, schneller Übersicht zwei Möglichkeiten. Erstens Konfrontation. Ich könnte mich umdrehen und gehen. Auf Nimmerwiedersehen. Ich bin ziemlich sicher, dass das Bundesamt für den Zivildienst, der Zivildienst-Beauftragte, sich auf meine Seite ziehen ließe. Dennoch müsste ich mir für die verbleibenden zwei Monate eine neue Dienststelle suchen. Zweite Variante: Arschbacken zusammenkneifen, Augen zu und durch. Ich bleibe stehen.

»Und?«

»Einverstanden.«

Frau Brenner schmunzelt ganz kurz. Sie scheint erleichtert.

»Und von allen anderen erwarte ich dasselbe«, sagt sie und sieht die Schwestern eine nach der anderen an.

»Wer das Arbeitsklima durch Gerüchte und Verdächtigungen vergiftet, kann gehen. Ist das klar?«

Manche nicken, andere blicken betreten zu Boden.

»Und du, reiß dich endlich zusammen«, zischt Frau Brenner zur noch immer schluchzenden Ivonne.

Die stellvertretende Heimleiterin wirkt jetzt souverän. Das drohende Unheil, die bevorstehende Katastrophe legt unerwartete Qualitäten bei ihr frei. Auch die anderen Schwestern wirken eingeschüchtert.

»'tschuldigung«, sage ich und strecke Ivonne halbherzig meine Hand entgegen.

Sie dreht sich demonstrativ weg und nimmt meine Entschuldigung nicht an. Sie ist natürlich auch nicht ernst gemeint.

»Ivonne«, kläfft Frau Brenner.

Ivonne weint wieder, dann sagt sie schluchzend und kaum zu verstehen: »Schon okay.«

*

Ich bin Johanna verfallen. Ich kann mich gegen sie nicht durchsetzen. Sie zwingt mich, die Rolle von Zacharias zu übernehmen. Ich lehne ab, sage: »Ich war früher schon eine schauspielerische Niete.«

»Na, dann passt du ja wunderbar zu uns«, sagt Johanna und lässt nicht locker.

Als sie merkt, dass sie mit den schmeichelnden Worten

nicht weiterkommt, packt sie härtere Kaliber aus. »Ich weiß, dass du bei der Brenner im Büro herumstöberst.«

»Was?«

»Abstreiten nützt nichts. Also?«

»Also was?«

»Wenn du nicht mitmachst, sage ich es ihr.«

»Du willst mich erpressen?«

»Ich will dich nicht erpressen, ich erpresse dich.«

Ich denke nach. »Das reicht nicht.«

Sie scheint zuerst nicht zu verstehen.

»Der Preis ist zu hoch!«

»Du meinst, ich muss nachzahlen.«

Ich nicke.

»Und welche Währung bevorzugst du?«

»Welche hast du anzubieten?«

Sie kommt näher. Mir wird heiß. Ich schwitze, ich möchte am liebsten sagen: Stopp, das reicht schon. Ich bringe kein Wort mehr heraus. Jetzt ist sie so nahe, dass sich beinahe unsere Nasen berühren. Sie drückt ihre Lippen auf meinen Mund. Sie sind kalt.

»Reicht das?«

Noch ehe ich etwas sagen kann, drückt sie wieder ihren Mund auf meinen und schiebt ihre Zunge in meine Mundhöhle.

»Das reicht!«

Sie geht zur Tür. Ohne sich umzudrehen, sagt sie: »Heute Nachmittag 17 Uhr ist Probe im Aufenthaltsraum.«

In dem Moment weiß ich, dass ich sie nie ins Bett kriegen werde.

zwölf

Herlinde Fiedler. Sie ist 80 Jahre alt, stammt aus dem Rheinland. Sie hat eine Tochter, die in die USA ausgewandert ist und sie deshalb selten besucht. Ihr Mann war ebenfalls im Marienstift, ist aber vor Jahren gestorben. Er war einer der führenden Manager bei der Firma Krupp. Sie hatte früher ein Textilfachgeschäft in Essen, in dem sie Schürzen, Unterwäsche, Büstenhalter, Handtücher und dergleichen verkaufte. Ihr linkes Augenlid hängt ein wenig, wie das eines bekannten Komikers aus dem Fernsehen. Sie ist in verschiedenen Beschäftigungsgruppen aktiv. Sie spielt in der Theatergruppe mit, singt im Chor und malt Aquarelle. Landschaften, auf denen im Vordergrund muskulöse, junge Männer, meist mit nackten Oberkörpern, und schöne, blonde Frauen abgebildet sind. Fast immer verrichten sie handwerkliche oder landwirtschaftliche Tätigkeiten. Säen, ernten, pflügen und dergleichen. Manchmal schreibt sie auch Gedichte, die sie bei Feierlichkeiten im Marienstift unaufgefordert vorträgt. Dabei geht es in der Regel um ein sehr deutsches Männer- und Frauenbild. Es ist eine Art verquaste, pathetische Blut-und-Boden-Lyrik. Einmal bittet sie auch Herrn Zacharias »mit seiner ausgebildeten, reizenden Stimme« die Gedichte zu rezitieren. Nachdem Herr Zacharias einen kurzen Blick auf die Gedichte geworfen hatte, sagte er: »So einen revisionistischen Scheiß lese ich nicht!«

Er warf den Blätterstoß in die Luft, dass die einzelnen Seiten wie abgeschossene weiße Tauben zu Boden segelten. Frau Fiedler war entsetzt und sprach seitdem nicht mehr mit Herrn Zacharias. Frau Grünwald, Frau von Hirschfeld und Frau Weixelbaum taten es ihr gleich. Auch mich bat sie einmal, bei einem nachmittäglichen »Fröhlichen Zusammensein« im Aufenthaltsraum eines ihrer Gedichte vorzutragen. Mit dem Hinweis, dass mir Herr Zacharias das nie verzeihen würde, lehnte ich ab.

»Ich bin als Zivildiener verpflichtet, per Eid«, dabei hob ich wie zum Schwur die drei Finger meiner rechten Hand, »neutral zu sein, Frau Fiedler, so leid es mir tut.«

Als auch Johanna ablehnt, rezitiert sie die Gedichte wieder selber.

*

Gestern Nacht habe ich dann doch noch mit Johanna geschlafen. Allerdings nur im Traum. Es war ein schrecklicher Traum. Die ganze Nacht habe ich von ihr geträumt; zuerst erschien sie mir so alt wie damals als Abiturientin, sah auch ganz genauso aus, während ich so alt war wie jetzt. Dann war sie auf einmal so alt wie jetzt und ich war der Abiturient. Zuletzt waren wir beide so alt wie Frau Ada und Herr Zacharias. Ich erkannte mich kaum wieder. Erstaunlicherweise war sie mir in hohem Alter eigenartig vertraut. Vor Ekel wachte ich auf. Ich schwitzte am ganzen Körper, mein Kopf schmerzte und mein Schwanz war so klein, als wollte er sich komplett in die Bauchdecke zurückziehen.

Seitdem liege ich wach im Bett und hindere mich daran, wieder einzuschlafen, aus Angst, den abgebrochenen Traum von der Alten-Liebe wieder aufnehmen zu müssen. Um aufzustehen, bin ich zu ermattet. Immer wieder stelle ich mir Johannas Körper vor und sehe dabei mit weit aufgerissenen Augen in die 40-Watt-Glühbirne meiner Nachttischlampe. Aus dem gelben Licht heraus formen sich Brüste, ein Hintern, Bauch, Beine, ein Geschlecht; nur für Momente, bis sie wieder ineinander verschwimmen, zu einem gelben bis zum Horizont reichenden Rapsfeld. In dem ich ihr wie ein kleiner Junge in kurzen Hosen hinterherlaufe, außer Atem und mit heraushängender Zunge. Bis Frau Ada vor mir steht – aus dem gelben Brei aufgetaucht. Nackt und mit tiefen Falten am ganzen Körper. Ich kneife die Augen zu, Frau Ada ist verschwunden. Ich öffne sie. Das Rapsfeld ist wieder da. Und darin die nackte, springende Ivonne, die Haare zu Zöpfen geflochten. Mit jedem Augenlidschlag taucht eine andere Schwester auf. Als die Altenheimbewohner nackt vor meinen fast blinden Augen wie auf einem Laufsteg auf und ab gehen, während ich zwischen Abscheu und Angezogensein hin und her taumle, klopft es.

»Herein!«

Die Tür geht auf. Ich sehe nichts. Erst an der Stimme erkenne ich sie. Es ist Johanna. Im ersten Moment bin ich erleichtert, als ich ihren weißen Kittel sehe.

»Das muss ich dir unbedingt erzählen«, sagt sie und streckt den Kopf noch weiter zur halb geöffneten Tür herein. »Ich habe heute Nacht von dir geträumt.«

Ich werde rot, schließe die Augen und sehe vor meinen Lidern glitzernde Sterne aufsteigen und abstürzen.

»Du errätst nicht was.«

Nein, bitte nicht, denke ich, sag es nicht, ich will es nicht hören. Zu spät.

»Ich hab geträumt, du hättest den Wolfsohn auf dem Gewissen.«

Ich öffne wieder die Augen. Sie lacht. »Stell dir das mal vor?«

Es ist das erste Mal, dass ich ihr Lachen hasse.

»Stimmt!«, sage ich ganz trocken, fast unbeteiligt, nur damit sie aufhört. Es gelingt. Sie schaut mich an, als ob ich völlig übergeschnappt wäre.

Jetzt lache ich.

*

Wer ist das? Was sind das für Männer auf dem Schwarz-Weiß-Foto von Frau Ada. Fünf junge Männer, vielleicht zwischen 20 und 30, in kurzen Hosen und mit Mützen auf dem Kopf. Sie haben Uniformhemden an. Sie sehen aus wie Soldaten in der Freizeit, irgendwo im Süden, im Hintergrund ein Olivenbaum. Inmitten der fünf ein weißer Esel, der in die Kamera starrt. Auf dem Esel ein Mann, der mir bekannt vorkommt. Der sieht aus wie ich, denke ich und muss schmunzeln. Der Mund, die Augen, die fliehende Stirn. Auf der Wange ist eine lange Narbe. Der Mann auf dem Bild lacht. Um seinen Kopf ist ein handschriftlicher Kreis gezogen. Was hat das zu bedeuten?

Immer wenn ich Frau Adas Zimmer betrete, nehme ich mir vor, das Bild zurückzulegen. Entweder ist die Gelegenheit ungünstig oder ich traue mich nicht. Als ich einmal das Bild aus der Tasche gezogen und in der Hand halte, krächzt ihr Beo plötzlich: »Ich find dich geil.«

Ich erschrecke so, dass ich das Foto sofort wieder in der Tasche verschwinden lasse.

Frau Ada lacht. Sie schreibt auf ihre Schiebetafel: *Seit Tagen ist er völlig verrückt!*

Ich versuche zu lächeln. Es misslingt.

Der Vogel krächzt wieder: »Ich find dich geil!«

*

Ich habe mich auf das Abenteuer Zivildienst gestürzt und mich in das Rehabilitationszentrum Seniorenheim begeben, um von Celine loszukommen, um sie – von ihr räumlich getrennt und intellektuell losgelöst – zu vergessen und auf andere, ganz andere Gedanken zu kommen. Das scheint mir gelungen. Ich wollte einen Schlussstrich unter dieses leidliche Celine-Thema ziehen und dabei sollte mir die Arbeit und die Auseinandersetzung mit den Alten die Hand führen. In dieser zehnmonatigen Karenz- und Kurzeit wollte ich Zerstreuung und Ablenkung finden, um danach regeneriert, wiederhergestellt und ja vielleicht sogar gänzlich geheilt irgendetwas Neues zu beginnen. Es ist mir gelungen. Celine spielt in meinem Leben keine Rolle mehr. Celine ist gestorben, für mich ist sie ein für alle Mal tot. Erstaunlich, wie leicht sich das so sagt und auch anfühlt. Vor über zehn Monaten spielte ich mit dem Gedanken, ihretwegen zu sterben, und jetzt spielt sie die tote Rolle und hängt als Leichnam über dem Zaun der Jugendsünden. Wären da nicht die anderen Toten, die mir jetzt den Kopf zerbrechen. Die tote Celine wird von anderen Toten abgelöst, die viel lebendiger in meinem Kopf herumspuken: Frau Grünwald, Herr Wolfsohn, Frau von Hirschfeld.

*

Ich liege auf dem Seziertisch. Über mir eine Neonlampe, grelles Licht. Jemand beugt sich über mich, es ist Professor Dr. Homberg, der jetzt ein blitzendes Skalpell in der Hand hält und lacht. Er greift nach meiner Zunge im Mund und schneidet langsam ins Fleisch. Ich spüre nichts, nehme nur wahr, wie sich mein Mund mit warmer Flüssigkeit füllt. Es sprudelt aus mir heraus, wie eine nicht versiegen wollende Quelle. Alles wird rot. Der Professor mit der Zunge in der Hand wird davongeschwemmt. Ohne die Zunge in der Hand. Die Zunge fliegt. Die Zunge kann fliegen! Sie fliegt durch die Luft. Immer höher. Halt, bleib hier!, will ich schreien und merke, dass keine Worte, kein einziger Ton meinen Mund verlässt.

Ich beiße mir auf die Zunge. Ich wache auf. Ich schwitze. Das Leintuch klebt an meinem Rücken. Ich stehe auf. Draußen ist es dunkel. Ein feiner Regen fällt gegen die Fensterscheibe. Ich schalte die Nachttischlampe ein, stecke mir eine Zigarette an. Ich bin müde und kann doch nicht mehr schlafen. Mein Kopf schmerzt. Zu viele Gedanken treiben sich darin herum. Ich schalte den kleinen Fernsehapparat an und setze mich wieder zurück auf das Bett. Ich zappe durch die Kanäle. Fußball. Zwei italienische Mannschaften mauern sich in der Abwehr ein und schieben sich den Ball im Mittelfeld zu. Nicht mit anzusehen. Ich schalte um. Ein Talkmaster mit Föhnfrisur führt Menschen vor. Menschen, die dem Trugschluss erliegen, sich mit sensationellen Offenbarungen für Minuten unsterblich zu machen. Einer mit dem Namenssticker *Manfred* sagt, dass er mit seiner Schwiegermutter geschlafen hätte. Na und?, denke ich und schalte weiter.

Eine Frau liegt im Bett, ein Mann kommt zur Tür herein. Er hat eine Waffe in der Hand.

»Dafür sollst du büßen«, sagt er.

Er richtet den Lauf der Pistole auf die Frau, die dreht sich um und blickt genau in die Kamera. Das ist doch … Celine!, denke ich. Die sieht aus wie Celine. Celine richtet sich auf, ihre kleinen apfelsinengroßen Brüste sind zu sehen. Ich überlege, ob sie tatsächlich so klein waren. Kann mich gar nicht mehr so gut daran erinnern. Mir kamen sie größer vor. In der Erinnerung ist alles größer. Wenn sie etwas sagen würde, dann könnte ich an der

Stimme erkennen, ob sie es ist. Sie sagt nichts, sieht nur in den Lauf der Waffe.

»Sag was, du Nutte!«, sagt der Mann.

»Na los, sag was«, sage ich.

»Ich war's nicht. Es tut mir leid, Liebling.«

Sie ist es! Das ist Celine! Ein Schuss fällt. Celine ist tot. Schade. Ich sehe dem Krimi noch ein wenig zu, in der Hoffnung, Celine taucht noch einmal auf. Aber das ist ja Blödsinn, denke ich schließlich, wenn sie tot ist. Ich schalte um. Ich werde wehmütig, denke an das Müller'sche Volksbad und errege mich dabei. Ich schiebe meine Hand in die Unterhose und spiele an meinem Schwanz herum. Es klopft. Ich schaue auf den Wecker. Es ist halb elf am Abend. Ich lege mich zurück ins Bett und ziehe das Plumeau bis zur Brust hoch. Ich schalte um.

»Ja?«

»Entschuldige! Schläfst du schon?«

Schwester Claudia steht in der Tür.

»Nein. Was gibt's?«

Sie fängt an zu weinen.

»Setz dich.«

Ich zeige auf den Stuhl am Schreibtisch, bleibe selbst liegen. Ich möchte sie nicht mit meinem halb erigierten Schwanz in der Unterhose konfrontieren.

»Na los, was ist?«

»Mir geht's nicht gut.«

»Was hast du?«

»Na ja, Schmerzen. Aber wo, kann ich dir nicht sagen.«

Menstruationsbeschwerden, denke ich. Spätestens jetzt ist mein Ständer in der Hose nicht mehr zu sehen.

»Ich hab eigentlich bis morgen früh Dienst. Jetzt wollte ich fragen, ob du nicht vielleicht für mich einspringen magst.«

Mögen, hat sie *mögen* gesagt? Mögen nicht – aber kann ich anders?

»Schon okay.«

»Ich mach dann auch mal für dich.«

»Wer hat denn noch Dienst?«

»Ivonne.«

»Oje.«

»Danke.«

Sie springt auf und küsst mich auf die Stirn. Ein feuchter Fleck bleibt zurück.

»Ich komme gleich.«

Als sie an der Tür steht und mein Zimmer noch nicht verlassen will, sage ich forscher, als die Situation vielleicht verlangt: »Ich muss mich noch anziehen.«

Als sie draußen ist, wische ich mir den feuchten Kuss ab. Ich stehe auf und ziehe mich an. Der Fernseher läuft noch immer. Ich sehe Berge. Alte Männer in Uniformen und alte Männer in Trachtenanzügen mit großen Fahnen. Das ist Mittenwald. Das kenne ich. Pfingsten. Eine Stimme aus dem Off spricht.

»Der Blick in die Vergangenheit ist meist verklärt. Das ist vielleicht normal und manchmal auch gut so. Aber dass man sich nicht mal mehr erinnern kann, Menschen erschossen, erschlagen oder erstochen zu haben, ist nicht hinnehmbar. Mitten im Zweiten Weltkrieg haben deutsche Gebirgsjäger auf verschiedenen griechischen Inseln, so zum Beispiel in Kefalonia, 5.000 italienische Soldaten schlichtweg hingerichtet. Es ist eines der schwersten Kriegsverbrechen der Wehrmacht – ungesühnt bis heute. Umso ehrenwerter, wenn auch wohl zu spät, der Versuch der Dortmunder Staatsanwaltschaft, dieses Verbrechen jetzt aufzuklären. Aber sie hat es schwer – weil kaum noch Zeitzeugen leben, und weil sich die Gebirgsjäger, die dabei waren, nur noch an eines erinnern können oder wollen: an die fanatische Kameradschaft, die sie zu allem Überfluss jedes Jahr an Pfingsten im bayerischen Mittenwald groß feiern.«

Ich setze mich zurück auf das Bett und sehe den Ministerpräsidenten inmitten eines Fahnenmeers und erinnere mich an früher. Bilder aus meiner Kindheit vermischen sich mit Bildern aus dem Fernseher. Alles ist genauso, nur der Ministerpräsident ist ein anderer. Als ob die Jahre nicht vergangen, die Zeit stillgestanden wäre.

»Als bayerischer Ministerpräsident, der seinen Grundwehrdienst bei den Gebirgsjägern abgeleistet hat, bin ich natürlich besonders stolz auf diese spezifisch bayerische Truppe und ihre Leistungen in Vergangenheit und Gegenwart.«

Die versammelten Gebirgsjäger jubeln. Darüber spricht ein Kommentator: »Das mit der Vergangenheit ist so eine Sache. Mit der Aufarbeitung auch. Diese Frau ist aus Griechenland, sie ist ebenfalls nach Mittenwald gereist.«

Eine alte Frau, ganz in Schwarz gekleidet, mit Kopftuch und Handtasche ist zu sehen.

»Sie war 13, als deutsche Gebirgsjäger ihr Dorf zerstörten und die 18 Mitglieder ihrer Familie grausam ermordeten. Die Gräuel der deutschen Soldaten lassen sie nicht los.«

»Meiner Nachbarin, die damals hochschwanger war, der haben sie den Bauch aufgeschlitzt und das Baby rausgenommen und daneben auf den Boden geworfen. Warum haben sie das gemacht? Ich würde gern einen der Soldaten finden und fragen: Warum hast du das getan?«

Wieder werden Bilder der Fahnenträger eingeblendet. Dann spricht ein Mann in Uniform in die Kamera, der am Bildrand als *Helmut Jessner – Ritterkreuzträger* bezeichnet wird.

»Dass die angeblich sogar Frauen umgebracht hätten und vergewaltigt hätten, das kann ich mir nicht vorstellen. Aber wissen Sie, bei den anderen, bei den Russen, musste ich mir das nicht vorstellen, denn ich hab's mit eigenen Augen gesehen.«

Wäre Opa noch am Leben, denke ich, würde auch er bestimmt in die Kamera sprechen. Jetzt bin ich das erste Mal froh, dass Opa tot ist. Gleichzeitig schäme ich mich dafür. Opa war mit Leib und Seele Gebirgsjäger. In seiner Pension lief er manchmal sogar in Uniform herum. Das war selbst Oma zu viel.

»Leugnen und verdrängen«, sagt der Kommentator, während langsam aus der Ferne auf ein Denkmal gezoomt wird. »Der Täter wird in Mittenwald gedacht. Für die Opfer höchstens ein paar Erinnerungsfloskeln. Eine Gedenkfeier für die Ermordeten haben die Veteranen in ihrem Erinnerungsprogramm nicht vorgesehen. Dafür verbeugen sie sich vor dem Leiden einer anderen Kreatur. Gleich neben der Kaserne der Gebirgsjäger stellten sie sogar ein Denkmal auf, für ihren treuen Kameraden – den Maulesel.«

Scheiße, denke ich und schalte den Kasten aus.

*

Heute ist Premiere. Komisch, obwohl im Publikum vornehmlich alte, senile und demente Menschen sitzen, mache ich mir vor Lampenfieber beinahe in die Hose.

Wir spielen *Antigone*. In einer Fassung von Johanna. Oder besser, wir spielen einen Teil aus *Antigone* nach Jean Anouilh in einer stark bearbeiteten Fassung von Schwester Johanna. Ich bin Kreon. Johanna Antigone. Frau Weixelbaum versucht die Amme zu sein. Claudia ist abwechselnd Ismene und Eurydike. Herr Kahlenbach Hämon. Und die

Wächter werden stumm von Herrn Wiedemann und Herr Maroni gegeben. Der Sprecher ist der Physiotherapeut Karlhans. Ich spiele, rückwärts auftretend in einem schwarzen Mantel, auch noch den Boten. Frau Ada hätte sicher auch gern mitgespielt. Aber zwei Stumme reichen, befand Johanna. Eigentlich ist das gar kein Theaterspiel, vielmehr eine mehr oder weniger inszenierte Lesung. Bis auf Claudia und Johanna haben alle ihr Textbuch mit auf der Bühne. Ich natürlich auch. In so kurzer Zeit ist Herrn Zacharias' Rolle unmöglich zu lernen. Johanna ist als Antigone beeindruckend. In den Szenen mit ihr stockt mir der Atem.

Johanna als Antigone: »Kreon, kannst du etwas hören? Ich habe sie infiziert. Vielleicht war sie nicht die Einzige. Vielleicht werden es viele. Die meisten. Alle. Na los, Kreon, schlag zu, bring mich zum Schweigen. Warum überlegst du noch? Befehle! Befehle deinen Wärtern! Na los, Kreon, sei kein Hosenscheißer, es tut nicht weh, schlag zu und dann ist es vorbei.«

Ich als Kreon bin wie hypnotisiert. Ich habe vor so viel Anmut Antigones, vor so viel einfühlsamem Können Johannas meinen Einsatz völlig vergessen. Johanna wiederholt, jetzt bissiger: »Nu leg endlich los, du Hosenscheißer!«

»Zu Hilfe«, brülle ich, so laut ich kann. »Wache!«

Die Zuschauer zucken zusammen und Herr Maroni und Herr Wiedemann kommen nach dem dritten Wache-Ruf hereingerollt.

Ich als Kreon: »Nehmt sie mit!«

Mir scheint, Johanna hat das Stück nur ausgewählt, um einmal im Leben die Antigone zu spielen, wenn auch nur vor meist dementen Alten. Sie macht das richtig gut. Die Szene zwischen Kreon und Hämon dagegen ist eine Katastrophe. Herr Kahlenbach kann nicht nur den Text nicht, er verrutscht auch ständig in den Zeilen.

Ich als Kreon: »Es ist zu Ende. Sie hat alles ausgeplaudert. Theben hat es gehört. Ihr Tod ist ihr sicher.«

Herr Kahlenbach als Hämon (allerdings zwei Zeilen verrutscht und jetzt mit dem Text von Kreon): »Alle werden zweifeln und behaupten, ich rette sie, weil sie meine Schwiegertochter werden soll. Das geht nicht.«

Ich als Kreon (völlig irritiert): »Aufhören! Das Gesetz ist verbindlich!«

Herr Kahlenbach als Hämon (wieder verrutscht, aber diesmal tatsächlich mit dem Text von Hämon und überhaupt nicht irritiert): »Was bedeutet das alles? Der König bist du!«

Ich als Kreon (noch irritierter) gehe ab. Herr Kahlenbach als Hämon und bisweilen auch als Kreon bleibt auf der Bühne wie angewurzelt zurück, so lange, bis Johanna als Antigone wieder auftritt und ihn ganz unauffällig in die Kulissen schiebt.

Am Ende gibt es stürmischen Applaus, von denen, die nicht eingeschlafen sind. Die Schlafenden sind spätestens jetzt wieder wach und gähnen. Johanna dankt dem gesamten Ensemble und allen Unterstützern. Sie widmet die Vorstellung nachträglich Herrn Zacharias. Ganz am Ende dankt sie auch noch mir, dass ich freiwillig und ganz spontan eingesprungen bin. Sie zwinkert mir zu. Ich strecke ihr die Zunge heraus. Manche lachen.

*

Das Notsignal leuchtet. Im zweiten Stock. Es ist kurz vor vier. Johanna schläft auf der Couch im Nebenzimmer. Ich lasse sie schlafen, lösche das Signal und gehe eilig auf den Flur. Ich renne, zwei Stufen auf einmal überspringend, die zwei Stockwerke hoch. Die Tür von Zimmer 23 steht auf. Das ist Frau Weixelbaums Zimmer.

»Frau Weixelbaum?«

Ich bin außer Atem. Ich schalte die Nachttischlampe an. Frau Weixelbaum liegt im Bett. Ihre Augen sind offen. Ihr Blick entrückt. Ihr Mund braun verschmiert. Ich greife nach ihrer Hand, die mit gespreizten Fingern auf dem Plumeau liegt. Sie ist kalt. Frau Weixelbaum ist tot. Schon lange. Auf dem Nachttisch steht eine aufgerissene Schachtel Milka-Schokoladenherzen. Nur noch drei sind in der Packung. Ich will gerade das Zimmer wieder verlassen, um Johanna Bescheid zu sagen, da entdecke ich an der Tür ein weiteres Schokoladenherz. Auf dem Flur noch eins. Im Abstand von einem Meter liegen weitere Herzen auf dem Boden. Das ist eine Spur, denke ich, ich soll irgendwohin geführt werden. Ich folge ihr den Gang entlang. Die Tür von Zimmer 28 ist nur angelehnt. Ein Licht brennt.

»Frau Ada?«

Frau Ada ist nicht im Zimmer. Der Vogel! Der Vogel liegt auf dem Käfigboden. Er ist tot. Ich gehe zurück auf den Flur, weiter der Spur der Schokoladenherzen hinterher. Sie führen mich die Treppe hoch in die dritte Etage. Da ist nichts mehr, außer meinem Zimmer, Frau Brenners Büro und der Terrasse. Die Tür zum Büro ist auf. Ein kleines Licht am Schreibtisch brennt. Niemand ist zu sehen.

»Hallo?«

Die Terrassentür steht offen. Ein kühler Nachtwind weht herein.

Ich gehe vorsichtig durch das Büro hindurch zur gläsernen Terrassentür. Auf dem Terrassenmäuerchen hockt eine Person.

dreizehn

Frau Ada. Sie ist am 23. April geboren. Das Jahr verheimlicht sie. Als ich sie an ihrem Geburtstag frage, wie alt sie wird, schreibt sie *Zu alt für Sie!* auf ihre Schiebetafel. Johanna lacht. Ich strecke ihr die Zunge heraus. Frau Ada hat in ihrem Alter noch immer einen mädchenhaften Körper. Sie ist höchstens 1,50 Meter groß, schmächtig, hat graue krause Haare und lustige braune Augen. Sie ist kinderlos und bekommt nie Besuch. Laut Johanna ist sie noch nicht lange im Marienstift. Erst ein paar Tage vor mir soll sie eingezogen sein. Seitdem hat sie sich nahtlos ins Seniorenheimgefüge integriert. Sie gilt als sehr wohlhabend, lebt aber ausgesprochen bescheiden. Sie ist zu allen freundlich und zuvorkommend. Lacht viel, redet nichts, da sie von Geburt an stumm ist. Obwohl Tiere im Marienstift verboten sind – aus hygienischen Gründen, wie es in der Hausordnung heißt –, hat sie sich durchgesetzt und durfte ihren Beo behalten. Es wird hinter vorgehaltener Hand gemunkelt, dass viel Geld geflossen sein muss. Frau Brenner hat die Entscheidung mit »sozialer Härte« erklärt. »Wer nicht sprechen kann und auch keine Angehörigen hat, dem kann man nicht auch noch den Vogel wegnehmen«, rezitiert Johanna Frau Brenner und reibt dabei Daumen und Zeigefinger aneinander. Das Argument scheinen sogar die verstanden zu haben, die selbst gerne eine Katze oder einen Hund gehabt hätten. Auch der Vogel von Frau Ada ist nicht sehr gesprächig. Das Einzige, was er von sich gibt, ist sein Name. Kommeno. Frau Adas Leidenschaft gilt der griechischen Antike. Sie liest die griechischen Klassiker. Von

Euripides bis Homer. Vor allem hat es ihr *Antigone* angetan. Die größte Freude bereitet es ihr, wenn ich ihr Auszüge daraus vorlese. Sie hat sich ein wenig mit Herrn Zacharias angefreundet.

*

»Bist du gekommen, mir das Bild zurückzubringen?«

»Frau Ada? Sie, Sie können ja sprechen?!«

»Manchmal ist es besser, man schweigt.«

Ich stehe an der Terrassentür und gehe langsam auf Frau Ada zu, die nur im Nachthemd und in Hauspantoffeln mit dem Rücken zu mir auf dem Mäuerchen sitzt. Ich greife in meine Gesäßtasche, wo ich das Bild seit Tagen mit mir herumtrage, und hole es heraus. Frau Ada dreht mir weiter den Rücken zu und schaut in den nächtlichen Garten hinunter.

»Wie lange schweigen Sie schon?«

»Seit ich hier bin«, sagt sie und nimmt mir das Bild aus der Hand. »Du willst bestimmt wissen, wer der Mann mit dem Kreis um den Kopf ist?«

Ich ahne es und nicke nur halbherzig. Ich stehe neben ihr und blicke sie an. Sie dreht den Kopf und sieht mich jetzt auch an.

»Dein Großvater! Franz Benedikt Zacher«, sagt sie und verzieht keine Miene.

»Aber wie kommen Sie denn an ein Bild von meinem Großvater?«

»Er hat es verloren.«

»Aber wo?«

»In Griechenland. 1943.«

»Opa war in Griechenland?«

»Zusammen mit der 1. Gebirgsjäger-Division und 12. Kompanie im Sommer 1943«, kommt es, wie an einer

Schnur gezogen, aus ihrem Mund. Erst jetzt fällt mir auf, dass ihre Stimme brüchig klingt, fast heiser. So als ob jemand sehr viel geredet hätte und jetzt nur noch unter Anstrengung Worte aus sich herausbringt. Ich nehme neben ihr Platz.

»Aber was hat denn Opa da gemacht?«

Wir sitzen jetzt ganz dicht beieinander.

»Menschen abgeschlachtet«, sagt sie.

»Nein!«

»Doch, ich habe es gesehen. Mit eigenen Augen. Sie haben ein Massaker verübt, in Kommeno, meinem Dorf.«

»Kommeno? So heißt doch Ihr Vogel.«

»Damit er mich immer daran erinnert, was ich tun muss.«

»Ihr Vogel ist tot.«

Sie schweigt wieder, blickt über das Mäuerchen hinunter auf den Rasen, der, vom fast vollen Mond beschienen, milchig zwischen den Bäumen liegt und einen friedlichen Eindruck macht. Ein kühler Wind lässt ihr Nachthemd flattern.

»Aber was hat denn Großvater in Kommeno gemacht?«, frage ich schließlich, als sie keine Anstalten macht weiterzuerzählen.

Sie blickt vom Garten wieder auf und sieht mich an. »Dein Großvater hat meine ganze Familie ermordet. Hast du das Bild gesehen über meinem Bett? Vater, Mutter und acht Geschwister. Meine jüngste Schwester war vier. Mein ältester Bruder 20.«

»Nein!« Ich weigere mich, es zu glauben.

»Ich habe es gesehen. Mit eigenen Augen, so wie ich dich jetzt sehe. Alle hat er erschossen. Und noch viele mehr. 317 Menschen aus meinem Dorf wurden von der 1. Gebirgsjäger-Division ermordet. Frauen, Männer, Kinder. Manche wurden vorher vergewaltigt, manche danach geschändet. Niemand aus meiner Familie blieb am Leben. Bis auf mich. Sie haben Kommeno ausradiert. Häuser abgebrannt, zerstört, alles verwüstet.«

»Das glaube ich nicht«, sage ich und will aufstehen. Sie legt ihre Hand auf meine Beine.

»Das spielt keine Rolle. Es ist egal, was du glaubst. Dein Großvater wollte es danach auch nicht mehr glauben.«

Sie zeichnet mit ihren Fingern auf meine Oberschenkel der Jeans.

»Es wird auch egal sein, was du sagst«, sagt sie. »Was zählt, sind Fakten. Damals und jetzt.«

Ich verstehe nicht, was sie meint. Kann die Zeichen nicht entziffern. Versuche, meine Gedanken zu sortieren.

»Aber warum, warum haben sie das getan?«

»Aus Böswilligkeit, Arglist, aus Hass, Lust, aus Spaß. Erklärungen für sinnloses Morden gibt es genug. Aus Rache.«

»Und Opa?«

»Aus denselben Beweggründen!«

»Und warum wurden *Sie* verschont?«

»Aus Zufall. Glück? Ich habe mich versteckt, unter einem leeren Weinfass. Durch die Ritzen sah ich, wie meine Familie im Hof zusammengetrieben wurde und wie dein Großvater sie mit einem Maschinengewehr niederschoss. Ich sah sein Gesicht – um seinen Mund war ein widerwärtiges Grinsen – und dann drückte er ab. Ich habe mir sein Gesicht eingeprägt. All die Jahre über war es so lebendig, als stünde er leibhaftig vor mir, schärfer, genauer als das verwackelte Foto, das er in den Stunden in Kommeno verloren haben musste.«

Sie fährt mit ihren zittrigen Fingern über mein Gesicht. Ich lasse es geschehen.

»Wusstest du, dass er auf der rechten Wange eine Kriegsverletzung hatte?«

Ich schüttle den Kopf.

»Deshalb ließ er sich später wohl auch den langen Bart wachsen. Was man nicht sieht, ist nicht; was man nicht wahrhaben will, war nicht.«

Sie macht eine Pause und blickt wieder zum Garten hinunter.

»Wenn ich in all den Jahren Gefahr lief, die Trauer und Wut und das, was ich mir geschworen habe, zu vergessen, brauchte ich nur die Augen zu schließen und schon war alles wieder da.«

Sie tut es.

»Ich hatte alles verloren. Meine Familie, mein halbes Dorf, alles. Am schlimmsten war aber der plötzlich abhandengekommene Sinn. Mein Leben hatte schlagartig seinen Sinn verloren. Oft habe ich bedauert, dass er mich nicht auch umgebracht hat. Was mich am Leben hielt, war ein einziger Gedanke: Rache. Es gibt keine Gerechtigkeit, es gibt keinen Gott. Das Einzige, was bleibt, ist Rache – und Genugtuung, die daraus resultieren kann. Das ist alles.«

»Und Sie haben sich gerächt?«, frage ich zaghaft, ganz trocken im Mund.

»Ja! Ich habe lange gebraucht, deinen Großvater zu finden. Es wuchs ein langer Bart über die Sache.«

Sie kichert leise.

»Ich hatte nur das Bild und meine Erinnerung. Ein paar Jahre nach dem Krieg ging ich nach Deutschland und blieb bis jetzt. Erst 40 Jahre nach dem Massaker kam ich auf seine Spur. Durch Zufall. Und dann habe ich getan, was ich tun musste.«

»Dann waren Sie das mit Opa?«

»Komm mit.«

Sie steht auf, geht über die Terrasse, zurück in Frau Brenners Büro. Ich folge ihr. Sie geht weiter in die Toilette. Sie öffnet den Klodeckel.

»Da, schau.«

Ich blicke an ihr vorbei in die Schüssel. Ein zehn Zentimeter langer Fleischstreifen liegt auf dem weißen Keramik.

»Das ist …«

»… die Zunge von deinem Opa!«

Sie drückt auf die Spülung.

»Jetzt ist er endgültig und gänzlich da, wo er hingehört.«

»Und Oma?«

»Auch!«

»Dann haben Sie auch meine Eltern auf dem Gewissen.«

Sie geht wieder zurück auf die Dachterrasse und setzt sich auf das Mäuerchen. Ich folge ihr und bleibe neben ihr stehen.

»Gewissen?«, sagt sie ein wenig außer Atem, sodass ihre Stimme noch brüchiger, noch heiser klingt. »Ich habe kein Gewissen mehr. Ich habe es am 16. August 1943 verloren. Seitdem ist nichts als eine Gleichung, eine mathematische Gleichung in meinem Kopf. Auf der einen Seite bin ich und meine Toten. Auf der anderen die Mörder und die Lebenden. Ich versuche, ein Gleichgewicht zu schaffen.«

»Das ist doch Wahnsinn.«

Sie nickt und kichert wieder.

»Ich ließ die Bremsschläuche am Auto deiner Eltern manipulieren. Dann habe ich sie am Abend des 24. Juli auf die Bundesstraße 19 gelockt. Sie hatten keine Chance.«

Jetzt hat sie plötzlich eine Schachtel Milka-Schokoladenherzen auf dem Schoß. Sie nimmt ein Schokoladenherz heraus und steckt es sich in den Mund.

»Was machen Sie da?«

»Ich bringe die Gleichung zu Ende.«

»Das ist doch …«

»Blausäure«, sagt sie und kaut auf dem Herz herum.

»Dann waren Sie auch das mit Frau von Hirschfeld und Frau Grünwald. Das mit Frau Weixelbaum?«

»Es sieht so aus. Für dich sieht das jetzt so aus. Aber es wird dir niemand glauben.«

»Aber warum …«

»Weil die Indizien eine andere Sprache sprechen. Alles wird so aussehen, als ob nur *du* es hättest sein können.«

»Was?! Das ist doch Wahnsinn!«

Sie kichert wieder, kaut und nickt.

»Und Herr Wolfsohn? *Sie* haben die Bremse gelöst, nicht wahr?«

Wieder nickt sie.

»Aber warum?«

»Auch ein alter Kamerad, ein ehemaliger Gebirgsjäger. Ein Mörder.«

Ich setze mich wieder neben sie auf das Mäuerchen. Sie lächelt. Sie scheint müde zu werden. Ihre Augen fallen immer wieder zu.

»Nicht einschlafen, Frau Ada, nicht einschlafen.«

Sie legt ihren Kopf an meine Schulter. Ihr Kopf rutscht langsam auf meinen Schoß. Ich lege meine Hand auf ihre Stirn. Sie ist ganz heiß.

»Sie haben alles von Anfang an geplant, nicht wahr?«

»Das war das Einzige, was mich noch am Leben hielt.«

»Die Morde im Seniorenheim.«

Sie nickt.

»Herr Wolfsohn.«

Sie nickt.

»Opa, Oma, Vater, Mutter.«

Sie nickt.

»Und dass ich hierherkomme, ins Marienstift, auch?«

»Ich gebe zu, das war das Schwierigste. Ich habe dich

lange beobachtet in München. Ich musste mir einiges einfallen lassen, bis du schließlich München satthattest und um dich hierher zu locken, in deine alte Heimat.

»Dann war der Brief vom Bundesamt von Ihnen?«

Sie schweigt.

»Und das mit Celine?«

Sie schließt die Augen.

»Das glaube ich alles nicht. Frau Ada, sagen Sie etwas, nicht einschlafen.«

Ich tätschle ihre Wangen. Sie öffnet die Augen.

»Du musst es nicht glauben.«

Sie lächelt wieder und strahlt mich an.

»Wichtig ist, was die anderen glauben. Für die bist *du* der Mörder.«

»Nein, aber warum denn ich?«

Wieder legt sich ein Lächeln um ihren Mund.

»Ich hatte damals Glück und überlebte. Glück?«

Sie schmunzelt. »Und Pech, weiterleben zu müssen. Wie du. Du hast Glück und bleibst am Leben«, kommt leise, nur noch schleppend aus ihrem Mund. »Und Pech weiterleben zu müssen.«

Wieder fallen ihre Augen zu.

»Aufwachen, Frau Ada!«

Ich klatsche ihr kräftiger auf die Wangen. Sie öffnet noch einmal die Augen.

»Du musst dafür büßen. Die Morde werden dir angehängt werden.«

»Nein!«

Ich klatsche immer heftiger.

»Nicht einschlafen, sagen Sie was!«

»Man wird Herzen bei dir finden«, sagt sie so leise, dass ich sie kaum mehr hören kann.

Ich muss mich dicht zu ihrem Mund beugen, um sie

überhaupt noch zu verstehen. »Schokoladenherzen. Überall Milka-Schokoladenherzen.«

»Was? Frau Ada!«

Ihre Wangen sind ganz rot.

»Aber warum mussten unschuldige Menschen sterben, Frau von Hirschfeld, Frau Weixelbaum und Frau Grünwald? Unschuldige Menschen!«

Sie lacht jetzt lauter als zuvor.

»Unschuldig?«

Brauner Speichel tropft aus ihrem Mund. Lange Fäden ziehen sich bis zum Hals.

»Alles Nazis. Alle bis zu den Knöcheln im Blut. Alles Nazis, Nazis.«

Sie schmunzelt wieder und summt ganz leise vor sich hin. Dann brabbelt sie erneut kaum verständlich. Einen Text, den ich nur bruchstückhaft verstehe, der mir aber doch bekannt vorkommt.

»Das war's. Sie hatten recht, wäre die kleine Antigone nicht gewesen, wäre nichts gewesen, außer Ruhe. Jetzt ist Schluss. Jetzt ist die Ruhe zurück. So, das war's. Wäre Antigone nicht gewesen, wäre Ruhe gewesen. Jetzt ist alles vorüber. Jetzt ist Schluss. Die Toten sind tot. Die einen wie die anderen. Sogar die, die augenscheinlich nichts damit zu tun hatten und nur zufällig des Wegs kamen – auch die sind tot. Alle tot, alle unnütz, alle bald verwest. Die, die noch am Leben sind, fangen an, die Toten zu vergessen. Es ist zu Ende. Antigone ist befreit. Ihre Aufgabe erfüllt. Ein trauriger Friede stülpt sich über das Land, den Palast, in dem Kreon auf seinen Tod wartet.«

Woher sie die Kraft noch nimmt, denke ich und höre, wie sie »Frau Brenner« sagt.

»Was?«

Frau Brenner kommt.

Ich drehe meinen Kopf zur Terrassentür und sehe tatsächlich Frau Brenner in der Tür stehen.

Frau Ada bäumt sich noch einmal mit aller ihr zur Verfügung stehenden Kraft auf und schreit lauter, als es ihr Zustand eigentlich zulassen dürfte: »MÖRDER! MÖRDER!«

Ich erschrecke. Es klingt wie das hochtourige Gekreische einer elektrischen Säge. Frau Brenner, die noch immer an der Tür zur Dachterrasse steht, erschrickt auch. Ob es ihre Verwunderung ist, dass die vermeintlich stumme Frau Ada spricht, oder ob es der Inhalt der Worte ist, der ihr einen solchen Schreck einjagt, weiß ich nicht.

»Was machst du da?«, sagt sie, kühl, fast tonlos. »Was machst du mit Frau Ada?!«

Um den Mund von Frau Ada legt sich ein Lächeln. Noch einmal reißt sie die Augen weit auf, ihre Muskeln verkrampfen sich. Langsam wie in Zeitlupe fällt ihr Kopf zurück in meinen Schoß.

»Sie ist tot.«

»Du hast sie umgebracht«, schreit Frau Brenner. »Du hast sie umgebracht.«

Frau Brenner steht dicht bei mir. Sie sieht bedrohlich aus. Die Hände in die Hüften gestemmt, die Augen stechen, als wären es Messer.

»Nein. Ich war's nicht«, sprudelt es aus meinem Mund. »Ich schwör's. Ich bin unschuldig. Das müssen Sie mir glauben.«

Frau Brenner macht auf dem Absatz kehrt. Ich bleibe auf der Dachterrasse zurück. Noch immer den Kopf von Frau Ada im Schoß. Als ob sie mir noch zuhören könnte, spreche ich leise, wie für mich, zum toten Kopf in meinen Händen.

»Ich weiß, auf den ersten Blick sieht es so aus, als ob nur ich es gewesen sein kann. Aber wissen Sie nicht besser als ich, dass der erste Blick allzu oft trügt. Der erste Blick zeigt nur die Oberfläche, bebildert vordergründige Logik. Das Leben ist komplizierter, viel komplizierter. Der Tod hingegen ganz einfach. Ihn nachzuweisen auch. Auf den ersten Blick scheint alles klar – wenn Sie genauer hinschauen, dann bleibt Ihnen aber gar nichts anderes übrig, als zu erkennen, dass es meistens auch anders hätte sein können. In meinem Fall ganz anders. Ich kann alles erklären. Ich werde alles erklären.«

In der Ferne höre ich Polizeisirenen. Sie kommen näher. Flackerndes Blaulicht legt sich auf die Hausfassade.

»Da ist er!«

Frau Brenner steht wieder an der Tür zur Terrasse und zeigt mit dem ausgestreckten Arm auf mich.

»Ich war's nicht. Das müssen Sie mir glauben. Sie müssen mir das glauben. Wer, wenn nicht Sie?«

*

Ich stehe am Bahnsteig. Opa steht neben mir. Er schmaucht an seiner Pfeife. Ich lutsche eines seiner Eukalyptusbonbons.

»Wieder Verspätung«, höre ich jemanden sagen.

Beide schauen wir in die Richtung, aus der der Zug kommen muss. Wir schweigen. Opa streichelt ab und an seinen Bart. Ich ziehe gelegentlich frische Luft in meinen Mund. Der Koffer steht zwischen uns. Zwei Wochen war ich jetzt hier, bei Oma und Opa. In Mittenwald.

»Er kommt.«

Der Zug fährt in den Bahnhof ein und hält quietschend an. Ich steige ein, Opa reicht mir den Koffer. Ich stehe am geöffneten Fenster. Opa steht noch immer auf dem Bahnsteig. Ein Pfiff ertönt, meine Ohren schwirren.

»Grüß mir deine Mama und den Papa.«

»Klar.«

»Pass auf dich auf.«

»Klar.«

»Bis zu den nächsten Ferien.«

Ich nicke.

Der Zug fährt an. Ich winke. Opa hebt den Arm. Ich strecke den Kopf aus dem Fenster. Opa wird immer kleiner. Schließlich verschwindet er ganz. Ich sitze auf dem abgewetzten Polster und schaue zum Fenster hinaus. Die Landschaft strahlt in Grüntönen. Dazwischen vereinzelte gelbe Rapsfelder. Am Horizont sind die Berge zu sehen. Das Karwendelbergmassiv, das Wettersteingebirge, der Hohe Brendten. Die Sonne scheint. Der Himmel ist kornblumenblau, kleine weiße Wolken schweben vorüber, die durchkreuzt werden von schlanken Kondensstreifen. Ich rieche an meinem Pullover. Er riecht nach Opas Bart. Es ist das Ende des Sommers.

*

Kreon stützt sich auf einen Pagen – sie gehen ab. Ein Sprecher tritt in den Vordergrund: »So, das war's. Wäre Antigone nicht gewesen, wäre Ruhe gewesen.«

Jetzt ist alles vorüber. Jetzt ist Schluss. Die Toten sind tot. Die einen wie die anderen. Sogar die, die augenscheinlich nichts damit zu tun hatten und nur zufällig des Wegs kamen – auch die sind tot. Alle tot, alle unnütz, alle bald verwest. Die, die noch am Leben sind, fangen an, die Toten zu vergessen. Es ist zu Ende. Antigone ist befreit. Ihre Aufgabe erfüllt. Ein trauriger Friede stülpt sich über das Land, den Palast, in dem Kreon auf seinen Tod wartet.

vierzehn

Mein Name ist Franz Benedikt Zacher. Ich bin am 6. Juli 1979 geboren. Meine Eltern sind tot. Sie sterben bei einem Verkehrsunfall, als ich 20 bin. Ich studiere viereinhalb Semester Medizin in München, bevor ich das Studium vorzeitig abbreche. Danach beginne ich in meiner Heimatstadt in der Oberpfalz meinen Zivildienst im Senioren- und Pflegeheim Marienstift. Nach Ablauf meiner Zivildienstzeit sterben fünf Personen auf unnatürliche Weise. Vier werden, wie eine Obduktion ergibt, vergiftet, einer verunglückt durch gelöste Bremsen seines Rollstuhls tödlich. In meinem Zimmer im Marienstift findet die Kriminalpolizei hinter einer Schrankleiste ein Fläschchen Blausäure sowie mit Blausäure versetzte Milka-Schokoladenherzen. Ich werde festgenommen und komme in Untersuchungshaft. Mir wird vorgeworfen, vier Personen heimtückisch ermordet zu haben. Das Motiv ist unklar.

Weitere Krimis finden Sie auf den folgenden Seiten und im Internet:

WWW.GMEINER-SPANNUNG.DE

SOBO SWOBODNIK
Die Nacht schweigt

978-3-8392-1892-1 (Paperback)
978-3-8392-5039-6 (pdf)
978-3-8392-5038-9 (epub)

UNVERGESSEN Eine junge Wiener Studentin recherchiert im Burgenland den Mord an fast 200 jüdischen Zwangsarbeitern kurz vor Ende des Zweiten Weltkriegs. Rechnitz ist ein Ort mit einem dunklen Fleck in der Geschichte. Als die Studentin spurlos verschwindet, wird dem Ermittler Hài klar: Einige Verbindungen von damals scheinen noch intakt. Und selbst über 70 Jahre nach dem Massenmord hat jemand ein Interesse daran, dass die Geheimnisse der Vergangenheit verborgen bleiben.

GMEINER SPANNUNG

SOBO SWOBODNIK
Fallers Held

978-3-8392-1802-0 (Paperback)
978-3-8392-4865-2 (pdf)
978-3-8392-4864-5(epub)

IN GEDENKEN AN GEORG ELSER Bürgerbräukeller München, 8. November 1939. Wenige Monate nach Kriegsbeginn explodiert eine Bombe. Der, den sie treffen soll, hat den Saal wenige Minuten zuvor verlassen. Der, der den Anschlag monatelang vorbereitet hat, wird kurz vor der Explosion verhaftet.

Georg Elser wollte durch sein Attentat auf Adolf Hitler Blutvergießen verhindern und scheiterte. Genauso wie über sechzig Jahre später der Wissenschaftler Johannes Faller, der auf Elsers Spuren wandelt und sich in die kriminalistischen Fallen der deutschen Geschichte verstrickt.

ULRICH RADERMACHER
Schickimicki

978-3-8392-2041-2 (Paperback)
978-3-8392-5327-4 (pdf)
978-3-8392-5326-7 (epub)

SCHICKIMICKI Schön, wohlhabend, verheiratet und eine Affäre. Zwischen der Isar-Toten Petra Malterer und Saskia Engels, die man im Deininger Weiher findet, gibt es verschiedene Gemeinsamkeiten. Hauptkommissar Alois Schön und Kommissarin Natascha Frey ermitteln in ihrem zweiten Fall nicht nur im familiären Umfeld der Toten, sondern auch in der Münchener Bussi-Gesellschaft. Während Natascha darüber hinaus ein privates Problem lösen muss, kommt es wie so häufig ganz anders als man denkt.

GMEINER SPANNUNG

WWW.GMEINER-VERLAG.DE
Wir machen's spannend